KB118432

푸른 사과가 있는 국도

배수아

소설

푸른 사과가 있는
국도

문학동네

말은 아무런 의미도 없고 글은 더욱더 아무것도 아닐 것이다.
그래도 사람들 가득한 거리에서 걷고 있으면 떠오르는 것들,
엑스터시와 이미지.

일러두기

이 책은 『푸른 사과가 있는 국도』(고려원, 1995)의 개정판입니다.

차 례

푸른 사과가 있는
국도

어느 날 한적한 교외의 국도를 드라이브하다가 나는 운전을 하고 있던 그에게 말한다.

"너, 방금 고양이 한 마리가 차 앞으로 지나가는 것 봤니?"

"그럼."

그는 한 손으로 더듬어 담배를 찾으면서 가볍게 대꾸한다. 늦가을 하늘은 어둡고, 밝은 커튼이 쳐진 것처럼 구름이 드리워져 있다. 낙엽송 가로수가 회색빛 길의 저 끝까지 이어져 있다. 길의 끝에는 낯설고 작은 도시의 초라한 거리가 나타나고 푸른 사과를 파는 여인들이 길가에 앉아 있을 것이다.

나는 그때 스물다섯번째 생일을 일주일 앞두고 있었다. 정말 싫은 나이였다. 나는 열다섯 살처럼 생기발랄하지도 않았고 서른다섯 살의 오후처럼 지쳐 있지도 않았다. 나는 내일 일어날 일이 무엇인지 전혀 알 수 없어 항상 불안하였다.

"고양이가 앞을 지나가면 재수가 없다는데."

"그런 말이 있어?"

"불행한 일이 생긴대. 특히 아까처럼 검은 고양이일 경우에는."

"검은 고양이라고?"

그는 양손을 핸들에서 떼고 잠시 생각한다. 길은 단조롭고 고요하다. 양옆으로 변화 없는 낮은 산과 옥수수와 호박을 심어놓은 밭들이 있을 뿐이다. 어디엔가 강물이 있을 것이다라고 스물다섯을 일주일 남긴 나는 생각한다. 강물의 푸른빛이 그리워져서 나는 바람 부는 창밖으로 몸을 내민다.

"그건 검은 고양이가 아니었어. 네가 잘못 본 거야. 재색에 검은 얼룩이 박힌 것이라고. 나는 분명히 그렇게 봤어."

나는, 그것은 검은 고양이였어, 틀림없이, 하고 생각한다. 하지만 곧, 아무러면 어떠냐, 하는 생각이 들어서 입을 다문다. 키 큰 풀들이 바람에 눌려 낮게 누운 차창 밖은 사람이 없고 길과 그리고 또 길뿐이다. 늦가을이란 얼마나 멋진가, 결코 잊을 수 없다.

"사과 먹을래?"

내가 말이 없자 그는 조금 전 지나온 소도시의 먼지투성이 길가에서 샀던, 푸른 사과가 든 종이봉투를 가리킨다. 아, 그 사과가 있었지. 푸른 사과가.

사과를 팔러 온 여인네는 굵은 실로 짠 목도리를 두르고 있었다. 국도 주변에 차를 세워놓고 그는 지도를 들여다보느라고 정신이 없었다. 아무렇게나 떠나온 듯하지만 그래도 그에게는 목적지라는 것이 있었다. 아주 작지도, 그렇다고 눈에 띌 정도로 크지도 않은 서해안의 한 어촌이다. 여름에는 관광지라고 불릴 수도 있는 곳이고 요즈음 같은 때는 겨울잠을 자듯이 조용한 곳이야, 하고 그는 말했다.

"그곳을 어떻게 알게 됐는데? 난 처음 들어보는데."

나는 여인네의 거칠게 튼 붉은 뺨을 바라보면서 사과를 사버린다. 바삭거리는, 오래되고 묵은 냄새 나는 종이봉투에. 어디엔가 과수원도 있으리라. 여인은 흐린 빛의 손으로 짠 스카프로 얼굴을 반이나 가리고 있다. 차 안에서 볼륨을 한껏 높여놓은 피아노 음악소리는 스산한 길가에까지 멀리 울려나간다. 라흐마니노프인가, 차이코프스키인가, 아니면 슈베르트의 아르페지오네인가. 그는 너무나 많은 테이프를 싣고 있어서 그 순간에 들려오던 것이 어느 것인지 알 수가 없다. 낮게 가라앉아 비현실적으로 보이는 이 거리와 달리 신경질적으로 한껏 높고 격렬한 파트가 연주되고 있던 순간이었다. 그러다가 어느 순간 죽음처럼 어두운 톤으로 가라앉아버리고 연주자는 가만히 한숨을 쉰다. 여인은 푸른 사과를 바스락거리는 종이봉투에 담아준다. 국도변의 키 큰 낙엽송 가로수들이 흐린 저녁 하늘을 배경으로 오래된 수채화처럼 서 있는 풍경이었다. 먼지투성이 길가의 푸른 사과를 파는 여인들. 그는 지도를 쳐다보면서 지갑에서 돈을 꺼내어 지불한다. 어두운 푸른색 버스가 둔한 소리를 내면서 차 곁을 스쳐지나간다. 잘 보이지 않는 먼지가 사과를 파는 여인의 메마른 입술과 눈에 내려앉았다. 건물들에는 모두 낮은 키에 칠이 벗겨진 오래된 간판이 걸려 있다. 문이 열린 건물 안은 어둡고 천장이 낮다. 건조한 늦가을 바람에 실려 삶은 콩과 말린 생선 냄새가 난다. 나는 차에서 내려 천천히 이 거리를 걸어가보고 싶은 기분도 든다. 그래, 종이봉투에 담긴 푸른 사과를 팔면서 이 거리에서 살아도 좋겠구나. 밤이 어두워지면 무거워진 발을 질질 끌듯이 하며 낮은 산들 너머 강가의 집으로 돌아가는 나의 뒷모습이 보인다. 스물다섯 늦가을 어느 날에 나는 목이 메었다.

"오래전에 한 번 갔었어. 아마 고등학교 동창들 중 하나가 그곳에서 살고 있었을 거야. 고기도 잡고 피서철에는 민박도 하지. 지금도 살고 있을지는 모르겠어. 하지만 사이가 무척 좋았으니까."

나는 사과를 씹으면서 그의 옆얼굴을 바라보았다. 잠자리에 들 때면 항상 내일은 무엇을 하나, 그런 생각이 가득한 스물다섯이었다. 내 주변의 여학교 동창들은 결혼을 하거나 대도시의 커리어우먼으로 자기 자신이 가장 확실해진 때였지만 나는 열다섯 살 때만큼이나 불안하고도 불안하였다. 그는 차를 출발시킨다. 낙엽이 태풍처럼 날아오른다. 서쪽으로만 계속 가면 돼. 마지막은 비포장이야. 그는 지도를 여러 번 들여다보았다. 목적지에 도착했을 때는 이미 칠흑 같은 밤이 되었다. 길을 잘 몰라 헤매었기 때문이다. 개가 계속해서 짖어댔고 파도 소리가 높았다. 그의 고등학교 동창은 아직도 그곳에서 살고 있었다.

"오랜만이야." 고등학교 동창은 그에게 말한다.

"이곳은 요즈음 같은 때는 찾아오는 사람도 없어. 낚시하기에도 좋지 않은 곳이니까. 사실은 나 이곳에서 서서히 떠나고 싶어지는 중이야."

그 고등학교 동창은 이제는 대도시로 돌아가 취직도 하고 싶고 조직 사회의 드라이함도 느껴보고 싶어진다고 하였다.

세 사람은 파도가 높은 굵은 모래가 깔린 밤의 해안을 따라 걸었다. 바위 사이에는 코카콜라나 맥주 캔이 나무젓가락과 함께 흩어져 있고 어두운 바다 위에는 고깃배의 불빛이 반짝였다. 가끔 바위에 나란히 앉아 담배에 불을 붙이고 지나간 일들을 이야기했다. 그들의 이야기 속에 등장하는 수많은 사람들과 또 그 사람들의 수많은 여자들에 대해서 나는 아는 바가 없이 조용히 앉아 있었다. 파도에 구두가 축축해지면 다시 일어나 왔던 길을 되돌아갔다. 그들과 좀 떨어져서 나는 화제에도 섞이지 못한 채 맹숭맹숭하게 뒤를 따라다녔다. 가끔 생각난 듯이 그의 고등학교 동창이 "제수씨, 발밑을 조심하세요" 하고 말을 걸었다. 새벽이 오려고 하였다.

나는 그 여행이 끝난 후 이 년 동안 그를 다시는 만난 일이 없다. 그의 고등학교 동창이 그 마을을 떠나 다시 대도시로 돌아왔는지 어떤지 그런 것도 전혀 모른다. 깜깜한 밤에 도착했다가 안개가 짙게 깔린 새벽녘에 떠나왔기 때문에 개 짖는 소리와 파도 소리 이외에는 기억나는 것도 없다. 그는 새벽의 안개 속에서 조심조심 운전을 하고 커피를 마셨다. 보이지 않게 바다 냄새가 가득하였다.

"꿈속을 떠가는 것 같다."

나는 축축한 안개 속으로 두 손바닥을 담그며 말하였다.

그는 대꾸하지 않고 테이프에서 나오는 노래를 흥얼거리며 따라 부르고 있었다.

　너는 모르지 내가 얼마나 널 사랑하는지.
　오랜 시간이 지나도 변하지 않아.
　바다처럼 오랜 시간이 지난 뒤에도.

　바다처럼 오랜 시간이란 어느 만큼인가. 모래처럼 많은 마음들, 하늘처럼 아득히 멀리 있다는 것. 나는 궁금하였다. 노래는 계속되었다.

　멀리 가버려도 나는 바람처럼
　너에게 머물러 있다.

　나는 뒷좌석에 뒹구는 남아 있는 푸른 사과를 한입 깨물어 먹었다. 시고 떫은 맛이 안개처럼 나를 가득히 차지해버린다. 너랑 헤어져도 잊히지 않겠다. 나는 그의 옆얼굴을 보면서 문득 이런 생각이 든다.
　"애인이 생겼어."
　나중에 그는 전화로 이렇게 말했다.

"그애를 사랑하는 것 같아. 아주 작고 귀여운 아이야. 너도 좋아할 것만 같은 그런 아이야. 네 얘기도 모두 다 했어. 그 아이는."

여기서 그는 담배에 불을 붙인다. 너무나 익숙한 라이터 소리가 전화기 저편에서 들려왔다. 푸른 불꽃이.

"날 아주 편안하게 해줘. 너와 있을 때랑은 달라. 아, 오해 하진 마. 너에게 불만이 있는 것은 절대로 아냐. 뭐랄까. 그 아이에게는 내가 이다음에 뭘 해야 하나 하는 그런 종류의 불안이 없을 뿐이야. 그 아이를 앞에 두고서 도저히 다른 여 자아이를 만날 것 같지 않아."

그가 담배 연기를 길게 내뿜는다. 어두운 방안에 푸른 담 배 연기가 가늘게 퍼져나가는 것이 보이는 듯하다. 내가 세 들어 사는 집의 아래층에서 저녁 준비를 하는 소리가 들린 다. 고양이의 울음소리와 함께 생선을 굽는 냄새가 난다. 같 이 서해안의 어느 마을에서 푸른 사과를 먹은 뒤 일주일이 지나갔다. 나의 스물다섯번째 생일날 저녁이었다.

"네가 이런 타입이었으면 좋겠어." 그는 계속한다.

"이런 말을 들었을 때 울어버리고 매달리는 그런. 다른 여 자아이를 만나다니, 참을 수 없어, 하고 말해버리는 그런 타 입 말이야. 그러면 나는 절대로 이런 말을 네게 하지도 못

18

할 거야. 하지만 우리, 처음에는 너무나 좋았었지. 너도 그랬지."

그의, 너도 그랬지, 하는 말이 이상하게 애원하는 것처럼 들려서 나는 나도 모르게 그냥 응, 해버리고 말았다. 그는 내 생일을 기억하지 못했다. 나도 굳이 일깨워줄 생각은 없었다. 그렇게 스물다섯번째 생일이 지나가게 되었다. 사귀는 이 년 동안 그는 언제나 선물하기를 좋아하였다. 생일이라든가 처음 내가 일하는 백화점 매장에 그가 와이셔츠를 사러 왔던 날, 그리고 처음 데이트하던 날. 내가 언제든지 "생일이야" 하고 말했으면 그는 반드시 요란하게 나염된 스카프라든지 아프리카풍의 목걸이 같은 것을 선물해주었을 것이다. 그는 또 그런 여자아이를 좋아하였다.

"처음에 기억나니? 난 너랑 처음에 데이트할 때 너무나 떨려서 전날 잠을 못 자버렸지. 같이 영화를 보러 갔잖아. 프랑스 영화였는데. 어두운 곳에서 네게 키스해보려는 생각이었어."

그것은 프랑스 영화가 아니라 소극장에서 리바이벌하여 상영하는 60년대 이태리 영화였다. 그리고 나는 그날 그와 같이 섹스를 해도 좋다는 기분으로 나갔었다. 영화가 끝났을 땐 이미 늦은 시간이었고 우리는 시원한 맥주를 마시러 호프집에 들어갔다가 마지막 전철을 놓쳐버렸다. 이미 셔터가 모두 내려가고 검은 쓰레기 비닐봉지만이 쌓여 있는 도시의 한밤 거리를 우리는 손을 잡고 몇 시간이나 걸었다. 헌 신문지들이 바람에 날아다녔다. 그날 나는 무슨 옷을 입고 있었던가. 하얀 리본이 달린 푸른 원피스. 다리가 길어 보이기 위한 검은 하이힐. 손톱에는 투명한 매니큐어. 어두운 건물의 모퉁이에서 높이 올려 묶은 머리를 내가 풀어버리자 그는 내가 자기를 유혹하려 한다고 단정해버렸다.

"난 별로야. 네가 나 때문에 너무 신경쓰지 말았으면 좋겠어. 난 별로 불행하지 않아."

국민학교 다닐 때 생각이 난다. 나는 언제나 깨끗하고 단정한 글씨로 노트를 하고 수업 시간에는 선생님의 찰랑거리는 원피스 자락을 바라보았다. 지우개 자국이 깔끔한 숙제를 돌려주면서 선생님은 비누 냄새가 나는 손으로 내 머리칼을 쓰다듬으며 칭찬하였다. 너는 참 착하구나. 앞으로도 계속 그렇게 해라.

"넌 처음에 말했지. 아주 우울하기 때문에 날 만난다고. 언젠가는 헤어진다고. 나에게 정말 좋아하는 여자아이가 생긴다면, 그때에."

"그래, 그랬어."

"아주 얌전하고 정숙한 모습이 되어 나를 떠나가겠다고 했어."

"응. 제발 나 때문에 신경쓰지 마. 네가 걱정할 건 하나도 없으니까. 내가 수녀가 되거나 술을 마시거나 하는 일은 없을 거야."

언제나 저녁 식탁에 올려지곤 하는 된장국 냄새가 저녁 시간의 셋집에 가득하였다. 주인집에서 뒤뜰에 놓아기르는 닭들의 꾸꾸거리는 소리도 들리고 칠이 벗겨진 회색빛 바깥벽의 11월 덩굴장미들이 바람에 흔들리고 있다. 방 하나짜리 셋집이 가득차 있는 전철역 주변, 집으로 돌아가는 샐러리맨 가장들이 담배를 피우면서 가게에서 종이 상자에 담긴 귤을 사고 있는 저녁의 거리다. 언제나처럼 변함없는, 영원히 변할 것 같지도 않은 일상의 저녁이다. 이 집을 처음 발견했을 때 친구 소영은 "마음에 안 들어. 참을 수 없는 것투성이야" 하고 불평하였다.

"네가 살 것도 아닌데 뭐 어때. 그리고 눈이 튀어나올 만큼 비싼 값도 아니고."

"참을 수 없는 건 이 셋집들 사이에 넘치는 프티부르주아적인 분위기야. 이 거리의 어디쯤인가에 적당히 나이 먹은 골목대장이라도 버티고 있을 것 같은 불길한 느낌이 들어.

너, 〈한 지붕 세 가족〉 문간방에라도 세 들고 싶어?"

그런 건 나도 가장 싫은 일이다. 그때까지 나와 소영이 같이 살던 그녀의 아파트는 정말이지 침몰하기 직전의 폐선같이 낡고 어둡고 더러웠다. 게다가 난간이 녹슬어 다 부서져 나간 소방 층계는 아슬아슬하였고, 죽음처럼 정적이 가득한 대낮이 지나면 넥타이를 느슨하게 매고 충혈된 눈을 한 근처 오피스타운의 샐러리맨들이 모여들어 벌어지는 포커 방과 피아노 가방을 들고 사정없는 벌레떼처럼 와글거리는 국민학생들이 찾아오는 우리 위층의 피아노 학원이 있었다. 이른 저녁의 한없이 단조로운 체르니 연습곡들은 초조하게 퇴근을 기다리면서 립스틱을 다시 칠하는 근처 작은 사무실의 타이피스트에게도 들렸을 거다. 그녀는 짙은 석양을 배경으로 화장실 거울에 자기의 뒷모습을 황급히 비추어 보고는 화장품을 챙겨 사무실로 뛰어들어간다. 아직 퇴근은 십오 분이나 남았다.

다시 내가 말하고 있다.

"마지막으로 여행했을 때, 그때의 푸른 사과 기억나니?"

왜 엉뚱하게 나는 푸른 사과 따위가 생각나는 것일까.

"푸른 사과? 아, 그 맛없는 사과. 지독하게 시고 떫었지."

"나는 그때 푸른 사과를 팔던 여자들이 기억나. 초라한 거리였어. 가을 먼지를 잔뜩 뒤집어쓴 채로 국도를 달려오는 차들만 바라보고 있었어. 거칠게 짠 목도리로 온통 가리고서는."

"너는 이상해, 언제나 그래. 엉뚱한 얘기를 꺼내서 내 말을 막곤 했어. 조금도 진지하지 않구나."

"나는 그때 그런 생각이 들었거든. 그 거리로 찾아가서 푸른 사과를 파는 여자가 될 것 같았어."

"백화점에서 셔츠를 파는 게 아니고?"

그는 조금 기분이 상한 듯하였다.

"왜 그런지는 나도 몰라. 언젠가는 나도 저렇게 늙고 초라해져서 먼지투성이 국도에서 사과를 팔게 되리라는 예감이 들었을 뿐이야. 그것도 형편없는 푸른 사과를. 저녁이 되어 아무도 이 푸른 사과를 사러 오지 않으리라는 예감이 확실해질 때까지. 내가 영원히 가지 못할 먼 데로 나 있는 길을 바라보면서 손으로 짠 두꺼운 스카프로 얼굴을 가리고 아주 어두워질 때까지 그렇게 있을 것 같은."

생은 내가 원하는 것처럼은 하나도 돼주지를 않았으니까. 부모의 사랑 없는 어린 시절을 보내고, 학교에서는 성적도 좋지 않고 눈에 띄지도 않는다는 늘 그런 식이다. 그리고 자라서는 불안한 마음으로 산부인과를 기웃거리고, 남자가 약속 장소에 나타나기를 한 시간이고 두 시간이고 기다리면서 연한 커피를 세 잔이나 마신 다음에 밤의 카페를 나오게 된다. 그리고 마지막으로는 어느 날의 한적한 푸른 사과가 있는 국도에서 눈앞을 지나간 고양이는 검은 고양이가 된다.

생일 다음날 오후에는 사촌을 만났다. 그녀는 넥타이를 열심히 고르다가 나를 발견하고는 다가와서 알은체를 하였다.

"너 여기서 일하는 줄은 몰랐다."

"집에다가는 얘기 안 했으니까."

"커피 마실래?"

그녀는 나를 붙잡고 할 얘기가 많은 듯하였다. 나는 그것이 겁나고 싫었다. 집과 가족, 자퇴한 대학, 가출한 딸. 이런 것들이 갑자기 어른거리는 기분이다. 그들은 언제나 이유를 묻고 싶어하였다. 왜 숙제를 안 했니, 하고 말하듯이 쉽게 입을 열고는 담배를 꺼내 불을 붙인 다음 저만큼 있는 재떨이를 자기 앞으로 끌어다놓고는 의자에 몸을 깊숙이 파묻고 다리를 앞으로 길게 뻗고는 대답을 기다린다. 나는 싫다.

"나에게 뭐 물어볼 거니?"

"아니, 안 물어볼게. 커피만 마시자니깐."

정말 그녀와 나는 커피만 마셨다. 내가 집을 나오고 나서 그녀는 그동안 사귀고 있던 의대생과 결혼을 하였다 한다. 그렇게 듣고 보니까 그녀에게서는 살림하는 여자가 느껴지기도 하였다.

"넌 결혼했니?"

"아니."

그녀는 천천히 입술로 가져갔던 커피잔을 내려놓았다.

"사는 것은 어떠니?"

"그럭저럭 괜찮아. 어디 사느냐, 집에다가 전화 좀 해라, 이런 말은 빼줘."

"난 너 시집간 줄 알았다. 반대하는 남자랑 살려고 집 나간 걸로 알았어. 모두 그렇게 상상했어. 네가 그렇게 편지를 써놓았다며. 그런데 의외다."

그들을 실망시킨 것 같아 나는 미안스러워진다. 그때는 그냥 그러고 싶었어라는 말은 하지 못했다.

"사실은 은경이가 네가 남자와 차에 있는 걸 본 적이 있다더라." 은경이는 두 살 아래인 내 동생이다.

"남자가 선글라스를 쓰고 블루진 재킷을 입고 있더래. 그 옆에 네가 꽃이 달린 원피스를 입고 얌전히 앉아 있고. 바로 옆에서 지나쳤는데 너는 자길 못 봤대. 나한테만 하는 얘기라고 하더라. 남자랑 잘살면서 왜 집에는 연락도 없느냐고

원망하더라, 걔가."

"그는 그냥 친구일 뿐이야. 그리고 지금은 만나지도 않아.
너, 묻지 않기로 했잖아."

"미안해." 사촌은 커피잔을 달그락 소리내며 내려놓았다.

"내가 여기서 일한다는 말, 가서 할 거니?"

"네가 원한다면, 안 할게."

그녀는 어머니의 언니의 딸로 나와 동갑이고 어려서부터
가까이 지냈었고 대학도 같은 델 들어갔기 때문에 친구 이상
으로 친했었다. 의사 와이프가 되어서 잘살고 있는 그녀는
이제 내가 딱해 보이는 듯하다.

"너 집 나간 다음에 너한테 중매가 들어왔더라. 너희 윗동
네에 살던 지붕이 삼각형인 벽돌집 있지, 왜. 그 집 아들인데,
네가 이쁘다면서 결혼하자고 하더래. 이모는 할 수 없이 네
가 지방에 취직해 갔다고 그랬다더라. 결혼할 맘이 아직 없
다고."

그 사람이라면 기억도 난다. 언제나 학교 가는 길에 버스
정류장에서 만나곤 하였다. 특별히 인상적이지는 않았다. 늘
상 『뉴스위크』 같은 걸 보는 척하고 있었다. 나는 길거리를
지나다니는 여자들의 자신 있는 아름다움에 기가 죽는 그런
여자애였다. 누군가 나를 이쁘다, 좋다 하면 나는 불안하고

믿기지 않는다. 처음 수업에서 이름을 잘못 불렸을 때 같은 불안감이다. 집을 나오는 날 저녁에 나는 식탁에서 생선을 흘렸고, 설거지를 하다가 유리컵을 하나 깨뜨렸다. 여름방학의 막바지였는데 그날 성적표가 배달되었다. 사람들은 선풍기를 틀어놓고도 모두 땀을 흘렸다. 성적표는 A가 하나, D가 하나, 나머지는 모두 C였다. 통계학이 D였다. 은경이는 친구들과 산에 놀러갔었고 오빠는 사귀는 여자친구가 헤어지자고 하던 때여서 만사에 짜증을 내고 있었다. 나는 통계학이 싫었고 오빠가 싫었고 뚱한 얼굴로 TV를 보고 있는 부모님이 싫었다. 다음주면 방학이 끝나고 강의가 시작된다. 형형색색의 예쁜 여자아이들이 강의실과 복도에 넘칠 것이다. 설거지를 마치고 나는 마당에 나와 손톱을 깎았다. 손톱 깎는 소리가 거슬렸던지 오빠가 내다보면서 조용히 하라고 골을 내었다. 아버지에게 애정이 없는 엄마는 내가 유리컵 하나를 깬 것을 알고 마땅한 구실을 찾은 듯이 부엌에서 야단을 치고 있다. 귀뚜라미가 마당 구석에서 쓰륵쓰륵 울고 있다. 나는 언제쯤 이 집을 나갈 수 있을까, 나는 수없이 나에게 물어보고 있다. 의사나 동시통역사, 하다못해 번듯한 오피스걸조차도 나는 될 자신이 없다. 그런 여자들을 나는 항상 존경하였고 내가 도저히 갈 수 없는 나라에 사는 듯이 우러러

보았다. 아버지나 오빠 같은 남자와 결혼하여서 친정에서 김
치를 가져다 먹으며 끊임없이 애를 낳으면서, 시집간 사촌언
니처럼 그렇게 살고 싶지가 않았다. 은경이처럼 귀엽고 똑똑
하고 애교가 있으면 처음부터 다른 사람들이 나를 좋아해줄
텐데 싶다. 나는 몇 주 전에 백화점 판매직에 이력서를 낸 것
을 생각한다. 오빠가 방안에서 커피를 가져다달라고 소리지
른다. 나는 책상에 앉아 은경이에게 메모를 쓴다.

'은경아, 나는 집을 나간다. 사랑하는 사람이 생겼고 이 집
에는 있고 싶지 않다.'

쓰다가 말고 나는 물끄러미 '사랑하는 사람'이라고 쓴 것
을 읽어본다. 사실이 아니다. 나는 사랑하는 사람이 없다. 그
것조차도 나는 슬프다. 그러나 은경이라면 "왜?"라고 물을
것이다. 이 가족 이외의 사람을 사랑한다는 상상만으로도 나
는 날아갈 듯 기쁘다. 오빠가 커피를 재촉하고 엄마는 화를
계속해서 내고 있다. 나는 커피를 끓이러 주방으로 나간다.
지금 생각하면 모든 것이 오래된 흑백영화처럼 뿌우연 회색
빛이다. 나는 느릿느릿 움직여 물을 가스불에 얹고 일부러
더 느리게 커피잔을 찾는다. 오빠가 문을 열고 소리를 친다.

"너는 뭐가 그리 잘났니. 커피 하나 타주는 게 그리 기분
나쁘니. 너 여자 아니니. 시집가서 그런 거 안 할 거니. 너한

테 물 한 잔이라도 얻어 마시려면 온종일 불러대야 되는 거니. 공부도 못하는 주제에 왜 그렇게 뻣뻣하니."

아버지가 엄마에게 한마디한다.

"쟤가 왜 저래. 옛날에는 착하던 애가. 당신이 교육을 어떻게 시켰길래 여자애가 저 모양이야. 매일 시무룩하니."

엄마의 얼굴이 새파랗게 질린다. 이 모든 것이 활짝 열어놓은 안방 문을 통해 보인다.

"저애는 당신 막내 여동생을 닮았어요. 당신 막내 여동생이 고집 세고 미련한 건 당신도 알잖아. 자식을 나 혼자 낳나요. 왜 사사건건 나에게 트집이에요."

이 세상에 나에게 다정한 남자, 어려운 강물을 손잡고 건너주는 남자, 병들었을 때 생각나는 남자는 내게는 영영 없을 듯하였다. 커피잔에 뜨거운 물주전자를 기울이면서 나는 그렇게 생각한다. 그런 남자가 있으면 메모에 써놓은 대로 '사랑하는 사람'으로 생각하겠다. 모든 사람이 거의 예외 없이 시집가고 장가간다고 해서 그러한 봄바람 같고 한여름 날의 폭우 같은 사랑을 가졌었나, 그러지 않았으리라고 집 떠나기 전날의 나는 확신하였다. 나 또한 그러하게 못 가진 사람들의 편에 서게 되나보다. 오빠, 네가 아무리 우리 앞에서 잘난 척하고 닭을 잡아도 다리는 네 거고 생전 자기 양말 한

번 안 빨면서 큰소리쳐도 너는 내가 집 나가는 걸 못 막는다. 나는 녹슨 부엌문에 기대서서 오빠가 후루룩 소리내며 뜨거운 커피를 들이켜는 것을 마지막으로 듣는다.

다시 백화점의 커피숍이다. 사촌은 나를 안 보내주려고 작정한 듯하다. 그녀는 내가 근무중이고, 자기와는 달리 이 직장이 없으면 당장 곤란하게 되리라는 것을 고려 안 하는 듯하다.

"은경이는 대학 졸업반이고 디자인 학원도 다닌다. 걘 어쩌면 그리 야무져 보이나. 이모는 걔 공부시킬 땐 돈 하나도 안 들었다고 자랑이 대단하다. 섭 오빠는 결혼 문제로 엄마랑 다투고 지금은 냉전이 한창이다."

사촌의 창백해 보이는 하얀 손가락이 커피 스푼을 빙글빙글 돌리고 있다. 오후의 백화점 커피숍은 비 오는 퇴근길의 전철 안처럼 붐비고 있다. 달그락거리는 사기잔들이 부딪치는 소리가 끊임없이 들려오고 멀미처럼 나른한 커피 냄새가 소음과 함께 자욱하다. 마루를 깐 커피숍 바닥을 쿵쿵 울리면서 사람들이 계속해서 돌아다니고 나는 혼자 매장을 지키고 있는, 엊그제 들어온 유선이 때문에 불안하다.

"사촌들이 모두 커가니까 옛날 같지 않다. 옛날에는 명절 때마다 모여서 사진도 찍곤 했었잖니. 변두리 그 허름하던 사진관 기억나니. 삼층까지 올라가서, 숨을 헉헉대면서 먼지가 풀썩이는 검은 비로드 휘장 앞에 서곤 했었는데. 할아버지 할머니 살아 계실 때는."

"나 늦었어. 너랑 오래 이러고 있을 시간 없다. 나중에 또 놀러와라. 다른 사람한텐 절대 말하지 마라. 말하면 난 너 다시 안 본다."

나는 그녀에게 단단히 일러둔다. 그녀는 찻값을 내고 따라 나오면서 서운해하는 눈치다.

"너 넥타이 사려고 했잖아. 내가 골라줄게 사 가라."

나는 그녀에게 조금은 친절하고 싶다. 너무나 오랜만에 이렇게 만났는데 내가 너무하지 않나 싶기도 하다.

"아니, 그만둘래. 그냥 심심해서 구경해본 거지 꼭 사려던 건 아니야. 가끔 심심하면 일없이 이렇게 나와보기도 한다."

그녀가 말했던 그 변두리의 사진관은 나도 기억이 난다. 이모네 가족과 우리 가족이 거기서 사진을 찍었다. 언제인가 모두가 사진 찍으러 한여름 날 그곳에 간 일이 생각난다. 나는 물방울무늬의 하얀 새 원피스를 입었다. 그때의 나는 고등학생쯤 되었을까. 사촌은 뺨이 타는 듯이 붉고 입술이 촉촉한 아주 예쁜 아이였다. 사촌오빠인 섭의 생일인가 그랬을 거다. 이모는 우리들 여섯 명의 사진을 찍어주고 싶어하였다. 그때가 그곳에서 사진을 찍은 마지막날일 것이다. 나와 은경과 우리 오빠와 대학생이었던 섭 오빠와 사촌과 그리고 결혼해 있던 사촌언니가 카메라 앞에 섰다. 선이 가늘고 신경질적인 경향이 있고 식성이 귀족적인 우리 오빠와는 많이 달랐기 때문에 그 당시의 나는 섭 오빠를 매우 좋아하였다. 지금은 아무래도 상관이 없다. 사촌은 견고한 어떤 것이 아니었다. 가족도 마찬가지다. 우리는 손을 맞잡고 둥글게 앉았다. 사진사는 검은 보자기를 뒤집어쓴 카메라 뒤에서 폭죽처럼 번쩍이는 것을 터뜨렸다. 나는 땀을 흘리고 있었다. 몹시 더운 날이었고 창문도 꼭꼭 닫아놓은 사진관은 오래된 먼지 냄새와 플래시의 열기로 숨이 막힐 것 같았다. 우리는 모두 그 사진을 각자 한 장씩 갖게 될 거라는 약속을 들었다. 나는 땀에 흠뻑 젖은 원피스 자락을 펄럭이면서 사진관의 위태롭게 좁고 가파른 나무 층계를 뛰어내려갔다. 뒤에서 사촌이 같이 가, 같이 얼음과자 사먹으러 가자, 하고 소리치고 있었다. 어두운 사진관 층계에서 바라다보이는 하얀 먼지 가득한 한여름의 거리는 눈이 부시다. 연한 빛의 파라솔을 쓰고 느리게 걸어가는 나이든 여인네들뿐이다. 우리는 아이스크림을 파는 가게로 달려가 딸기가 든 아이스크림을 샀다. 길 건너편 사진관에서 그제야 나머지 가족들이 손수건으로 땀을 닦으면서 천천히 걸어나오고 있다. 섭 오빠가 우리를 보고 손을 흔들었다. 먼지투성이인 소형 택시가 길 가운데를 횡하니 지나간다. 그 바람에 내 원피스 자락과 머리칼이 흔들리고 정류장에서 시외버스를 기다리던 파라솔을 든 나이든 여인네가 천천히 나를 보았다. 그 순간은 나도 눈부셨다. 나는 하얀 난간에 기대어 앉아 그 여인네를 바라보았다. 나는 눈을 감았다. 버스가 도착하고, 사람들이 버스에 올라탔다. 길은 다시 하얗게 텅 비어버린다. 언제인가 바로 이런 느낌의, 이런 여름 한낮이 다시 올 것만 같은 아련한 슬픔이 예감된다. 새로 맞춘 하얀 원피스를 입고 먼지투성이 길가에 함부로 앉았던 벌로 나는 원피스를 깨끗하게 빨아야만 하였다.

그는 나를 그리워하면서 만나지 못하던 때의 이야기를 항상 하고 싶어하였다. 새벽 두시, 단 한 번 만났던 나를 보고 싶어하면서 그는 가족들이 있는 집에서 나와 아파트 앞 공중전화 부스를 서성거리고 캔맥주를 마셨다고 하였다. 그렇게 몇 날을 고민하다가 용기를 내어서 다시 내게 전화했을 때, 내가 화도 내지 않고 그냥 마치 사촌오빠에게서 온 전화를 받는 것처럼 그러하여서 놀라기도 하고 한편으로는 실망도 하였다고 한다. 나도 그리워하지만 만나지 못하는 그런 얘기가 하고 싶다. 하지만 좀 다르다. 그날 가을 오후에 여행을 마치고 도시로 다시 돌아왔을 때 깨끗하고 맑게 푸른 오후여서 푸른 사과 따위의 쌉쌀하고 뒷맛이 좋지 않은 기억은 모두 다 잊었다. 마주치는 사람들은 모두 아름답고 연휴의 마지막날 이른 오후였기 때문에 하얗게 넓어 보이는 플라타너스와 벚나무의 가로수길은 이유 없이 다시 돌아다보고 싶은 그림이었다. 그는 스케치북을 꺼내어 데생을 하고 있는 나에게 말을 걸고 싶어하였다.

"차 안에서 그림을 그릴 수 있니?"

"대충하는 거야. 내가 그리는 게 아니고 나도 모르는 어떤 누가 내 안에서 나를 강요해. 그러면 흔들리는 차 안에서라도 그릴 수밖에 없어."

"너는 말을 항상 그렇게 하니."

그는 내가 자기 엄마나 누나처럼 말하지 않는다고 언제나 비난하였다.

"그리고 싶으면 그려야 돼. 이런 식으로는 왜 말 못하니. 넌 내가 너를 이해 못하는 것을 즐기고 있어."

나는 스케치북을 탁 소리나게 덮었다. 이것은 그가 가장 싫어하는 행동이다. 나는 일부러 그렇게 한다. 그가 처음에 생각한 얌전하고 약간은 섹시한 키 백육십오 센티의 백화점 여점원은 어디로 갔나. 와이셔츠의 단추를 달아주지도 않고 유행하는 링 귀고리를 하기 위해 귀를 뚫지도 않고 비번일 때는 머리도 감지 않은 채 오후 내내 좁아터진 방안에서 나오지도 않고 이젤 앞에서 쟁반에 담긴 사과를 그리고 있는 나.

"너는 화가가 아니잖아."

처음에 그는 조용히 말하기 시작한다.

"그리고 그 사과는 너무 파래. 원래는 초록에 붉은 핑크가 섞여 있을 뿐이야. 그렇게 칠하니까 어쩐지 섬뜩하게 보인다."

그는 내가 매장에서 근무할 때처럼 상냥하게 넥타이를 매주지도 않고 생선을 굽거나 무로 장아찌를 만들거나 할 줄도 모르는 것을 알고 조금 실망했다고 언젠가 고백하였다. 나는 너무 큰 산 같은 남자를 내 인생에서 바라지는 않는다고 대답하였다. 이 말은 또다른 의미로 그에게 충격을 주었다.

"그렇게 그림이 좋으면 화가가 되지. 왜 백화점에서 점원 같은 것을 하고 있는 거야. 그렇게 특별나게 살고 싶으면 대학을 마저 졸업하고 비슷하게 고상한 남자랑 만나 살 것이지, 왜 나 같은 건달과 만나고 다니는 거야."

그는 차갑고 산뜻한 햇빛이 눈부시기 짝이 없는 한적한 오피스타운으로 천천히 차를 몰면서 물었다. 나는 대답하지 않았다. 맑은 구두굽 소리를 높이 울리면서 건물의 그늘과 하얗게 투명한 햇살의 경계 부분을 빠르게 걸어가는 십대 후반쯤 되어 보이는 여자아이가 우리 쪽을 향하여 고개를 돌렸다. 창백하게 화장한 두 뺨이 아름다웠다. 여자아이의 치맛자락 근처로 아직 푸름이 가시지 않은 나뭇잎들이 사정없이 흩어지고 있다.

여자아이의 검은 머리칼도 그녀의 창백한 뺨 근처에서 흔들리고 있다. 여자아이는 손에 들고 있던 책으로 바람을 피하듯 얼굴을 가리고서는 건물과 건물 사이 어두운 그늘의 모퉁이로 사라져버린다. 다시 거리는 텅 비어버린다. 사람들은 아직도 가을 바닷가나 마지막 단풍이 미칠듯이 지고 있는 강원도에서 돌아오지 않았다.

"그냥 집으로 돌아가고 싶어?"

어쩐지 침울한 분위기가 되어 그가 물었다. 그가 내 곁으로 몸을 돌리고 앞 머리칼이 이마로 흘러내리도록 한 채 이렇게 물을 때 가벼운 오드콜로뉴 냄새가 난다. 난 가까운 전철역에서 내린다. 이유 없는 화가 가득한 듯 그와 나는 둘 다 시무룩한 표정이다. 나는 커다란 스케치북을 신경질적으로 차에서 빼내고 데생 연필을 아무렇게나 백 속에 쓸어넣는다. 천천히 속으로 열까지 세고 난 후에 뒤돌아보았다. 비어 있는 밝은 늦가을의 도로는 한 잔의 거품 많은 맥주처럼 눈부시고도 서늘하였다.

"그 존재에 치열하게 연연하지 않던 연인이라 할지라도 헤어지고 집으로 돌아오고 나면 그렇게 생각날 수가 없더라. 전화가 기다려지고."

대학에 다니고 있을 때 이웃에 살던 사촌은 저녁을 먹으러 놀러와선 내 방에서 이렇게 속삭이곤 하였다. 사촌은 화장을 하고 수입 브랜드의 스웨터를 입고 있었다. 나와 동갑인 그녀는 남자들이 사귀고 싶어하는 여학생이었고 날이 갈수록 거울 앞에서 보내는 시간이 길어지는 중이었다. 안방에는 TV에서 연속극 소리가 요란하고 오빠는 아직 돌아오지 않고 있었다. 은경은 저녁을 먹고 화실에 가봐야 한다며 옷을 갈아입고 있었다. 사촌은 새로 데이트를 시작한 의대생에 관해서 쉴새없이 말한다. 그는 우등생인데다가 멋있고 키가 백팔십 센티나 되는데다가 아주 분위기 있는 저음의 목소리를 가졌다 한다. 나는 그녀와 같이 침대 속에 기어들어가서 이불을 뒤집어쓰고 한 번도 본 일이 없는 그에 관하여 같이 생각하였다. 가방을 챙겨들고 집을 나가면서 은경은, 나는 절대로 언니들처럼 남자애들 얘기나 하고 그러지는 않을 거야, 하고 말한다. 커다랗게 틀어놓은 연속극 소리는 좁은 집안에 가득하였다. 한 명의 아름다운 소녀가 꿈속에 그리던 황홀한 남자를 만났는데 그는 유부남이었다. 아름다운 소녀와 그 남자의 부인은 괴로워하면서도 한 남자를 차지하기 위해서 경쟁을 하는데, 남자는 아무 일도 하지 않고 담배를 피우고 밤에는 술을 마신다. 거실에서 혼자 술을 마시는 남자에게 그의 조그만 딸이 다가와, "아빠, 왜 술을 마시는 거야" 하니까 "응, 괴로워서 마신다. 이 세상에 내 괴로움을 알아주는 사람은 하나도 없다. 너는 나중에 엄마처럼 그러지 말아라" 한다. 한 번도 본 일은 없지만 주말 저녁에는 언제나 집안에 그들의 대사가 가득하기 때문에 나는 그들의 이야기를 다 안다. 월요일에 학교에 가면 여자아이들이 강의실에서 종이컵에 든 커피를 마시면서 그 연속극 얘기를 하고 있기도 하였다.

"그애와 결혼하면 참 괜찮을 거라는 생각이 들기도 한다."

사촌은 투명한 매니큐어를 손톱에 바르면서 말한다.

"만난 지는 얼마 안 되었지만 내가 어디서 또 그런 애를 만날 수 있을까 싶다. 엄마도 은근히 좋아한다, 너. 전화 오면 빨리 바꿔주고 지난주에는 원피스도 사주더라. 아빠는 데모만 안 하면 누구든지 좋댄다."

그러던 사촌은 정말로 그 남자애와 결혼하여 내 앞에 나타났다. 나는 그녀가 위대해 보이기도 하고 또는 아무런 상관이 없는 낯선 남같이 보이기도 하였다. 그녀와 커피숍에서 헤어진 다음 매장으로 돌아가는데 이런 생각이 드니 갑자기 무서운 느낌이 들었다. 유선이는 남자 손님에게 초록빛 셔츠를 골라주고 있었다. 나는 평범한 것이 좋아요, 하고 그 손님이 대답하였다. 직장에서 입으실 건가요? 이런 연한 핑크는 어때요? 아님 이런 푸른 스트라이프는요. 얼굴이 까맣고 키가 작은 그 남자는 결국 아무런 무늬도 없는 하얀 셔츠만 두 벌을 샀다.

처음에 집을 나와서 백화점 근무를 시작했을 때 고등학교 동창인 소영의 자취방에서 같이 지냈다. 방세를 한 달에 오만원만 내면 되었기 때문에 부담은 적었지만 가파른 철제 층계를 한참이나 올라가야 하는 그 아파트는, 벽에 금이 가고 천장에서 물이 뚝뚝 새는 오래된 것이었다. 난방은 고장난 지 몇 년이나 지났는지도 몰랐다. 그래도 백화점에서 가까웠기 때문에 그다지 나쁘지 않다고 느꼈다. 고등학교 때부터 자취를 하던 소영은 자유분방한 편이었지만 집으로 남자를 데려오거나 하지는 않았다. 밤이 되면 서울 시내의 야경이 가까이 내려다보이고 북악 스카이웨이로 드라이브를 가는 차들이 어둠을 가르고 바람처럼 바로 우리 아파트 앞을 질주하였다. 얼마간 돈을 모아서 내가 이사를 한 이후에도 소영은 그녀의 남자친구인 형준을 데리고 함께 드라이브하자며 나를 찾아오곤 하였다. 연한 커피를 한 잔 끓여 마시고 막 잠이 들려고 하는데 소영이 털 스카프로 얼굴을 칭칭 감은 채 나를 찾아왔다.

"일어나. 우리 드라이브하려는데 너도 같이 가자."

"트럭을 타고 간단 말이야? 싫어."

소영의 남자친구의 형은 가스 가게를 하고 있었는데, 소영의 남자친구는 가끔 그 형의 트럭을 빌려 타고 소영과 함께 한밤의 고속도로로 무작정 달려가곤 했었다. 가끔 그들과 어울릴 때면 사정없이 흔들리던 불편한 좌석과 안개가 가득한 고속도로를 최고 속도로 달리는 그들의 열정이 불안하여서 나는 그냥 잠자고 싶었다.

"이런 바보, 그게 아냐. 다른 친구가 왔단 말이야. 너도 같이 가야 더 재미있지."

소영은 반팔 티셔츠 차림의 내게 커다란 하얀색 면 코트를 걸쳐주고는 밖으로 데리고 나온다. 싸락눈이 가늘게 내리고 있었고 매우 추웠다. 조심스럽게 길을 내려오니 골목 끝에는 처음 보는 승용차가 서 있고 소영의 남자친구인 형준과 또 한 명의 낯선 남자가 운전석에 앉아 담배를 피우고 있었다. 소영은 무엇이 즐거운지 계속해서 깔깔 웃으면서 "애가 나오기 싫다는 걸 억지로 데리고 왔어" 하고 형준에게 말하고 있다. 나의 커다란 코트 자락이 차 안으로 채 들어오기도 전에 차는 성급하게 출발하였다. 형준은 주유소에서 일하는 대학생이었고 외제차를 살 여유가 없었기 때문에 나는 이 새것으로 보이는 세이블이 지금 운전을 하는 저 낯선 남자애 거구나, 하고 막연히 생각했다. 싸락눈은 바람에 섞여 조금씩 길가에 쌓이고 있었다. 소영은 뒤에서 형준의 목을 두 손으로 감싸안고 있었다. 그녀의 손목에는 형준이 선물해준 금빛 팔찌가 반짝였다. 형준은 지금 무슨 이유인지 몰라도 소영에게 성을 내는 것 같다. 소영은 명랑하게 웃고 있지만 형준은 반응이 없고 운전을 하고 있는 낯선 남자만이 소영의 과장된 수다를 간간이 상대해줄 뿐이다. 이제 보니 소영은 약간 술을 마신 것 같기도 하다. "어디로 가는 건데, 고속도로가 아니니?" 하고 소영이 낯선 운전자에게 말했다. 나는 눈 오는 어두운 창밖을 열심히 들여다보았지만 어디로 가는지 알 수가 없다.

"이 길은 구기동으로 가는 길이야. 이 밤에 산에 가려고?"

소영은 창을 내리고 눈발 속으로 고개를 내밀어보곤 말하였다.

"왜, 못 갈 거 없잖아. 눈 오는 겨울밤에 계곡에 못 갈 이유라도 있니?"

형준은 목에 감긴 소영의 팔을 풀면서 보통 때보다 덜 상냥하게 대꾸한다. 소영은 금방 풀이 죽는다. "왜, 내 친구 키 큰 애 있잖아, 김산경이라고. 그애를 만나기로 했어. 구기동 입구에서. 그애가 한잔 사기로 했거든. 어때요, 괜찮겠어요?" 하면서 그 낯선 운전자는 그제야 내게 고개를 돌린다. 나는 반팔 티 위에 걸친 면 코트가 추울 것이라 생각하면서 고개를 끄덕인다. 소영은 입을 뽀족하니 다물고 뒷좌석에 깊이 파묻혀버린다. 차는 바람을 타고 흐르듯이 그림처럼 내리는 눈 속을 천천히 헤엄치듯 간다. 맞은편에서 오는 차의 둥 그렇고 노란 불빛만이 보이는 어둠 속을 낯선 운전자는 계속해서 운전하여 갔다.

구기동 입구에는 아무도 없었다. 눈 오는 추운 한밤의 유원지는 적막하기만 하였다. "난, 김신오라고 해" 하고 한밤의 그 낯선 운전자가 차에서 내리면서 내게 말한다. "모두 커피라도 마실래? 저기 자판기가 있어. 우리 같이 가서 뽑아 오자." 김신오라고 말한 그는 나를 데리고 커피를 뽑으러 갔다. 차에서 내리니 조용한 바람이 불고 있었고 물 흐르는 소리가 졸졸거리면서 들려왔다. 아무것도 보이지 않는 공원 입구였다. "자판기는 저 끝에 있어." 김신오는 보이지 않는 어두운 상점들이 늘어선 거리 저편을 가리키며 말한다. "오는 도중에 소영이랑 형준이 많이 싸웠어. 너 소영이랑 같이 살았다며. 걔 성격에 무슨 문제가 있지 않은가 싶어. 형준인 말이 없고 조용한데, 소영인 변덕이 너무 심하고 여자애가 남자를 너무 밝혀."

"형준이도 처음엔 소영이의 그런 점에 끌렸다고 생각해, 난."

"아, 그랬겠지."

김신오는 어깨에 내려 쌓인 눈을 털면서 주머니 속의 동전을 모두 꺼냈다.

"하지만 모든 일이 그렇잖아. 처음과 마지막은 항상 다르잖아. 어떻게 처음과 마지막이 같을 수가 있니. 소영이도 그걸 알아야지. 난 사실 소영이의 중학교 동창이야. 그때부터 소영일 잘 아는데, 그앤 문제 있는 여자라고. 처음엔 남자들이 그애 때문에 미치지. 하지만 마지막엔 언제나 미워하면서 떠나갔어. 그 모든 남자들에게 문제가 있는 건 아니잖아. 그런데 넌," 그는 자판기 앞에 서서 그 불빛으로 나를 바라보면서 말한다. "그런데 넌 그애와 상당히 친하다고 들었는데 어째 달라 보인다. 소영이 다른 친구들하고도 달라 보여. 너, 백화점에서 일하는 애 맞지?"

"맞아."

"애인도 있다며."

"응, 있어."

"뭐하는 남자야?"

"평범해. 은행 다니는 남자야." 그와 바로 얼마 전에 헤어졌다고는 말하지 않았다.

"나한테도 물어봐. 그래야 공평하지."

"넌 여자친구 있니?"

"있지. 나보다 한 살 많아. 차밍 스쿨 다니는 애야."

"오늘 왜 안 왔어?"

"아르바이트로 밤에 편의점에서 일해."

"사귄 지는 얼마나 됐는데."

"육 개월 정도."

"싸울 땐 주로 이유가 뭐니?"

"음. 약속 시간을 지키지 않거나, 내 카드를 빌려달래서 빌려줬더니 그애가 앤클라인 가을 투피스를 사버렸다거나, 내가 다른 여자애와 밤새워 술 마시거나 하는 일 때문인 것 같은데. 별로 심각한 건 아냐."

김신오는 종이 커피잔을 들고 어둠 속에서 흰 이를 보이면서 웃었다. 저 아래쪽에서 올라오는 차의 불빛이 보였다.

"산경이다. 새로 사귄 여자친구를 데려온다고 했는데." 그는 커피를 홀짝 마셨다. "산경이는 아주 좋은 애야. 그애는 언제나 이런 델 좋아해. 겨울밤의 산속 유원지 같은 데. 아무도 가지 않는 데서 만나기를 좋아해. 멋진 애야."

산경이라는 남자는 안경을 쓰고 키가 컸다. 고등학교 다닐 때는 최소한 학교 대표 농구 선수였을 것 같다. 그가 새로운 여자친구라고 소개한 아이는 염색한 단발머리에 귀고리를 하고 부츠를 신고 있었지만 너무나 어려 보이는 조그만 아이였다. "쟤, 국민학교는 졸업한 거니? 어디서 저런 어린애를 다 데리고 왔니?" 형준은 김신오에게 조그맣게 말하고 있었다. "나, 아무래도 형준이와도 깨질 것 같아. 이제 나에게 싫증이 났나봐. 이제 우리 회사 사장하고라도 사귀어버릴까보다. 아이 재미없어. 나 우울해." 소영은 뒷좌석에서 슬픈 표정을 하고 있다가 김신오가 내미는 커피잔을 받아들고 이렇게 중얼거린다. 소영은 그때 조그만 무역회사의 경리로 일하고 있었다.

"우리 산속으로 올라가서 한잔하는 거 어떻게 생각해?" 산경이 차 안으로 고개를 쑥 내밀고 물었다.

"이 눈 오는데? 안 돼. 여자애들도 있고." 신오가 반대하였다.

"가까운 데 어디 없을까. 눈이라도 피할 수 있는 데. 술은 차 안에 있어. 근사하지 않아? 이 눈 오는 데서 마시는 거야."

"이 아래쪽 주차장으로 가면 건물 그늘이 있을 거야. 하지만 춥지 않을까."

형준이 시무룩하게 대꾸하였다. 나는 커피를 마시면서 내일 비번만 아니라면 소영에게 당장이라도 돌아간다고 말할 텐데, 하고 생각하고 있었다. 눈 오는 고요한 밤은 성냥 파는 소녀를 생각나게 하였다. 산경은 차에서 레미마르탱 한 병과 종이컵 뭉치를 꺼내고 있었다. "애개, 겨우 저걸 가지고 이런 날 나와라 말아라 요란을 떨었어." 잠잠하던 소영이 입을 삐죽거리면서 한마디하고 형준은 질렸다는 듯이 어깨를 으쓱거리면서 그녀를 외면하였다. 산경의 어린 여자친구는 무엇이 그리 행복한지 산경의 팔을 잡고 까르르까르르 웃어대서 신오가 주의를 주어야만 하였다. "여기는 주택가라고. 이 시간에는 조용히 해야 하는 곳이야." 셔터를 내려놓은 상점 앞 주차장은 비어 있고 그 위로는 건물의 이층이 나와 있는 구조여서 눈을 피할 수 있었다. 신오가 일요판 스포츠신문을 한아름 갖고 나와 주차장 바닥에 폈다. 눈은 많이도 내렸지만 아스팔트에 닿는 즉시 비가 되어버리고 있었다. 그 길의 끝에는 어두운 터널이 있고 바람처럼 속력을 내면서 한밤의 차들이 계속해서 그 터널 속으로 들어가고 있었다. 산경의 여자친구는 바닥에 깔린 일요판 스포츠신문의 경마 면을 읽고 있었다. 그녀는 산경 이외의 누구에게도 관심이 없어 보였다. 그녀가 고개를 돌릴 때면 찰랑거리는 결이 고운 단발머리에선 냉장고에서 갓 꺼낸 얼음에서 나는 투명한 냄새가 났다. 그녀는 산경의 어깨에 기대어 그의 머리카락을 만지면서 세상을 도전적인 눈으로 쏘아본다. 나는 그냥 있는 것이다. 그녀의 눈은 말한다. 너와는 아무런 관련도 없이 그냥 그렇게 있는 것뿐이야. 너는 나에게 가까이 오지 마라. 나를 쳐다보지 마라.

"이름이 뭐야?" 신오는 종이컵에 레미마르탱을 따르면서 그녀에게 묻고 있다. 형준은 은박지에 싸인, 완전히 식어버린 프라이드치킨을 안주 삼아 먹고 있다. 산경은 남은 신문지 뭉치에 라이터로 불을 붙였다. 불은 금방 마른 신문지에 타오른다. "아이 따뜻해." 소영이 형준의 허리를 안고 있던 팔을 풀고 두 손을 가만히 그 불을 향해 내밀었다. 그 모습이 마치 성냥팔이 소녀와 같다. 일요판 스포츠신문이 타는 불빛에 형준과 소영의 얼굴이 영화의 한 장면처럼 떠올랐다. 소영의 긴 머리칼이 앞으로 수그러졌다. 그녀는 울고 있는 것 같다. 영화의 배경인 양 눈이 비처럼 내리고 있다.

"가을." 산경의 여자친구는 신오가 따라준 반 컵 넘게 들어 있던 레미마르탱을 코카콜라 마시듯이 한 번에 마셔버리고 대답하였다.

"이름이 가을이야?"

"응. 김가을."

"혹시 여동생 이름이 봄이 아니니?"

"여동생 없어."

"너 혹시 중학생 아니니?"

"왜 이래. 이제 일 년만 있으면 고등학교도 졸업한다고."

일요판 스포츠신문이 이제 다 타버린다. 검은 재들이 바람에 이리저리 날려 깨끗이 청소된 스키웨어 상점 앞을 더럽히고 있다. 이제 아침 열시가 되면 가장 먼저 출근한 흰 셔츠를 입은 종업원이 투덜거리며 걸레를 빨아가지고 나올 것이다. 바람에 날리는 젖은 일요판 스포츠신문의 컬러 화보와 찢긴 경마 페이지를 쓸어모아 휴지통에 버리고 빈 레미마르탱 병과 담뱃재가 가득한 구겨진 종이컵들도 치울 것이다. 소영이 고개를 두 팔 속으로 묻는 것이 어둠 속에서 느껴진다. 산경은 차에서 캔맥주를 더 가지고 온다. 나는 소영이 취한 것 같아 그녀의 잔에 남아 있는 것을 마저 마셔버린다. 산경과 형준은 지난 일요일 경마에 대해서 말하고 있다. "그건 아주 멋졌어" 하고 형준이 열띤 목소리로 산경에게 말한다. "맞아. 백오십 배나 되었어. 하지만 난 완전 뒤통수를 맞았고." 신오는 가을에게 캔맥주를 다시 권하고 있다. 가을은 콧노래를 흥얼거리면서 발로 장단을 맞춘다. 날 놔줘, 날 보내줘, 하고 시작하는 엥겔베르트 훔퍼딩크의 오래된 팝송이었다. 소영의 눈물이 그녀의 팔을 적시고 있다.

"오해하지 마." 소영이 나에게 중얼거린다.

"오해하지 마. 내가 형준이 때문에 이러는 것은 아니야. 이젠 넌 나에게 아무것도 아니야, 너 때문에 슬프지 않고 너 때문에 기쁘지도 않아. 이런 식으로 시작하고 이런 식으로 끝나고."

그도 나 때문에 슬퍼하지 않고 나 때문에 기뻐하지 않았다. 그렇다고 내가 어느 날 새벽이슬이 축축하게 내린 강둑길이 내려다보이는 호텔 창가에서 스타킹을 신다 말고 그에게 "만나지 않는 것이 좋겠어. 이제 너를 견딜 수 없을 것 같아. 이런 식으로는" 하고 말할 생각도 결코 없었다. 대신에 "난 외로워서 상처를 입었거든" 이렇게 언젠가 말하였다. "나는 애정 속에서 질식하고 싶어서 미칠 것 같았어."

"언제 그런 걸 느꼈니?" 그가 넥타이를 매면서 물었다.

"여섯 살 때."

"조숙한 거니, 불쌍한 거니."

"양쪽 다였을 거야, 아마."

"나는 섹스하고 싶어서 미칠 것 같았어."

"그게 언제였는데?"

"고등학교 2학년 때."

나는 하얀 와이셔츠를 입은 그의 등을 보고 있다. 열어놓은 창으로는 새벽의 젖은 풀잎 향기가 물결치면서 밀려온다. 서울로 향하는 국도에 서서히 안개가 걷히고 있다. 그가 구두를 신으면서 한 손을 더듬어 테이블 위의 마시다 만 김빠진 맥주가 담긴 잔과 립스틱 묻은 담배꽁초, 어지럽혀진 냅킨들 사이에서 담뱃갑을 찾아내어 주머니에 넣는다. 섹스하고 싶어서 미칠 것 같은 고등학교 2학년 남자아이와 애정 결핍으로 영원한 불치병에 걸린 여섯 살 여자아이가 손을 잡고 호텔방을 나선다.

신오가 나에게 다가와 편의점으로 맥주를 더 사러 가자고 한다.

"산경이가 가져온 게 다 떨어졌거든. 한 블록 정도 위에 편의점이 있어. 먹을 것도 좀 사고."

나는 소영의 스카프를 빌려 머리에 감고 코트 주머니에 손을 넣고 신오와 나란히 걸었다. 셔터가 내려간 패스트푸드점과 도자기를 가스 가마에 직접 구워 파는 상점들, 골프용품 상점들이 드문드문 있고 편의점의 불빛이 보인다. 점원이 커다란 검은 쓰레기봉투를 길가에 내다놓고 있다. 눈이 내리고 있지만 세상은 침울하게 젖어 있다. 이런 날 잠에서 깨어나 우연히 창을 열고 신오와 내가 걷고 있는 거리를 내려다보게 되면 누구라도 다시는 잠들지 못하고 담배에 불을 붙이게 된다.

"담배 있니?" 나는 신오에게 손을 내밀었다.

"불붙여줄까?" 신오는 담배를 꺼내 한 모금 피우곤 내게 주었다. 나는 거리에 서서 담배를 피웠다. 눈이 서서히 비로 바뀌려 하고 있다.

"형준이 소영이와 헤어지게 되면 이젠 소영이와는 거의 만나게 될 일이 없을 거야. 아니, 아마 안 만나게 되겠지." 신오는 재킷을 목까지 끌어올리고 청바지 주머니에 손을 넣는다.

"왜 그렇게 되니? 동창이라면서."

"동창이라도 특별히 친했던 것은 아냐. 형준이 내 친구고 또 형준의 여자친구가 소영이니까. 그것뿐이었어. 형준은 얼마 전부터 걔를 못 견뎌 했어. 요새는 언제나 화를 내면서 헤어지곤 했었어."

신오는 새로운 담배에 불을 붙인다. 맞은편에서 오는 자동차들의 헤드라이트에 그의 옆얼굴이 흑백의 포스터에서처럼 드러났다.

"너도 소영이 좋아한 적 있니?"

"중학교 때 잠깐. 그때는 누구나 걔를 좋아했으니까."

하얀 면 코트를 입은 채 젖은 밤거리에 서서, 길 건너편 편의점 불빛을 바라보면서 담배를 피우는 것은 너무나 멋있다. 이제 혹독한 계절이 다가올 것이라는 불안감을 잊을 수만 있다면. 언제까지나 바닷가의 방갈로와 모래 묻은 프루트칵테일과 선글라스에 반사되는 햇빛만을 생각할 수는 있다.

"그냥 혼자서 좋아하다 말았어. 그런데 술을 마셔야 할 사람은 소영인 것 같은데 아까 보니까 네가 더 마시는 것 같더라."

편의점으로 들어가면서 신오가 이렇게 말한다. 신오와 나는 여러 개의 캔맥주와 훈제 오징어와 포테이토칩, 따뜻하게 데워진 캔커피를 산다. 점원은 잠을 쫓으려고 카운터에 라디오를 조그맣게 켜놓았다. "Ne me quitte pas" 하고 노래가 시작되었다.

"여자친구가 밤에 아르바이트하면 언제 만나니." 나는 신오가 휘파람으로 라디오의 노래를 따라 부르는 것을 들으며 묻는다.

"이제 다섯 시간만 있으면 만나게 돼. 내가 집에 데려다주기로 했거든."

신오는 손목시계를 들여다본다. "차로 집에 데려다주는 걸 좋아해, 그애는. 전철 두 코스밖에 안 되는데도 그래. 가다가 들러서 해장국 같은 걸 먹고 차 안에서 음악도 듣고 담배도 같이 피우고."

"저어, 밤에 아르바이트 같은 걸 하고 있으면 아무래도 좋지 않다고 생각해, 여자애는. 특히 네 여자친구는 모델 지망생이라면서. 피부에 좋지 않다든가 하는, 그런 불평은 하지 않니?"

"안 하기는. 당분간이라고 생각하고 시작한 거야. 그렇지만 내 생각에 그애는 모델로 성공하기에는 모자라. 가끔 들어오는 카탈로그 일자리라도 계속 있으면 다행인 정도야. 결론을 말하자면, 별로 안 예뻐. 그렇다고 맹렬하게 노력하는 타입도 아냐."

"저 세이블은 니 거니?"

"아니."

신오는 짙은 눈썹을 아래로 깔고 걸었다.

"나, 사실은 정비 공장에 다녀. 거기의 그냥 보통 직원일 뿐이야. 내 여자친구는 우리 아버지가 하는 공장이고 차도 여러 대인 줄로 알지만 사실은 안 그래. 저 차는 공장에서 수

리한 차야. 내 것이 아냐. 공돌이가 무슨 세이블이냐. 웃기는
얘기지."

"그럼 저건 뭐야, 저렇게 가지고 나와도 되는 거니."

"걔를 집에 데려다주고 빨리 공장에 갖다놔야지. 안 그러
면 훔친 게 되니까."

"왜 처음부터 사실대로 말 안 했니?"

"산경이가 소개시켜주었어. 처음에 소개하면서 그렇게 말
해버렸대. 뭐 큰 상관 없을 거 같아서 그냥 있었어. 그것뿐이
야. 하지만 영원히 공돌이로 살지는 않을 거야. 앞으로는 절
대."

"나는 그냥 평범한 은행원일 뿐이야" 하고 그는 두번째로
만나던 날 넥타이를 매면서 말하였다. 해장술을 먹으러 노동
자들이 시장 거리로 몰려들기 시작하는 시간이었다. 반쯤 열
어놓은 커튼 사이로 공장으로 아침 근무를 하러 가는 자전거
의 행렬이 하얗고 넓은 길을 가득 메우고 있는 것이 보인다.
같은 서울이라도 이런 곳이 있었나. 나는 잠깐 동안 신기하
게 생각하였다.

"고등학교 다닐 때 한번은 로큰롤 가수가 되려고 한 적이
있었지만 끝까지 실천하지는 못했어. 대학 다닐 때는 데모
같은 것은 한 번도 못 해봤어. 그래도 엄마는 내가 최곤 줄 알

아. 형들이 둘이나 있는데도 언제나 내 맘대로 하도록 하고 지금도 나를 막내라고 부른다."

나는 머리를 감고 새도와 립스틱을 칠한다. 출근 시간까지는 좀 여유가 있다. 두 번밖에 안 만나고 나에게 너무나 열중하는 이 남자에 대해서 나는 낯섦을 느낀다.

"너에 대해서 말해줘." 그가 차의 시동을 걸면서 물었다.

"네가 좋아하는 것들에 대해서, 하고 싶은 일들에 대해서."

"나는 아침에 담배 피우는 것과 커피 마시는 것을 좋아해. 그리고 비 오는 것을 넓은 유리창을 통해서 내다보는 것도 좋아하고."

"그런 것뿐이야?"

"응, 그런 것뿐이야."

"앞으로 어떤 일을 하고 싶다든가, 그런 건 있니?"

"아, 그런 것?" 나는 러시아워가 시작되어 정체중인 원효대교를 원망스럽게 바라본다. "앞으로의 일은 생각하지 않아. 너도 그렇잖아. 죽음밖에 생각나지 않아."

"내 말을 듣고 있는 거니?" 신오가 가볍게 내 팔을 건드렸다.

"아, 뭐라고 했는데? 차들의 불빛이 너무 눈부셔서 몰랐어."

"너, 그림을 그린다고 들었어. 소영이가 그러더라. 앞으로 화가가 되고 싶은 거니?"

"완전히 아마추어야. 미대에 가고 싶었지만 그러지도 못했고 그냥 취미로 하는 것뿐이야."

주차장에서는 산경과 형준이 마치 한밤의 부랑자처럼 신문지를 태우고 있었다. 소영은 다시 명랑해져서 가을이와 깔깔거리고 있다. 소영의 하얀 팔이 형준의 어깨에 환상처럼 가서 닿는다. 불빛에 금빛 팔찌가 반짝였다. 앞으로의 일은 생각하지 않아. 죽음밖에 생각나지 않아. 나는 그때 그에게 그렇게 말하였던가.

사촌은 아르페지오네 소나타 CD나 사우나 후에 입는 핑크색 코튼 가운을 산다는 핑계로 백화점에 들러서는 매장에 서서 잠깐 얘기하고 가는 경우도 있고 퇴근 시간에 맞춰 찾아와 스테이크로 저녁을 같이 먹기도 하였다. 소영이 찾아오기도 하였다. 형준과 헤어진 뒤 그녀는 붉은 투피스에 힐을 신고 머리를 업스타일로 하고 있었기 때문에 내가 못 알아볼 뻔하였다. 내 사촌에 대해서 그녀는, 아이가 태어나자마자 TV의 〈세서미 스트리트〉 앞에 앉혀놓을 여자라고 평하였다. 그럴지도 몰라, 하고 내가 말하였다. 하지만 소영도 이제는 더이상 찢어진 청바지를 입은 뒷골목의 히피처럼 하고 다니지는 않았다. 심지어는 에스테틱 센터에도 다니고 있노라고 고백하였다.

"사장과는 데이트를 시작했니?" 나의 물음에 그녀는 시니컬한 웃음으로 대답하였다.

"어떤 사람인데, 그는?"

"속물이야."

"부르주아의 돼지 같은 타입?"

"맞았어. 완전 샘플이야." 대답하면서 소영은 콤팩트를 꺼내서 마스카라가 뭉치지 않았나 살핀다. 화장을 하니 그녀는 야성적이면서도 아주 예뻤다. 헝클어진 머리도 아랑곳하지 않고 긴 치마에 농구화를 신고 형준의 트럭에 올라타곤 하던 모습이 아니다. 그녀는 스트로로 콜라를 마시고 선명한 립스틱 자국을 남겼다.

"너는 잘돼가니?"

"뭐가?"

"그 은행 다니는 남자 말이야."

"잘 안 됐어."

"헤어졌구나."

"응."

"잘됐어. 그는 너에게 안 어울렸어. 말할 수 없이 언밸런스했어. 그거 알고 있니?"

내 사촌은 조금 다르게 말하였다. "너는 너 자신을 더 돌아볼 필요가 있어." 그녀는 먹다 만 스테이크 조각을 포크로 톡톡 치면서 말하였다.

"무슨 의미냐 하면, 네가 원하는 것이 무엇인지 먼저 알아야만 해. 그다음에 움직여야 하는 거야. 사실, 이것도 은경이가 내게 해준 말이지만."

사촌의 결혼생활이 아주 행복한 것이었는지에 대해서는 아마 그러했을 것이라고 추측할 수는 있다. 그녀의 '결혼'은 아름답고 성공적인 것이었다. 그녀의 그 멋진 의대생은 변함없이 그녀를 사랑하고 꽃과 보석을 선물하고 주말에는 진보적 성향의 연극을 보러 다니는 것도 결혼하기 전과 달라지지 않았다. 하지만 백화점 전용 쇼핑백을 들고 와이셔츠 매장으로 찾아오는 그녀에게서는 무엇인가 빠져나간 것이 느껴진다. 여전히 이태리제 청바지 광고 모델처럼 생기발랄하고 만족하는 듯한 미소를 하고 있어도 옛날의 오래된 사진관에서 빛나는 한여름의 거리로 뛰쳐나오던 불타는 뺨을 가진 소녀는 어느 순간엔가 죽어버린 것이다.

"집을 옮겨야겠어." 어느 날은 소영이가 와서 새로운 디자인의 기라로슈 와이셔츠를 물끄러미 바라보면서 말하였다.

"그린피스에 기부하는 것도 그만두었고, 아무래도 나, 네 사촌인가 하는 그 여자를 닮아가는 것 같다. 선을 봤거든. 어쩌면 결혼하게 될 것 같아." 소영은 약혼자의 와이셔츠를 사러 온 여자처럼 디스플레이된 파스텔 색조의 셔츠를 하나하나 살피며 매장을 둘러보았다.

"그러니? 축하해." 조금 있다가 생각난 듯이 나는 물어보았다.

"어떤 남자?"

"그냥 보통 남자야. 내무부의 공무원. 서른 살이고 십칠 평 아파트를 갖고 있는 둘째아들이야." 그녀는 무감동하게 덧붙였다. "엄마가 좋아하고 있어. 형준이를 그렇게 싫어하더니."

소영이 동화의 주인공이라면 이쯤에서 끝낼 수 있지 않았을까. 아름다운 공주는 마침내 왕자와 결혼하여 행복하게 살았습니다—내무부의 공무원을 왕자로 표현한 것은 좀 뭣하지만—그렇지만 오랜 시간이 지난 뒤에 나는 우연히 거리에서 소영을 다시 만나게 될 것만 같다. 눈 오는 밤의 유원지 거리이다. 일요판 스포츠신문에 라이터로 불을 붙이고 아스팔트 바닥에 앉아 있는 그녀를. 아무런 일도 일어나지 않았다는 듯이 형준의 어깨에 팔을 감고 신문지가 타는 불길을 바라보고 있다. 오랜 시간이 지났어도 그들은 하나도 변하지 않았다.

"뭐 사러 온 거니? 아, 결혼 쇼핑이로구나. 내가 도와줄 건 없니?"

"결혼 쇼핑이라니, 벌써. 아직 아무것도 결정된 건 없어, 하지만." 그녀는 주방용품 코너가 있는 위층을 손으로 가리키면서 말하였다.

"주방용 가위를 사려고 해."

"주방용 가위라고?"

"응."

"그런 걸 사러 일부러 나왔단 말이야?"

"좋은 걸로 사려고. 크고 단단하고, 은빛 나는 아주 좋은 걸로. 독일제나 스위스제로."

그녀가 정말로 주방용 가위를 사려고 하지는 않았을 거라고 나는 생각하였다. 꽃무늬가 있는 에이프런이라든가 고기를 부드럽게 하는 도구라든가 욕실용 광택제 같은 것만큼이나 주방용 가위는 그녀와 어울리지 않았으니까. 단지 나는 그녀가 손에 들고 있던 백화점의 컬러판 광고지 속에 머리에 수건을 두른 여자가 행복한 공주님 같은 표정으로 완벽하게 세트된 싱크대 사이에 서서 커피를 마시고 있는 것을 보았을 뿐이다. 그 여자의 뒤 거울 같은 식탁 위에는 유리컵에 꽂혀 있는 주방용 가위가 보인다. 은빛 나고 단단하고, 아주 견고해 보였다. 어째서 시스템키친 광고에 그것이 거기에 놓여 있는지는 알 수가 없다. 아마 주방의 인테리어 효과 정도로 생각하고 연출되었을 것이다. 튤립꽃 한 송이를 꽂아놓듯이 말이다. 소영은 에스컬레이터 앞에서 그 광고지를 받고 타고 올라오면서 그것을 보았을 것이다. 그리고 이 백화점에 오게 된 이유를 갑자기 생각해내고 대답하게 되었을 것이다. 내 사촌은 달랐다. 그녀는 정말로 커다란 쇼핑백을 몇 개씩이나 들고 있기도 하였다. 꾸러미 속에는 진짜 핑크색 욕실용 코튼 가운이 보이기도 하였다. "너 때문에 스테이크용 고기를 이 백화점에서 사는 걸로 바꾸었어" 하고 말하기도 하였다. "섭 오빠가 결혼하게 되었다. 엄마가 단식투쟁까지 하였지만 효과가 없었어. 엄마는 그 여자를 안 보겠단다. 엄마가 그러니까 그 여자도 덩달아 쌀쌀해지더라. 집안 분위기가 엉망이다."

"왜 그렇게 이모는 그 여자를 싫어하는 거니, 혹시 집안이 아주 어렵거나, 교육을 못 받았거나, 그 여자 엄마가 무당이거나 하는 거니?"

"아니, 그런 것은 아냐." 사촌과 나는 백화점 퇴근 후에 사람들로 물밀듯이 붐비는 시내의 거리를 걸으면서 구두가게를 몇 군데 기웃거리다가 커피를 마시러 어느 빌딩의 라운지 카페로 들어와 있었다. 흐리고 날씨는 눈이 올 것처럼 추웠다. 비엔나커피의 휘핑크림 위에는 계핏가루가 뿌려져 있고 잔은 따뜻하였다.

"그 여자는 대학교수의 딸이고 일류 여대를 나왔어. 그건 아무런 문제가 없어. 문제는 오빠의 무서운 변화였어." 사촌의 입술에 비엔나커피의 크림이 묻었다.

"엄마는 섭 오빠가 무난하게 좋아하고 안정을 찾기 위해서 사랑을 하는, 그런 결혼을 원했던 거야. 인상이 좋고, 매니큐어는 연한 색을 쓰고 주말에는 남편을 위해서 요리를 하기 때문에 그 여자를 사랑한다는 식의 그런 사랑. 하지만 그 여자는 섭 오빠를 마치 다른 사람처럼 뒤흔들어놓았어. 오빠는 그 여자의 사소한 말 한마디, 무의미한 작은 몸짓 하나에 미친 사람처럼 정열적으로도 되었다가 끝도 없는 절망에도 빠졌다가 하였어. 누구의 눈도 의식하지 않고, 누구의 말도 듣지 않았어. 언제나 하버드대학의 공붓벌레 같기만 하던, 다정하고 부드럽던 그런 오빠가 아니었어. 그의 변화는 우리 모두를 당혹시켰어. 엄마는 가장 심한 배반감을 느꼈을 거야."

나는 섭 오빠의 결혼 문제를 처음에 들었을 때 아마 그 여자가 야간 여상을 나오고 그녀의 어머니는 세 번쯤 결혼한 경력이 있는, 껌을 짝짝거리는 여자가 아닐까 생각했었다고 말했다.

"우리 모두는 섭 오빠를 너무나 좋아했어. 그건 너도 알지. 엄마가 느끼는 것은 질투라고 할 수 있겠지, 일종의. 하지만 나는 달라. 나는 섭 오빠의 열정에는 어떤 비극적인 요소가 있다고 생각해. 그들은 아마 언젠가 헤어지게 될 거야. 엄마나 다른 가족들의 반대 때문은 아냐. 너무 지나친 관계가 그들을 괴롭힐 거야."

섭 오빠의 결혼식에는 당연히, 나는 가지 않았다. 나중에 들었지만 그들은 사촌의 말대로 일 년을 살고 서로 합의하에 헤어졌다. 이유가 무엇인지는 모른다. 사촌은 내가 그 백화점을 그만두고서 다른 백화점으로 옮길 때까지 몇 번을 더 찾아왔었다. 직장을 옮긴 것은 더 좋은 보수라거나 매장 근무가 아니라는 점도 있었지만 어떤 스캔들이 문제가 되었던 것이다. 젊은 유부남이었던 그 매니저와는 몇 번 새벽까지 술을 마신 것밖에는 아무것도 없었지만 그의 아내가 직장까지 찾아오는 소동이 벌어지자 더이상 다닐 수가 없게 되었다. 새로운 직장에서 나는 이 년을 더 다니게 된다. 그곳은 비교적 근무 환경도 좋았고 또한 사소한 스캔들에는 관대한 편이었다. 이 년 동안 특별한 일이 일어나지 않다가 어느 날 전화를 받게 되었다.

그날은 권태로 가득찬 수요일 아침이었다. 비가 온다거나 바람이 부는 날씨가 아니었다. 깊게 우울한 듯한 흐린 날들이 계속되고 있었다. 여고를 갓 졸업한 백화점의 엘리베이터 걸들이 아침의 구내식당에서 양상추샐러드를 그릇에 담으면서 끈적끈적해지는 파운데이션과 녹아내리는 마스카라를 불평하고 있었다. 어느 남자가 옆에서 샤넬을 써보라고 권하고 있다. 방수 처리된 마스카라는 어때요, 하고 커피와 토스트를 먹던 또 한 명의 남자가 거들었다. 우울한 날에는 쇼핑을 더 잘하는 법이야, 하고 누군가가 말하였다. 달리 하고 싶은 일이 없거든. 이건 훌륭한 기분 전환이지. 인도어 골프장에서 흐린 오후를 죽이는 것보다 더 좋아. 이 년 동안 별로 변한 것이 없는 풍경이었다. 엘리베이터 걸들의 핑크 재킷에 검은 플리츠스커트하며 직원들에게 디스카운트해주는 그녀들의 리리코스 향수 냄새와 낮게 가라앉은 회색빛 하늘조차도 조금도 변한 것이 없는 듯 생각되었다. 크레디트 상담실에 근무하던 나는 출근한 후에 수요일 자 조간신문을 뒤적이다가 커피를 끓여 마시고 옆 사람들의 잡담에 적당히 대꾸해주고 있었다.

"크레디트카드를 분실했는데요." 걸려온 전화의 그 목소리는 이렇게 시작되었다. "주민등록번호는 62××××-×× ×××××, 이름은 김신오."

"분실 장소는 어디입니까?" 키보드를 두드리거나 파일함을 여는 단조로운 소리들이 사무실 안에 가득하였다. 이제 이 년 동안 그랬던 것처럼 사람들은 억양 없는 목소리로 전화를 받고, 사무실이 금연 구역으로 묶인 것에 대하여 흡연자들은 복도에 모여 커피를 홀짝이면서 불평하고 점심을 다이어트해야 할지 여부에 대해서 흰 블라우스를 입은 여자들이 궁리하고 있을 것이다. 나는 상냥하게 다시 물었다.

"분실 장소는 어디입니까?"

"구기동 유원지 앞에서 분실했습니다. 이틀 전 밤이었어요. 흐리고 아주 불쾌하게 더운 밤이었어요."

화면에 빠르게 나타난 김신오의 인적 사항이 눈에 들어왔다. 직업은 자동차 정비공, 가족 사항은 부인 이경림과 아들 유노. 그는 옛날의 그 김신오가 맞았다. 훔친 세이블을 가지고 밤을 새워 아르바이트하는 여자친구를 데려가기 위해서 새벽을 기다리던 그 김신오. 그의 여자친구는 그가 부잣집 아들이고 자기에게 푹 빠져 있다고 굳게 믿던 모델 지망생이었다. 신오는 밤의 어둠 속에서 소영의 눈물을 읽고 포테이토칩과 맥주를 사러 나와 함께 먼길을 걸어갔다. 나는 그와 전화를 하면서 오랫동안 만나지 못했던 소영의 죽음을 듣게 된다.

"오랜만이구나." 그가 말한다.

"아직도 그 백화점에서 일하고 있는 거니."

"그때의 그 백화점이 아니야. 다른 백화점이지. 하지만 그 다르다는 것이 큰 의미는 없어."

그는 웃었다.

"내가 아직도 정비 공장에 다니고 있다는 것을 너에게 말했던가?"

"이미 알고 있어. 아들이 있다는 것도."

"아아." 그는 한숨처럼 그렇게 말했다.

"좋은 여자야, 그녀는. 일 년 전에 만나서 곧 임신하고 결혼했어. 얼굴도 예쁘고 마음도 고와. 그런데도 모델 같은 것은 하려고 생각한 적도 없어."

우리는 전화기를 통해서 함께 웃었다. 그리고 그는 소영의 죽음에 대해서 말하기 시작하였다. 그녀의 일은 그의 중학교 동창들 사이에서도 꽤 화제가 되었다고 한다.

"모르고 있을 거라 생각했어. 신문에 나거나 한 것도 아니니까. 한 달도 채 안 됐어. 아주 더운 날이었지. 불쾌지수가 그날 신문에 크게 났었지, 아마."

나는 안다. 그는 지금 몹시 담배가 피우고 싶어 못 견딜 지경이라는 걸.

"손목이었어. 손목을 그었다니까. 그것도 주방용 가위로."

"주방용 가위라고?"

"그래, 주방용 가위. 백화점에서 그날 오후에 새로 산 주방용 가위야. 몹시 단단하고 견고한 거였겠지, 은빛 나는 걸로."

"그애는 가끔 전화를 걸어왔어. 만족스러워 보였어, 더이상의 다른 무언가는 없는 것 같았어."

"그럴 수도 있어. 아닐 수도 있고. 그런 건 아무러면 어때. 중요한 것은,"

"중요한 것은 그녀가 가위로 손목을 그었다는 거다, 이런 말이지."

"그렇지. 이외의 것은 너무나 의미가 없어. 그녀의 남편은 그때 공항에서 돌아오는 중이었어. 지방에 출장 가 있었어."

전화를 끊고 점심시간이 되어 구내식당에서 언제나 변함없이 나오는 양상추샐러드를 먹다 말고 문득 나는 주말의 어떤 약속이 떠올랐다. 무엇 때문인지는 모르지만 잊어버리고 있다가 갑자기 알게 되었다. 나는 주말에 공항 국내선 청사에서 누군가를 만나기로 한 것이다. 김신오는 전화에서 그렇게 말했다. 누군가 공항에서 돌아오던 중이다라고. 그 말 때문이었나.

무채색의 날에는 붉은색이 가장 좋아, 하고 뒤 테이블의 누군가가 큰 소리로 말하였다. 밥을 아주 조금만 담은 공기 위에 토마토와 쑥갓 같은 야채를 올려놓고 먹는 디스플레이 파트의 새로 온 여자였다. 그녀는 칙칙한 색의 원피스를 입었을 뿐 붉은색의 스카프조차도 두르고 있질 않았다. 공항에 나가야 한다는 생각은 무채색의 날씨보다도 더 내 머리를 무겁게 하였다. 매우 큰 링 귀고리를 하고 팔 센티는 될 것 같은 힐을 신은 여자가 내 옆을 지나가다가 비틀거리면서 된장국을 조금 바닥에 쏟았다. 그 옆을 지나가던 남자 신입 사원 여럿이 큰 소리로 웃었다.

소영의 결혼식도 새삼스럽게 생각이 났다. 너무나 많은 폭죽이 터지고, 서투른 솜씨로 찍어대는 아마추어 사진사들 때문에 일부러 불러온 시내의 무슨 포토 스튜디오의 작가라는 사람은 마침내 화를 내고 말았다. 실크 한복을 차려입은 여인네들이 끝도 없이 피로연장인 뷔페식당에 드나드는 중에 외출복을 입은 어린아이들이 엄마를 찾아서 뛰어다녔다. 백설공주처럼 화장한 소영은 입을 크게 벌리고 활짝 웃고 있었다. 아마 이맘때쯤이었을까. 완전한 가을은 아직 찾아오기 전이었고 바람이 심하게 불었다. 양복을 입은 젊은 남자들이 매우 많았다는 것, 아, 그중에는 김신오도 있었다. 모델 지망생이라는 그의 여자친구도 곁에 있었던 것 같다. 그러나 안개가 서린 것처럼 그녀의 얼굴은 희미하기만 하다. 그렇게 강렬한 인상을 주거나 특별나게 아름답거나 하지는 않은 여자아이였던 걸로 기억된다. 모델을 지망한다는 사실 하나가 그녀를 실제보다 더 빛나 보이게 하고 있었다. 하지만 그녀가 고개를 돌리고 긴 머리칼이 그녀의 얼굴을 따라 이리저리 움직이는 것을 보는 것은 기분이 좋았다. 신오는 그런 그녀에게 다른 누구보다도 감탄하고 있었다. 결혼식장의 피아니스트가 연주하는 음악이 울리면서 신랑과 신부가 하얀 스프레이를 잔뜩 뒤집어쓰고 걸어나왔다. 피로연장에서 내무부의 공무원인 신랑은 샴페인을 직접 따라주며 다녔다. 누군가가 축가로 "나는 네가 좋아서 순한 양이 되었지. 풀밭 같은 너의 가슴에 내 마음은 뛰놀았지" 하고 시작하는 아주 오래된 노래를 불렀었다.

공항에 나가기로 한 것은, 아주 망설이면서, 그것도 간신히 한 약속이었다. 나는 창가에 서서 커피를 마시고 있었다. 부드럽고 습기 많은 바람이 불어오는 저녁이었다. 아직 가을이 오려면 얼마 더 기다려야 하는 때였다. 저 아래편 골목의 제과점에서 빵이 익는 냄새가 여기까지 느껴진다. 나는 커피를 천천히 삼키면서 겉옷을 입고 골목길을 내려가 제과점에 가서 좋아하는 따뜻한 대니시 페이스트리를 사가지고 올까, 아니면 그냥 있을까 하는 걸로 생각에 잠겨 있었다. 그때 전화벨이 울렸다. 내 사촌은 지난 겨울날 버버리 상표의 울 스웨터를 사면서 나를 생각했을 거다. 외로울 거라고 생각했을 거다.

사촌은 나에게 그녀의 남편의 한 동료에 대해서 끊임없이 얘기하기를 좋아하게 되었다.

"처음에 그 생각이 났을 때 스웨터를 네게 가져다주려고 했어."

사촌은 전화로 이렇게 말해왔다.

"왜 그랬는지는 몰라. 네가 결혼해야 한다는 생각이 들었을 뿐이야."

나는 망설이다가 결국 전화를 받는다. 열어놓은 이층의 창으로 들어온, 눅눅해진 빵에서 나는 것 같은 냄새가 저녁 가득히 채워졌다. 디스플레이어는 내가 공항에 나와주기를 원한다고 말했다. 휴가를 얻을 수 있을까, 내가 막연하게 말하였다. 아마 휴가는 얻을 수 있을 것이다. 그는 지방에서 디스플레이 일이 이제 끝났으니 일주일 정도는 쉴 수 있을 것이다.

"넌 스물일곱 살이야." 사촌은 참지 못하고 그렇게 말한다. "마지막 기회일지도 몰라. 그는 닥터야. 너를 편히 쉬게 해줄 거야. 너, 휴식이 그립지 않니."

나에게 공항에 나와달라고 그해 여름의 끝 무렵 저녁에 전화했던 디스플레이어는 나와 결혼할 생각은 없이 나와 같이 있고 싶다는 사람이다. 내 사촌은 디스플레이어를 혐오한다.

"그 남자가 없어도 넌 별로 슬프지도 않지. 단지 외롭기 때문이야. 혼자 되는 걸 두려워하면서. 난 알아." 사촌은 미장원에 가서 머리를 말고 있을 때도 그 남자의 생각이 나면 그렇게 미워진다고 한다.

"네가 진짜로 존재한다는 걸 확인하고 싶었어" 하고 디스플레이어는 전화에 대고 말하였다. "어제부터 잠을 전혀 자지 못했으니까. 기분이 매우 이상해. 머리도 무겁고. 공항에 나와주었으면 좋겠어." 난 공항으로 나가겠노라고 약속해버린다. 카펫의 먼지를 털고 창문을 닫는다. CD플레이어에 피아노 음악을 걸어놓고 욕실 청소를 하고 냉동 오렌지주스를 꺼내서 미네랄워터로 희석시킨다. 갓 들어온 엘리베이터 걸 중의 하나는 올드미스가 되기 싫어, 하고 식당에서 외쳤다.

"결혼하고 싶은 것은 아냐, 단지 난 올드미스가 되는 것이 싫을 뿐이야." 그녀는 스물두 살로 올해 초 같은 백화점의 한 매니저와 약혼하였다. 그녀는 순진해 보이는 커다란 눈동자와 긴 속눈썹을 가졌다. 그녀는 삶은 양배추를 뒤적이면서 나에게 외롭지 않느냐고 물었다. 그 옆에 앉은 다른 여직원들은 못 들은 척하며 밥을 먹거나 아니면 자기들끼리 어떤 눈짓을 교환하거나 하였다. "아니요, 난 남자친구가 있어요. 그런 의미라면, 전혀 외롭지 않아." 그녀의 순진한 두 눈동자가 더욱 커다래졌다. "어머, 그러면 지난번 스카이라운지에서 같이 있던 그 디스플레이 파트에 있었던 분, 맞아요? 그분은 독신이라고 들었어요." 옆자리의 긴 머리 여직원들 중 하나가 참지 못하고 킥 웃음을 터뜨린다. 그녀의 쟁반에서 반쯤 껍질을 까놓은 여름밀감이 바닥으로 굴러떨어졌다.

공항 국내선 대합실이다.

토요일이라 풍선과 리본으로 잔뜩 치장한 웨딩 카가 끊임없이 드나드는 주차장을 바라보면서 나는 서 있다. 드물게 아주 맑은 날이었다. 주차장에 가득한 여름빛은 어두운 밤의 유원지 주차장에서 타오르던 일요판 스포츠신문을 태우던 불빛처럼 보인다. 형준의 어깨를 감싸던 소영의 하얀 팔과 금빛 팔찌가 있다. 이제 곧 9월이 시작되겠지만 주차장으로 쏟아지는 햇빛은 사정없이 치열해 보였다. 그 눈부심 속으로 하얀 원피스를 입은 작은 신부와 신랑과 그들의 친구들이 걸어오고 있다. 그녀의 하얀 실크 원피스와 하얀 스타킹과 거들과 무엇보다도 숨막히는 하얀 햇빛이 그녀를 질리게 하고 있다. 하얀 신혼여행용 트렁크 위에 붉은 테이프로 아이 러브 유, 하고 누군가 장난을 쳐놓았다.

"그래도 나는 비행기를 탈 거야" 하고 내 옆자리 플라스틱 벤치에 앉은 여자아이가 말하고 있다. 그녀는 짙은 선글라스를 쓰고 꽃무늬가 있는 하얀 옷을 입었다. 그녀는 옆의 남자에게 말했다. 그들은 스트로가 꽂힌 세븐업 캔을 하나씩 들고 있다. 남자는 화내고 있는 걸까, 고개를 돌리고 있어 표정이 보이지 않는다. 그는 머리를 수그린다. 여자아이의 손을 잡는다. 그러나 그녀는 다시 한번 더 똑똑하게 발음한다. "나는 비행기를 탈 거야. 나를 막지 마. 미워하면서 헤어지고 싶지 않아." 세상이 그들 주위에서 조용히 무너지고 있다.

나는 집에서 늦은 아침으로 김초밥을 만들어 먹고 시간이 남았지만 그냥 공항으로 나왔다. 여러 시간을 기다려야 할 것이라는 생각이 들자 따분해졌다. 반짝이는 천으로 된 한복을 입고 머리에 꽃장식을 한, 화려한 부케 바구니를 든 여자들이 남자의 팔에 매달려 행렬을 지어 지나간다. 한 남녀는 비행기를 타러 가지 않고 내 앞의 플라스틱 벤치에 앉았다. 여자는 유행이 한참 지난 것 같은 자줏빛 원피스를 입고 초콜릿 빛깔의 낮은 구두를 신었다. 남자가 담뱃재를 털기 위해 스테인리스 재떨이를 향해서 몸을 돌렸다. 나는 자판기에서 커피를 한 잔 더 뽑아 먹을까 말까 생각하다가 그 남자의 옆얼굴을 보았다. 이 년 전, 전화로 푸른 사과 얘기를 마지막으로 하고 헤어진 그였다. 별로 나이도 들어 보이지 않고 변한 것도 없었다. 그는 나를 보지 못하였다. 자줏빛 원피스를 입은 여자가 일어서더니 화장실로 갔다. 그들은 신혼여행을 가는 것 같지는 않고 어디 멀리로 여행을 가는 것 같지도 않았다. 혼자 남은 그는 수염을 말끔하게 깎지 못한 모습이고 와이셔츠도 구김이 있는 것이 조금은 피곤해 보이는 듯하고 무엇엔가 깊은 생각에 잠겨 있는 것 같기도 하다. 나는 그가 나를 알아보지 못했음이 다행이라는 생각도 들고 좀 서운하다는 생각도 든다.

나는 일어서서 가까이 보이는 화장실로 들어갔다. 긴 머리를 손가락으로 빗으면서 한 여자아이가 거울 앞에 바싹 붙어 서서 자기의 눈동자를 바라보고 있었다. 나는 일회용 타월을 한 장 뽑아 미지근한 수돗물을 축여 어쩐지 너무 튀는 것 같은 아이섀도를 지워버리고 어두운 연한 핑크색의 립스틱을 다시 바른다. 거울 속의 나는 이 년 전으로 돌아간다. 늦가을의 국도를 달리는 차 안에서 바람이 부는 황량한 가을 들을 바라보려고 창밖으로 몸을 내민다. 길가에서 푸른 사과를 팔고 있던 여인의 무표정하고 건조한 눈동자, 그 여인의 낯섦과 황량함에 가슴 떨려 하면서 종이봉투에 든 푸른 사과를 사고 돌아오는 길에 스케치북에 푸른 색연필로 그 사과를 그렸다. 그때 차 안에서 흐르던 피아노 음악처럼 우울하면서 낡은 햇빛처럼 창백하였던 그 푸른 사과의 거리. 아, 그때 피아노 음악이 있었던가. 그냥 라디오 채널에서 흘러나오던 전인권과 비슷한 목소리의 유행가가 아니었을까. 단조롭고 지루하게도 느껴지던 피아노소나타의 첫 도입부가 지나고 클라이맥스로 치열하게 전개되는 피아노 음악. 그런 피아노 음악을 들은 것은 훨씬 이전, 어둑어둑한 한여름의 지하 바에서가 아니었을까. 무대에서는 푸른 드레스를 입은 여자가 피아노를 연주하고 있다. 밖은 이미 밤이었으나 무척이나 덥고 금방이라도 소나기가 쏟아질 것처럼 습기가 많은 한여름 날이었다. 그러나 실내는 대형 룸쿨러가 작동되고 있었고 여자아이들은 특별히 달콤하게 만든 보드카선라이즈를 스트로로 조금씩 마시고 있었다. 실내는 어두웠고 담배 연기와 테이블의 파인애플 접시에서 기화氣化되는 드라이아이스로 다른 사람들의 얼굴을 잘 알아볼 수가 없다. 피아노 치는 푸른 드레스의 여자는 마이크에다 대고 노래를 부르기 시작한다. 무슨 노래였는지 모르겠다. 아마 프랑스 샹송 〈로망스〉와 비슷한 음률의 노래였던 것 같다. 어느 여름날인가 나는 그곳에 있었고 고등학교를 채 졸업하지 않은 여자아이들이 바다로 놀러갈 비용을 벌려고 아르바이트를 하던 곳이었다. 아니 어쩌면 나는 완전히 잘못 기억하고 있는지도 모른다. 그 피아노가 있던 바는 서해안 국도에서 푸른 사과를 사던 그날부터 한참이나 지난 뒤의 풍경인 것도 같다. 피아노의 나른한 음률이 숨막히는 지하의 어둠을 더욱 낮게 가라앉혔고 푸른 옷을 입은 피아니스트는 긴 머리를 핀으로 틀어올려 고정시키고 있다. 스트로로 여자아이들이 마시고 있던 것은 보드카 선라이즈가 아니라 블러디메리 같은 거였을 수도 있고, 팝콘 부스러기가 테이블과 바닥에 흩어져 있다. 나는 소매 없이 어깨가 드러난 흰 윗옷을 입은 여자아이들 중 한 명이다. 나는 백화점의 디스플레이어를 기다리고 있고 이외의 기억은 혼란스럽다. 그냥, 끊임없이 잘못 틀어놓은 LP판처럼 반복적으로 들려오던 그 피아노 소리. 늦가을의 국도를 달려가는 차 안에서 들었던 것도 같은 피아노 소리이다.

물소리가 들리고 화장실 안에서 자줏빛 원피스를 입은 여자가 나온다. 그녀는 거울 앞에서 앞머리 모양을 좀 다듬다가 핸드백에서 연한 빛 립스틱을 꺼내 바른다. 눈에 띄게 촌스러운 복장을 하고 있지만 가까이서 본 그녀의 얼굴은 깜짝 놀랄 만큼 어여쁘다. 길고 아름다운 눈동자가 초롱초롱하고 복숭아 같은 양볼을 가졌다. 어려 보이는 얼굴이었다. 긴 머리의 여자아이는 아직까지도 아무것도 하지 않고 거울을 들여다보고 있다가 창가로 가서 담배에 불을 붙인다. 자줏빛 원피스를 입은 여자가 나가버린다. 덜 잠근 수도꼭지에서 떨어지는 물방울 소리만이 일정하게 들린다. 공항의 아나운스먼트가 부산행 비행기가 곧 출발함을 알린다. 나도 담배가 그립다. 밖으로 나왔을 땐 그가 혼자 앉아 있었다. 자줏빛 원피스를 입은 여자는 없었다.

"그 여자는 이제 안 돌아올 거야. 집으로 돌아갔으니까."

그와 나는 공항의 그릴에 마주앉아서 레모네이드를 마신다. 실내에는 달콤한 방향제 냄새와 커피 끓이는 냄새가 살짝 구운 두꺼운 토스트의 냄새와 함께 나고 있다. 비행기를 기다리는 신혼부부의 물결이 이곳에도 가득하다.

"넌 좋아 보이니 다행이구나." 희미한 커피 얼룩 같은 것이 진 테이블보 위에는 은색 재떨이가 놓여 있었다. 그는 담배를 한 대 피워 물었다.

"지난주에는 세탁기가 고장났고 또 얼마 전엔 중고 야마하 피아노를 싸게 주겠다는 사람이 있었지만 방이 좁아서 포기해야만 했어. 보일러 때문에 두 번이나 수리공을 불러야 했고. 그런 것 말고는 아무런 문제가 없어."

"은행 일은 끔찍한 스트레스의 연속이야." 그는 얼굴을 찌푸렸다.

"매일 밤 잠들기 전에 술을 마셨어. 고등학교 동창 하나가 있었는데, 술을 마시고 나면 그가 생각이 나. 안 만난 지 한참이나 됐는데도. 그는 대학을 마치고는 남해안의 한 어촌으로 들어갔어. 아니, 서해안이던가. 그래, 이제 기억이 나네. 서해안이었어."

스물일곱의 그는 지치고 피곤해 보이는데도 옛날처럼 멋있고 시원한 옆얼굴을 하고 금방 테니스를 하고 들어온 사람처럼 매력이 있어 보였다.

"나 사람을 기다리는 중이었어." 나는 시계를 보았다. 이제 거의 도착할 시간이 되어 있었다.

"누군데……"

"응, 백화점의 디스플레이어. 지방 백화점으로 출장 갔었거든."

"비즈니스로 만나는 거니?"

"아니."

그와 나는 그래도 한 오 분 정도 마지막 남은, 얼음이 녹아 싱거운 레모네이드를 마저 마시고 담배를 필터 끝까지 피우면서 앉아 있었다. 내가 먼저 물었다.

"그 자줏빛 옷 입은 여자, 아주 귀여운 얼굴이던데." 그가 희미하게 웃었다.

"너도 예뻐. 너랑 다닐 때 은행 친구들이 얼마나 부러워했었다고. 그 아인 처음에 나와 같은 지점에서 창구에 앉아 있었어. 시골티가 가시지 않아서 그렇지, 아주 좋은 아이야."

"이제 가봐야겠어." 나는 스커트 주름을 펴면서 일어선다.

"백화점으로 연락해도 되니?" 그가 내 뒷머리에 대고 묻는다.

비행기는 정시에 도착했고 택시 잡는 것도 어렵지 않았다. 날은 몹시 더웠지만 하늘은 파랗고 햇빛은 유리같이 날카로웠다. 이층의 내 셋집엔 손바닥만한 전망 좋은 베란다가 있었다. 나는 수영복을 입고 배스 타월을 깐 베란다에 누워 워크맨 이어폰을 귀에 꽂은 채 선탠을 해야겠다고 생각하였다. 애거사 크리스티와 오일과 선글라스만 있으면 된다. 이번 여름 내내 바다에 가지 않고 일하였다. 여자아이들과 떼를 지어 바다에 가는 것이 싫증나고 디스플레이어와 같은 기간에 휴가를 얻는 것도 신경쓰여서 그만두어버렸다. 디스플레이어는 친구들과 제주도에 갔었다가 엄청나게 커다란 파인애플을 가지고 왔다.

그날 저녁, 디스플레이어와 나, 그리고 그의 작업 친구 몇 명이 지하 바에 있었다. 나는 보드카선라이즈와 위스키 스트레이트를 번갈아가면서 마셨다. 오랜 시간을 그랬으니까 아무래도 취하게 된다. 무대에는 푸른 드레스를 입은 긴 머리의 여자가 피아노를 연주한다. 커다란 파인애플 조각이 유리접시에 담긴 채로 테이블에 놓여 있었다. 남자들은 넥타이를 느슨하게 하고 여자아이들은 얼음을 커다란 그릇으로 주문하였다. 이런 여름밤의 지하 바에 내가 예전에도 있었던 것만 같은 생각이 들었다. 저 격렬한 피아노 연주도, 어두움 속에 희미한 사람들의 모습이나 조용한 소음을 내는 저 대형 룸쿨러도. 모든 것이 익숙하였지만 언제의 일인지는 기억이 나지 않았다. 사람들은 일에 대해서 이야기하고 나는 다섯 잔째인가의 위스키 스트레이트를 마셨다. 밤이 깊어지자 누군가가 스카이라운지로 올라가자는 말을 하였다. "라운지로 바로 통하는 엘리베이터가 있어. 밤의 한강이 내려다보인다고." 또 누군가는 이런 말도 하였다. "매일 보는 게 한강인데, 뭘 요란하게 그래. 난 이곳 피아노가 좋아." 결국 모두 다 스카이라운지로 올라가서 마티니를 더 마셨다. 내려다보이는 밤의 한강과 고속도로를 향하는 차들의 야경은 아름다웠다.

"너에게 줄 선물이 있어."

열어놓은 베란다 문을 통해서 밤의 바람이 불어왔다. 강물 냄새가 나는 기분의 바람이었다. 나는 둥근 쿠션에 앉아 다리를 흔들면서 담배를 피우고 있었다. 속이 좀 울렁거리는 것 같았지만 불을 꺼놓은 방에서 시원한 바람을 맞으니 괜찮아졌다. 디스플레이어는 고디바 초콜릿 한 상자와 핑크색 샤넬 립스틱을 꺼냈다.

"방수 처리 된 거래. 잘 지워지지도 않고. 색은 네가 잘 바르는 걸로 골랐어."

"고마워."

나는 어쩐지 속이 좋지 않아져서 베란다로 나갔다. 아주 멀리 아래쪽에 호텔 주차장의 불빛이 보인다.

"너 설마 거기서 토하려는 건 아니겠지. 술을 많이 먹는 것 같더라."

"토하면 뭐 어떠니. 하지만 이제 아무렇지도 않아. 잠깐 밖에 있을래."

위스키 스트레이트를 좀 많이 마신 것 같았다. 머리 한쪽이 두드리는 것처럼 아팠다.

"백화점에서 나에게 뭘 주던데. 무슨 주방용품 세트래. 그것도 너 줄게." 디스플레이어는 트렁크에서 반짝이는 검은 포장지로 포장된 상자를 꺼낸다. "난 자취하는 것도 아니고 엄마랑 사는데 무슨 주방용품 세트니."

나는 테이블 위에 펼쳐놓은 상자를 들여다보았다. 디스플레이어가 의기양양하게 말한다. "봐라, 새로 나온 디자인의 독일제 주방용품 세트야." 테이블 위에는 은빛으로 반짝이는 헹켈 주방용 가위가 있었다. 물론 다른 것도 있다. 티스푼, 과도, 뜨거운 냄비를 식탁에 놓을 때 사용하는 받침, 그리고 예쁜 주방용 저울. 가위는 단단하고 강해 보였다.

"이렇게 하는 것 싫어하지 않지?" 디스플레이어가 묻는다. 우리는 침대 속에 있다. 테이블 위에는 헹켈 주방용 가위가 그냥 놓여져 있다. 누군가 폭죽을 터뜨리는 것 같은 소리가 강으로부터 들려온다. 누가 폭죽놀이를 하나봐. 나는 속으로 생각한다. "이렇게 하다니, 어떤 것?" 나는 묻는다.

"데이트하고 섹스하고 전화하고, 이렇게. 가끔은 셰러턴 워커힐호텔의 라운지에도 가면서. 이렇게 하는 것 네가 싫어하게 될까봐. 네가 좋아하는 걸 하고 싶어." 디스플레이어는 내 머리칼을 만지고 그리고 그는 잠이 든다. 은박지에 하나하나 예쁘게 포장된 고디바 초콜릿은 테이블과 카펫이 깔린 바닥에 흩어져 있다. 나는 초콜릿 하나를 까서 입에 넣는다. 마른 나뭇잎이나 너무 오래 익힌 양배추처럼 느껴진다. 나는 베란다로 나가 아래로 몸을 굽혀보았다. 새벽이 오려는 듯하다. 벌써 성미 급한 어느 사람은 조깅할 준비를 하고 있을지도 모른다.

　나는 공항에서 그에게 푸른 사과가 있던 국도에 대해서 물어봤어야만 했다. 그러면 그는 기억을 되살려 대답해주었을 것이다. 기차를 타고 가다가 다시 버스로 갈아타야만 하는 곳이야. 근처에 강이 있고 호수도 있지. 국도로 접어들면 바다로 가는 길 쪽으로 곧바로 가면 돼. 방안의 테이블 위 여러 가지 주방용품들과 초콜릿 조각과 캔커피 사이에서 헹켈 가위가 변함없이 반짝였다. 위스키 스트레이트를 너무 많이 마셨나봐. 담배에 불을 붙이고 캔에 반쯤 남아 있던 미지근해진 커피를 마셨다. 새벽이 이제 오려고 하는 마지막 여름의 어둠을 향해서 나는 속삭인다. 나는 아무것도 모른다. 섹스의 기쁨도 모르고 사랑의 감동도 없다. 멀리로 나 있는 길을 바라보면서 나는 스산한 먼지바람 속에 서 있다. 초록빛 강물 냄새와 오래된 풀잎 냄새가 나는 것 같다. 바다로 가는 길이 이쪽인가요, 하고 차를 멈추고 여행자들이 내게 묻는다. 바람이 나의 머리를 흐트러뜨리고 길가의 키 큰 마른풀들을 눕게 한다. 그들의 차에서는 라흐마니노프의 피아노 음악이 요란하고 그들은 푸른 사과를 산다.

1988년의
어두운 방

바다는 차로 약 십 분 거리야. 운전할 사람은 알코올을 더 이상 마시지 말아요. 가는 비가 내리고 있어. 길은 포장 상태가 좋지 않고 예상이 어려운 커브투성이거든. 커피 더 마시겠어요?

　싸늘한 바람이 매우 심하게 불고 있었다. 우리는 두꺼운 산책용 스웨터를 어깨에 걸치고 머리카락이 마구 흐트러지는 어두운 밖으로 나왔다. 차를 향하여 뛰어가는데 맨발에 스치는 풀잎의 느낌이 서늘하고 팔에는 소름이 돋았다. 그날, 운전을 누가 했는지는 기억이 잘 나지 않는다. 누군가 내 발을 심하게 밟아 차 안에서 미진에게 대일밴드를 빌려 썼고, 보이지도 않게 내리는 비에 내 머리칼은 젖어버렸다.

맥주를 마시겠어요? 옆자리에 끼어앉아 있던 단발머리 여자가 하이네켄 캔을 내게 내밀었다. 나는 맥주 캔을 받고 그 단발머리 여자가 누구인가 한참 생각했다. 내 친구도 아니고 미진의 손님도 아니었을 것이다. 미진은 아무도 초대하지 않았다고 내게 말했었는데, 이미 밤이 깊어져 내가 도착했을 때 좁은 콘도에는 너무나 사람이 많아 나는 아무도 주의깊게 볼 수 없었고, 또 사실 내게는 모두가 그저 그런 느낌의 사람들이었다. 담배 연기와 여러 가지 오드콜로뉴 냄새가 뒤섞인 이 이상한 휴가는 미진의 아이디어였다. 원래 나와 미진은 동해안으로 떠날 계획이었다. "꼭 연인과 함께 가을 여행을 떠나야만 한다는 법이 어디 있어?" 하고 미진이 말했었다.

철희는 자기의 대학 동창 몇몇과 바다낚시 여행을 가기로 했는데 미진은 따라가기를 싫어하였다. 그들이 부인을 데리고 온다는 것이 그 이유였다. 언니, 결혼한 여자들이 어떤 종류인 줄 알아? 바퀴벌레만큼 참을 수 없어, 하고 미진은 고집을 부렸다. 그래서 철희는 오래전에 우연히 알게 되었던 아주 근사한 곳을 우리와 함께 다시 한번 가보고 싶다고 했다. 그런데 출발 얼마 전 그 대학 동창 중 결혼하지 않은 몇몇이 철희와 미진이 함께 떠난다는 것을 알고는 모두 각자의 여자친구를 동반하고 우리와 합류하겠다고 하였다. 그 여자친구들 중의 한 명이 철희의 기획사와 일 관계로 연관된 것이 나중에 알려지자 철희는 그녀가 알고 있는 인테리어 디자이너와 광고사 직원들을 더 불러왔고 그들은 또 각자의 친구들을 초대하였다. 결국은 비즈니스니까, 하고 철희는 말했었다. 그리고 최종 인원은 열일곱 명으로 생각되었는데 오늘 도착한 사람은 모두 스물한 명이었다.

철희와 미진은 그들의 기획사 일에 광적으로 열심이었다. 나는 가지 않겠다고, 휴가를 조용히 음악이나 들으며 지내겠다고 하였다. 나는 정말이지 개성들이 찬란하게 빛나는 그들의 친구들과 함께 멋진 늦가을 휴가를 보내고 싶지 않았다. 그런 나를 설득한 것은 미진이었다. 언니, 나 혼자선 유능한 호스티스 역할을 해낼 자신이 없어. 그리고 언니도 즐겁지 않으리라고 장담할 수는 없잖아. 그들은 모두 멋있는 사람들이야. 그 말에 설득당한 것은 아니지만, 나는 토요일 하루를 커튼 쳐놓은 어두한 방에서 잡지를 읽으며 보내다가, 결국 오후 늦게야 기차를 탔다. 콘도에 도착했을 때는 이미 열두시가 넘었다. 문을 열어준 사람은 영국제 캠핑복을 입고 머리를 짧게 깎은 남자였고, 실내는 어두웠고 담배 연기와 사람들로 가득차 있었다. 철희는 주방 입구에 기대어 서 있었다. 내가 그에게 가까이 다가서려 했을 때 미진이 내게 다가

와 팔을 잡았다. 언니가 정말로 안 오면 어쩌나 했어, 하고 그녀는 좋아하였다.

그 여자는 푸른색 팔찌를 차고 있었고 맥주 캔을 홀짝거리고 있었다. 미진의 연인이자 콘도의 주인인 철희가 스테레오의 볼륨을 한껏 높이자 사람들의 날카로운 웃음소리 사이로 오래된 팝송이 나른하게 흘러넘쳤다. 패티 페이지였다.

"당신을 저녁 내내 지켜봤어요. 당신은 늦게 도착해서 주로 주방에서만 있더군요. 얘기하고 싶었지만, 사람들이 너무나 많고 시끄러워서 그러질 못했어."

단발머리 여자는 얼굴을 내 쪽으로 돌렸다. 그녀는 소리지르듯이 그렇게 말했으나 내게는 희미하게 들릴 뿐이었다. 나는 그때 누가 바다에 가자는 말을 시작했었나 하고 생각하던 참이었다. 춥고 어둡고 아무것도 없는 바다로. 당신을 어디선가 본 적이 있는 것 같아. 그녀는 잠시 기억을 더듬다가 물었다.

"혹시 지난주에 〈여론광장〉이란 TV 프로에 출연한 적 있어요?"

나는 고개를 저었다. 우스운 질문이었다. TV 출연 같은 것은 한 번도 해본 일이 없다. 그리고 그녀는 절대로 〈여론광장〉 같은 프로그램을 시청할 타입이 아닌 것 같았기 때문이었다.

어머, 잘못 봤나봐, 하고 그녀는 혼잣말처럼 중얼거렸을 거다. 나는 그녀의 입 모양을 보고 그렇게 생각했다. 바람이 소용돌이치고 있어. 이봐요, 당신. 바람에 날아갈까봐 걱정스럽네. 왜냐고요? 날아가다가 우리집 지붕에 떨어지면 큰일 아닌가요. 통로에서 불편한 자세로 끼어 있던 카메라맨이 앞좌석의 곱슬곱슬한 머리칼의 통통한 여자에게 농담을 하고, 통통한 여자가 맥주 캔으로 그의 머리를 때리려다 실패하였다. 그녀는 하얗고 매끄러운 팔뚝을 들어 얼굴을 가리고 울기 시작했다. 어두운 길가의 나뭇가지들이 내 방의 커튼처럼 펄럭이는 것이 실내등을 켜지 않은 십오 인승 봉고차 안에서 뚜렷이 보였다.

누군가 창밖으로 던진 맥주 캔이 페이브먼트에 떨어지는 소리가 요란하게 들리고 곧이어 신경질적인 여자의 웃음소리가 들렸다. 누군가 새된 소리를 질러댔다. 이봐, 내 무릎에 하이네켄을 쏟지 말아요.

당신은 어떻게 해서 오늘 여기 온 거예요? 정미진씨와 친구인가요? 파란 팔찌를 한 단발머리 여자는 카메라맨을 상대로 누군지 나는 알 수 없는 어떤 사람의 이야기를 열심히 하다가 아무래도 미련을 버릴 수 없다는 표정의 얼굴을 다시 내게로 향했다. 카메라맨은 아쉬운 듯이 단발머리 여자의 주의를 자기에게 끌려고 애쓰고 있었다. 이봐요, 얼마 만에 만났는데 그렇게 모르는 척하긴가요. 당신이란 여자, 하나도 변한 게 없는걸. 카메라맨은 이미 콘도에서 술을 많이 마신 듯했다. 단발머리 여자는 처음에도 미묘했지만, 확실히 외국 악센트가 약간이었으나 다소 느껴지는 억양을 갖고 있었다. 그녀는 카메라맨의 말에는 건성으로 대꾸하고 나에게 말을 걸고 싶어하였다. 아, 정미진씨의 사촌이라고요. 정미진씨와 김철희씨 말고는 아는 사람이 하나도 없다고요. 오, 이제 알겠어요. 당신이 말이 없는 이유를. 여기 대부분의 사람은 김철희씨가 운영하는 기획사에 관계된 분들이거든요.

그녀는 또 맥주를 한 모금 마신다. 누군가 또다시 빈 캔을 페이브먼트에. 요란한 웃음소리. 제발, 내 스커트가 젖어요. 아무데나 거품을 흘리지 말아요.

나는 단발머리 여자의 귀에 가까이 대고 물었다. 당신은 어떻게 오셨는데요.

나는 시인이에요. 그녀의 대답은 알루미늄 캔처럼 산뜻하고도 세련되었다.

나는 당신을 알고 있어요. 당신의 얼굴을 보는 순간 굉장히 익숙한 어떤 얼굴이구나 하는 생각이 섬광처럼 스쳐갔어요. 내 느낌이 틀리는 일은 거의 없어요. 그런데, 어디서 어떻게 아는 건지 그 내용은 기억이 나질 않네요. 그녀는 덧붙였다. 난, 기억력이 어떤 면에선 영 깡통이라서요. TV 프로가 아니면 혹시 여의도에 있는 호프집에서 일하신 적 있나요? 이렇게 주름 장식이 달린 유니폼을 입는 가게요. 그녀는 가는 팔을 흔들어 레이스 모양을 열심히 그려 보였다.

"아니, 그런 적 없어요."

"아, 운이 좋으면 오늘밤 안으로 기억이 날 거예요. 이제 바다에 다 왔군요. 나는 정말 바다가 좋아요. 단, 여름만 빼고요. 한여름엔 차라리 도시가 좋아요. 아스팔트가 버터처럼 녹아버릴 것만 같은 도로를 바라보면서 카페테라스에서 맥주를 마시는 기분, 정말 근사해요. 당신, 아바나 시내에서 여름을 보내고 싶다는 생각 간절하게 해봤어요?"

나는 그런 생각을 한 적이 한 번도 없다고 하였다. 트리폴리에서 지내고 싶다는 생각은 있었지만 아바나를 생각한 적은 없었다. 그건 아마 내가 사랑한 남자와 트리폴리에서 지냈던 적이 있었기 때문일 거다. 해변에는 사람 그림자라고는 없었다. 바람이 많이 불어 파도가 높았다. 차에서 내려보니 모래는 검고 거칠었다. 달이 없는, 정말 어두운 밤이었다.

나는 문득 그녀가 정말로 쿠바에 갔었는지 궁금해지기 시작했다. 미진이 내 팔을 잡고는 어때, 오기를 잘했지? 오지 않았더라면 후회했을 거야. 정말 모두 좋은 사람들이야. 특별히 친해지고 싶은 누군가가 있으면 내게 말해. 소개시켜줄게. 했다.

"저기 서 있는 파란 팔찌를 한 단발머리 여자는 누구니?"

"아, 저 여잔 시인이야."

"그것뿐이야?"

"응, 그것뿐이야. 작은 문고판으로 두 번인가 시집을 냈대. 제목은 기억나지 않는데 철희가 그랬어. 반응은 뭐 그저 그랬어. 나도 실제로 만나는 건 처음이야."

"그녀는 널 알고 있는 것처럼, 음 뭐랄까, 너의 이름을 친숙하게 말했어."

"아, 그녀는 원래 그래. 그녀는 모든 사람을, 만나는 모든 사람에게 그렇게 말한대. 알고 있다고. 혹은 알고 있는 것 같다고."

소금기 잔뜩 머금은 바람이 미진의 긴 머리와 나의 하얀 면 스커트를 풍선처럼 날리고 흐트러뜨렸다. 미진은 예쁘고 다정하였다. 그녀는 청바지에 초록빛 모직 재킷을 걸치고 속에 하얀빛의 티셔츠를 입었다. 그녀는 따스한 팔로 나를 안았다.

사람들은 바위가 점점이 흩어진 해변에서 엉거주춤 서 있다가 우리를 향하여 휘파람을 불었다. 철희가 웃으면서 달려와 우리 둘을 한꺼번에 안았다. 좋은 기분이었다. 철희의 굵은 실로 짠 짙은 블루의 스웨터에는 남성용 코롱 냄새가 은은하였다. 그는 검은 진을 입고 있는데 열아홉 살 난 사내아이로 보일 만큼 그에게 잘 어울렸다. 미진의 길고 검은 머리가 철희의 입술과 나의 창백한 뺨 위로 쏟아졌다. 우리는 그렇게 오래 있었다. 어둠 속에서 서서히 검은 모래 언덕과, 검은 바위와 검은 머리칼처럼 해변을 가득 메우고 있는 해초들이 보이기 시작하였다. 멀리에 등대가 있었다.

날씨가 좋지 않을 것 같네요. 긴 머리를 뒤로 묶은 키가 큰 남자가 내 옆에서 이렇게 말하고 있었다. 하늘은 흐렸고 가는 빗방울이 떨어지다 안 떨어지다 하였다. 바닷물 속에 농담으로라도 들어가기에는 너무 추운 날씨였다. 술이 깨자 모두 춥다고 불평을 하기 시작했다. 긴 머리를 한 남자는 휘파람을 아무렇게나 획획 불어대다가 방수천으로 싸놓은 여름 보트 위로 기어올라갔다. 미진이 그를 따라 올라가서 스웨터 깃을 여미고 기침을 해댔다. 파도가 높이 일면서 육지를 향하여 몰려오는 소리에 나는 어깨를 움츠렸다. 추워서 견딜 수가 없어. 우리, 차로 돌아가요. 통통한 여자는 우는소리를 냈다. 아니 날이 샐 때까지 있어보는 것도 좋잖아. 일출을 볼 수 있잖아요. 이렇게 허풍을 떠는 사람도 있었다. 통통한 여자는 새된 소리를 질렀다. 일출이라니. 이제 겨우 한시밖에 안 됐는데, 그때까지 얼어죽으란 말예요?

진정해요, 여러분. 철희가 가까운 바위 위로 올라가서 말하기 시작하였다. 사람들은 조용해졌다. 그래도 몇몇은 계속해서 불만을 가지고 있는 듯이 투덜거리고 가죽구두가 소금물에 젖지 않도록 마른 모래만 골라 딛고 있었다.

나는 몇 년 전인가 여름에 강릉으로 피서를 온 일이 있어요. 그때 우연히 드라이브중에 이곳에서 멈추게 되었어요. 철희는 설득하기 위해서 말을 잠깐 멈추었다. 미진은 머리칼 속에 손가락을 넣고 천천히 빗는다. 갑자기 빗방울이 요란하게 떨어졌다. 체념한 듯이 여자들은 스웨터를 머리끝까지 뒤집어썼다.

"그때 무척 아름다워서 기억에 남았던 곳이죠. 저기 소나무숲이 보입니까? 환상적이었어요. 그 너머엔 갈대숲 사이로 바다가 강처럼 흐릅니다. 갈대 사이로 거슬러 헤엄쳐서 강에 가닿았습니다. 그때는, 그리고 반대편의 모래 언덕이 절벽과 연결되어 있는 곳으로 계속 올라가면 국도와 연결되는 도로가 있습니다. 우리가 온 길과 만나는 곳인데 작은 호텔이 있고 어촌 마을이 있습니다. 여름철엔 민박을 하는 마을입니다. 호텔 커피숍으로 대장정을 해보는 것이 어떻겠습니까? 아니면 소나무숲으로 여행을 하는 것도 좋지요."

"집어치워요."

사람들은 모두 소리를 질러대야만 의사소통이 가능했다. 여자들이 소리를 지르기 시작했다. 비는 약했지만 바람은 매우 심한 편이었다. 내 머리 좀 봐, 온통 엉망이 됐어. 이 비바람 속에 마냥 서 있다간 온통 모래투성이가 돼버릴 거야. 보이지도 않는 마을까지 걸어갈 순 없어요. 난 이 힐을 신고 그렇게 오래 걸어본 적이 없어. 너무 추운데, 차 안에서 드라이브 어때요? 그 카메라맨도 목쉰 소리를 질러댔다.

"집어치워요, 그건 말도 안 돼. 여기서 파도를 보는 것이 처음의 목적이었으니까, 그대로 해요. 숙녀분들, 당신들이 바다를 보고 싶다고 우겼던 장본인들이잖아? 이 한밤중에 엉뚱한 소리들을 했으니 제발 입 좀 다물고 얌전히들 있어줘. 내가 사진을 선물하겠어."

그는 울상을 짓고 있는 통통한 여자의 얼굴에 폴라로이드 카메라를 들이댔다. 우리, 차 안에서 파도를 바라보는 것이 어떨까. 철희는 미진에게 그렇게 말하고 있었다. 바람이 이렇게 사나울 줄 몰랐어. 하지만 난 좀 걷고 싶어. 미진이 대꾸했다.

카메라맨이 사진을 찍기 시작하자 모두 말이 없었다. 폴라로이드 카메라의 찰칵거리는 소리만이 바람과 파도 소리 사이로 간간이 들릴 뿐이었다. 카메라맨은 여자들에게만 카메라를 들이댔다. 그녀들의 창백한 얼굴이 칠흑 같은 어둠을 배경으로 커다랗게 찍혀 나왔다. 남자들은 모처럼 해변까지 와서 또다시 호텔로 간다는 것은 웃기는 일이라고, 집어치우라고 외쳐대었다. 난 절대로 호텔로 가서 커피 따위는 마시지 않을 거야, 하고 카메라맨이 소리질렀다. 차라리 소나무숲을 헤매고 다니는 편이 나아.

우리 이렇게 해요, 미진이 갑자기 커다랗고 밝게 외쳤다. 모두 그녀를 쳐다보았다. 찰칵, 하고 내 눈앞에서 폴라로이드가 번쩍였다.

"내 생각은요, 여기는 무척 춥고 또 쓸쓸해 보이지만 사실은 퍽 아름다운 곳이에요. 저기 보이는 해변의 절벽길을 돌아가면 마을도 있고요. 그 반대편으론 소나무숲이 있어요. 지금은 밤이지만 그냥 돌아가기는 아쉬운 곳이라고요. 어때요. 우리 각자 흩어져서 산책을 하고 오는 것이. 물론 내키지 않는 분들은 차에 머물러도 상관없어요. 하지만 우리 모두 밤바다가 보고 싶었던 건 사실이잖아요. 그리고 스타킹을 벗은 맨발로 모래를 밟고 걸었으면 하고 바란 것도 사실이고요. 자유 시간을 가져요. 한 시간 정도면 어때요?"

미진의 생각은 내 마음에 들었다. 나는 해변에 도착한 뒤
의 소란이 마음에 들지 않았고 이 말 많은 여피족들을 흩어
놓은 다음에 한 시간 정도 추위에 떨어보고 싶었기 때문이
다. 철희는 소나무숲을 산책할 사람들을 안내하겠다고 하였
고 통통한 여자를 포함한 서너 명 정도는 차 안에서 음악을
들으며 기다리겠다고 하였다. 이러는 중에 카메라맨은 내게
사진을 건네주었다. 먹물 같은 배경에 내가 얼굴을 찡그리듯
이 하고 카메라를 바라보고 있었다. 비정상적으로 번쩍거리
는 사진이었다. 카메라맨은 그의 스튜디오 전화번호를 사진
뒤에 적어주었다. 나는 풀 먹인 듯 빳빳한 하얀 면 스커트를
입고 있었다. 그 스커트 주머니에 사진이 잘 들어가지 않았
기 때문에 접을 수밖에 없었다.

난 마을로 가보고 싶어요, 하고 시인이라는 여자가 또 내
게 말을 걸었다. 그녀의 진한 푸른색 스웨터 주머니에도 폴
라로이드 사진이 삐쭉 나온 것이 보였다. 조용히 마을 입구
까지 가보고 싶어요. 작은 가게라도 있으면 혹시 커피 자판
기가 있을 수도 있으니까요. 굳이 호텔까지 들어가지 않아도
좋아요. 정미진씨도 그러고 싶어해요. 그래요, 바다를 보는

것은 차 안에서 하는 게 아니라고 생각해요. 마을을 보는 것도 그렇지요.

미진은 청바지 주머니에 사진을 아무렇게나 넣고 있었다. 난 소나무숲은 별로야. 어느 해수욕장에나 다 있는걸, 뭐, 하고 그녀는 말했다. 난 언니와 같이 있고 싶어. 이 여행은 처음부터 그랬으니까.

우리는 절벽길로 올라가기로 했다. 바람이 거셌기 때문에 조심해야 했다. 철희는 우리에게 한 시간 뒤까지는 돌아오라고 했고 긴 머리를 뒤로 묶은 키 큰 남자가 우리랑 같이 갈 거라고 하였다. 이경주씨는 마치 하드로크 가수 같아, 하고 미진이 그에게 말했다. 한 시간 뒤에 돌아올 수 없으면, 전화하겠어. 그쪽에서 택시를 타고 콘도로 돌아가면 되니까. 택시가 있을까? 이런 시간에. 누군가 이렇게 물었지만 미진이 자신 있게 대꾸하였다. 마을은 휴양지란 말이야. 관광지라고요. 알겠어? 호텔까지 있다니까. 사람들은 서두르듯이 헤어졌다. 일단 헤어져 산책을 하기로 결정하자 빨리 그렇게 하고 싶어 어쩔 줄을 몰랐다. 철희는 카키색 재킷을 차에서 꺼내 왔다. 그는 팀의 리더고 호스트였기 때문에 미진이나 나에겐 별로 신경쓰지 못했다.

그는 주로 남자들로 이루어진 소나무숲으로 가는 일행을

데리고 우리에게서 멀어져갔다. 카메라맨은 일행의 움츠린 뒷모습을 향해서 플래시를 터트렸다.

우리는 바람을 맞으면서 뛰듯이 걸었다. 바닷가의 바람은 일렉트릭 드럼처럼 울렸다. 어두운색 모래가 점점이 흩어진 바위와 해초들 사이로 언덕을 이루고 있었다. 절벽은 경사가 급하고 미끄러웠다. 그러나 상상만큼 험하거나 높지는 않았다. 바람에 쓰러진 키 큰 풀들이 계속해서 있는 절벽 윗길에는 길고 먼 등대 불빛이 보였다. 풀은 키가 커서 모두의 가슴에 와닿을 만한 것들이었다. 바람 때문에 쓰러져 있었다. 파도 소리가 가까이 들렸다. 나는 새벽녘에 바로 머리맡에서 아주 커다랗게 들리는 파도 소리를 상상해보았다. 창을 열고 내려다보면 바다가 베란다 앞에 넘실대고 있다. 집이 흘러가고 있다는 생각이 든다.

아래를 쳐다보지 마, 하고 이경주씨가 외쳤다. 위에서 내려다보면 하얗게 부서지는 파도가 무섭게도 보였다. 어쩐지 저 아래를 계속해서 바라만 보고 있으면 뛰어내리고 싶은 유혹이 생겨, 하고 시인이 커다란 소리로 말했다. 미진의 주머니에서 무언가 떨어져서 거센 바람에 날아가고 있었다. 내 사진, 내 사진이야. 오, 날아가버리네. 미진이 소리를 질렀다. 나는 절벽 아래를 내려다봤다. 사진이 한 마리 검은 새같이 떨어지고 있었다. 뭐라고 말을 하려고 해도 바람 때문에 입을 열 수가 없었다. 모래가 머리칼 사이에서 버석거린다. 그것뿐이었다. 절벽길을 다 지날 때까지 아무도 입을 열지 않았다.

해변의 갈색인 굵은 모랫길을 지나자 축축하고 습기찬 냄새가 나는 좁은 길이 나타나기 시작하였다. 흐린 연기 냄새가 나고 있었다. 마을은 생각했던 것보다 훨씬 더 스산하고 초라하였다. 밤의 바닷가 마을은 어둡고 조용하였다. 개 짖는 소리도 없었다. 비닐로 만든 천막이 바람에 펄럭이고 텅비어 있는 오락장들이, 이곳이 여름에는 꽤 시끄러운 관광지라는 것을 알 수 있게 해주었다. 우리는 계속 걸었다. 어둠속에서도 서서히 모습이 드러나는 집들과 여름 상점들이 보였다. 그것들도 모두 조용하고 어두웠다. 타월이나 조개 목걸이 같은 기념품들을 파는 집들인 것 같았다. 그래도 여관이라거나 민박이라는 아크릴 간판에 불이 들어온 곳이 보였다. 여름에 이곳은 꽤 괜찮은 휴양지래요. 아까 우리가 지나온 절벽도 그렇고. 머리 묶은 남자가 설명하였다. 그곳은 늦가을 비수기의 어두운 여름 상점들의 거리였다. 전기 코드를 아예 뽑아버린 채 먼지를 잔뜩 뒤집어쓰고 있는 커피 자판기가 보였을 뿐이었다. 미진은 기침을 하고 코를 훌쩍였다. 이런 곳에 정말 호텔이 있을까, 의심스러워지기 시작하였다. 철희씨는 국도 쪽으로 나가면 호텔이 보일 거라고 했는데. 저쪽이 국도가 아닙니까, 하고 이경주씨가 시인에게 말하고 있었다.

호텔의 이름은 '비치'였다. 흔한 이름이었다. 초록빛 네온 등이 주차장 입구를 가리키고 있었고, '커피숍 일층', 하고 안내 표시가 화살표로 입구에 붙은, 아주 작은 이층 건물이었다. 그때쯤 우리는 모두 꽁꽁 얼어버렸다. 얇은 스타킹을 신은 내 다리는 감각이 없었고 입술은 파랗게 얼었다. 로비의 따스해 보이는 초록빛 불빛이 모두를 유혹했다. 미진이 유리문을 힘겹게 열었다. 프런트는 텅 비어 있고 바닥의 카펫은 핑크빛이었던 것으로 기억한다. 커피숍은 입구 왼편에 있었다. 어쩐지 불쾌하면서 달콤한 방향제 냄새가 희미하게 났다. 천장의 불은 꺼져 있고 벽에 달린 연꽃 모양의 전구에 녹색 불빛이 있을 뿐이었다. 안쪽의 주방은 불빛이 환했다. 하품을 참는 듯한 표정의 소녀가 술잔인 듯싶어 보이는 그릇들의 설거지를 막 마친 참인지 하얀 타월에 손을 닦고 있었다. 눈부시게 밝은 주방이었다. 딸기잼과 일회용 포장의 버터가 주방 카운터에 나란히 정리되어 있었고 후추와 핫소스 병과 리즈 크래커가 위쪽 선반에 차곡차곡 쌓여 있었다. 밝고 가지런하고 따뜻하였다.

"단체손님이 있었나봐요, 이 시간까지. 덕분에 커피를 마실 수 있게 됐어요."

네 잔의 커피를 주문하고 온 이경주씨가 말하였다. 우리는 유리창 밖으로 지나가는 바람을 보면서 커피를 마셨다. 담배 하겠어요? 하고 시인이 마일드세븐을 스웨터 주머니에서 꺼냈다. 모두 담배를 피웠다. 음악까지 있으면 정말 좋겠어. 미진이 중얼거리고 나서 물었다. 이경주씨는 어떻게 생각해요? 긴 머리로 반쯤 얼굴을 가린 채로 있던 이경주씨는 고개를 들었다. 아무렇게나 블루진을 걸치고 있었지만 그는 잘생겼고 매력 있어 보였다. 나는 지금 얼떨떨한 기분이에요, 하고 그가 입을 열었다. 콘도에 도착해서는 좀 놀랐어요. 온통 모르는 얼굴들뿐이고, 철희씨와 미진씨만 빼고요. 계속해서 술만 마시다가 난데없이 비 오는 밤바다로 와버렸으니. 오늘 모인 사람들은 전부 나와 비슷할 거라고 생각해요. 아, 그중에는 이름을 들어본 사람들이 많고 또 말하다보면 공통적으로 아는 사람이 있는 경우가 많더군요.

그는 철희의 기획사와 거래가 있었던 광고회사에 잠시 소속되었던 적이 있는 프리랜스 디자이너라고 자신을 소개하였다. 당신, 몇 년 전에 프랭탕백화점에서 일하지 않았나요? 불쑥 시인이 끼어들었다. 그녀는 담배 연기를 길게 내뿜으며 눈을 가늘게 뜨고 있는 것이 마치 아주 자신 있게 잘 아는 친척 동생에 대해서 얘기하는 것처럼 여유로웠다.

그래요, 그건 어떻게 알죠? 난 겨우 몇 주 동안 아르바이트로 했을 뿐이고 당신을 본 기억은 전혀 없는데요. 그는 아주 놀라는 것처럼 보였다.

난 원래 한 번 본 사람을 잘 안 잊어요. 시인은 좀 뻐기듯이 말했다. 그런 종류의 사람들이 있어요. 우리 할머니가 그랬고 우리 사촌오빠가 그래요. 다른 종류의 기억은 형편없어요. 스타킹을 어디 두었나, 어느 세탁소에 옷을 맡겼나, 언제 치과에 예약을 했었나…… 하는 것들은 모두 잊어요. 완벽하게 잊지요. 냉장고에 써붙여놓지 않으면 일상생활을 해갈 수 없을 정도로요. 하지만 얼굴은 많이 생각나요. 모두 다는 아니지만 우연히 마주친 사람조차도 다시 만나면, 아, 당신 언제쯤에 그곳에서 일하고 있지 않았나요, 하고 반가워하게 되지요. 하지만 엉뚱할 수도 있지요. 상대방에게는 내가 전혀 낯설기만 한데. 그러면서 그녀는 나를 보았다. 그렇지만 당신은 이상하군요, 하고 말했다.

"이곳까지 어떻게 왔는지 꿈만 같아. 다시 돌아갈 생각을 하니 정말 싫어. 언니, 난 언니가 옛날에 날 돌봐주러 이렇게 비 오는 날 멀리서 왔던 걸 기억해. 그때 언니는 겨우 중학생이었는데."

미진이 말하였다. 이경주씨가 물었다.

"미진씨가 아팠었나요?"

"열이 났어요. 친구들과 비를 맞으러 거리로 나갔다가 감기에 심하게 걸렸어요. 그때 언니는 멀리서 살고 있어서 버스를 한 시간이나 타야 했는데도 날 돌봐주러 왔었죠. 엄마는 가게로 나가야 했고 난 혼자 있는 게 싫고 무서웠어요. 엄마가 올 때까지 언니가 있어주었던 것이 기억나요."

그랬었다. 난 마루에 앉아 마당에 내리는 비를 바라보고 있었다. 낡은 처마에서 빗물이 계속해서 양철 물통으로 뚝뚝 떨어지고 있었다. 여름방학이 끝나갈 무렵으로 기억된다. 엄마는 나에게 막내이모네 집에 가라고 했고 난 싫다고 했다. 막내이모네 집은 너무나 멀어서 버스를 두 번이나 갈아타고도 한참 걸어야 했다. 엄마는 혼자되어서 양장점을 하는 막내이모에게 언제나 저자세였다. 나는 한동안 엄마와 냉전을 한 끝에 결국 한 손에 우산을 들고 다른 손에는 밑반찬을 든 채 흙탕물이 튀는 거리로 나왔다. 미진은 입에 체온계를 물고 있었고 침대 곁에는 사과주스가 있었던 것이 기억난다. 난 일부러 가장 짧은 동화책을 골라 건성으로 읽어주곤 밑반찬을 냉장고에 넣고 색이 변해버린 사과주스를 새로 만들었다. 비가 너무 심하게 와서 어느 동네는 물에 잠겼다고 TV에서 말하던 때였다. 정말 비가 많이 와서 버스가 다니지 않았기 때문에 아주 어두워질 때까지 나는 그곳에 있어야만 했었다. 미진은 그때의 얘기를 길게 하고 싶어하였다.

다정한 사촌간이었네요. 나이 차도 나는데, 이경주는 감탄하였다. 그는 형제도, 사촌도 없는 실향민 2세라서 그런지 친척 간의 따뜻한 모습이 눈물나도록 좋더라고 하였다. 시인은 식어버린 커피를 빙글빙글 젓고 있었다. 커피를 한 잔 더 마셔야겠네요, 하며 그녀는 카운터로 다가갔다. 그녀의 표정은 마치 날 바보 취급하는 듯해서 기분이 안 좋았다. 커피를 한 잔 더 가져온 그녀는 내게, 철희씨와 대학 동창이라고 들었어요. 그럼 당신 소개로 미진씨와 만난 건가요, 철희씨는, 하고 물었다.

그런 셈이죠. 미진이 유쾌한 어조로 대꾸하였다.

난 오늘 모인 사람들 중에 아는 사람은 철희씨와 김성희씨뿐이야. 처음엔 이 초대를 거절하려고 생각했었어. 이경주가 말했다. 이건 휴가가 아냐. 비즈니스의 연장이지. 그렇게 생각 안 해요? 그리고 난 절대로 주말엔 비즈니스를 안 해요.

그런데 왜 왔어요? 김성희라고 불린 시인이 물었다.

"거절하기가 어려웠어, 그것뿐이야. 신세 진 일이 있거든, 철희씨에게. 하지만 정말 이렇게 잘 알지도 못하는 사람들이 뒤죽박죽되어 있는 분위긴 줄 알았으면, 어떻게든 거절할 걸 그랬어."

사실은 처음엔 철희씨와 언니가 데이트하는 사이라고 생각했었던 적도 있어요. 연인 사이 말예요. 미진은 시인을 상대로 가벼운 어조로 말했다.

"하지만 이제 와선 그런 게 문제가 안 된다고 생각해요. 둘은 대학 때 친한 친구였고 난 그때 겨우 중학생이었던 걸요. 언니에게는 연인이 따로 있었어요. 철희씨를 만난 건 이모네 집에 놀러갔을 때죠. 언니의 생일이었어요. 철희씨가 와인을 가지고 오고 언니의 대학 동창들 몇 명이 있었지만 우리는 첫눈에 반했어요. 도저히 헤어질 수 없었어요. 그때가 꼭 일년 전이죠."

결혼까지 생각하는 거예요? 시인이 스웨터 소매를 끌어올리자 또다시 그녀의 파란 팔찌가 드러났다. 그것은 가까이서 보니 어딘지 모르게 흔하고 야한 디자인의, 거리의 노점상에서 볼 수 있는 종류 같았다. 그래서 그것은 그녀에게 어울리지 않았다.

"결혼, 아, 그런 것은 생각할 겨를이 없었어요. 너무나 몰입하면 비현실적이 되나봐. 아직 난 스물넷인데. 너무 결혼을 밝히면 속물스러워서, 어쩐지."

미진이 깔깔 웃으면서 반복했다. 속물스러워, 어쩐지.

난 서른다섯인데도 그래요. 시인은 쨍하고 튀는 목소리로 말하였다. 사실은 한 번 결혼했었는데, 혼인신고는 안 했으니까. 헤어지고 나서는 홀가분하다고 느낀 점이 더 많아요. 이십대는 그렇죠.

바람이 유리로 만든 문을 흔들고 지나갔다. 설거지를 마친 소녀는 우리가 커피를 다 마셨나 보고 있었다. 우리는 모두 커피를 한 잔씩 더 주문하였다. 커피잔은 사기로 만들어진 커다란 것이었고 연한 하늘빛이었다. 나는 한여름의 피서철에 이 카페의 그림을 생각해보았다. 나무가 깔린 바닥과 두꺼운 통나무 테이블, 붉은 양초가 켜진 은빛 촛대는 젊은 연인들을 매혹했을 거다. 지금은 이토록 초라하고 쓸쓸해 보이지만 먼지에 더러워진 저 창들을 모두 열고 해안을 바라다볼 수 있는 한여름은 아름다웠을 거다. 볼품없이 짧은 커트 머리를 하고 학교와 집만을 왔다갔다하던 시절에도 생각은 많아서 한 번도 본 일이 없는, 그런 장소를 동경했었다. 바로 한여름의 이런 카페 같은 곳. 키 큰 남자가 언제나 등장해서 말없이 내 곁에 있을 것 같았다. 생각 속에서 나는 늘 그 남자의 정지된 듯한 모습에 반하였다. 그 남자는 이 세상에 하나뿐인 사람이고 멀리 있는 사람이었다. 여고 시절에 꿈꾸던 일들이 실제로 일어나는 경우가 있다. 때로 생生은 거짓말 같기도 하였다. 내가 그랬고 미진이 그랬다. 미진은 전혜린처럼 되고 싶어했다. 나는 사랑에 빠졌고 미진은 독일 유학을 준비하였다. 트리폴리로 떠나면서 사막은 뜨거울 거라고 막연히 상상하였다. 나는 즐거이 떠났다가 홀로 돌아왔다. 세월이 모든 것을 바꿔놓았다. 미진이 사랑에 빠지고 나는 외로이 되었다.

"……난 그래서 아무런 생각도 할 수 없었어요. 그래서 공항에서 트렁크를 들고 다시 돌아왔어요. 독일에는 전보 한 통이면 됐어요. 모든 사람에게서 비난을 받고 약혼자에게 미안한 마음도 들었지만 후회는 안 했어."

미진은 그녀가 철희를 만나 독일 유학과 약혼자를 동시에 포기했던 때의 이야기를 하고 있었다. 정말 드라마틱하잖아? 하고 시인이 이경주에게 말하고 있었다. 낭만적이야, 미진씨의 이야기는. 철희씨를 아는 사람들은 모두 미진씨의 러브스토리를 알아요. 그 독일의 약혼자는 몇 개월 뒤에 결혼했다면서요?

그래요. 별로 상심하지 않은 듯이 미진이 경쾌하게 대꾸하였다. 훨씬 이전부터 그의 연인이던 여자였어요. 결국 그에게도 옳았던 일이 된 셈이죠.

미진의 러브스토리는 어디에서나 주의를 끌 만하였다. 광적인 사랑. 그런 단어가 어울렸다. 영화와 TV에서 수없이 보이는 광적인 사랑은, 그러나 우리의 일상에서는 잘 보이지 않는다. 미진이 너무나 상쾌하게 걷고, 말하고, 미소 지어도 그녀는 고민도 많았고 여러 가지 것들을 포기해야 했었다. 철희와의 십 년이나 되는 연령 차, 독일에서 그때쯤이면 아파트를 알아보고 다닐 그녀의 약혼자, 기획사 하나를 빼고 나면 아무것도 안 남는 철희의 무일푼인 처지, 그리고 결혼까지도. 부모의 결혼생활이 불행하였던 철희는 결혼을 혐오하였다. 그러나 그녀는 이런 문제들을 극복하였다.

"모든 사람들이 하고 싶어하기만 하고 실제로 할 수는 없는 사랑을 하고 싶다고 늘 생각해왔어요. 미진씨와 철희씨의 이야기를 광고회사 사람들로부터 들었어요. 그들은 프랑스 영화 속의 주인공 같다고 했어요."

이경주가 말했다.

"내가 술을 싫어하는 이유가 뭔지 알아요? 사람들은 술을 마시면 오래된 이야기들을 털어놓아요. 가슴에 담은 묵은 감정들을. 난 너의 등에 난 사마귀가 싫었어. 예전부터 참을 수 없었어. 사실은 이렇게 사는 것은 나의 꿈이 아니야. 날 붙드는 게 너무 많아. 그중에 가장 큰 것은 너야. 어린 시절의 애정 결핍 때문에, 난 지금도 운동화로 얻어맞는 느낌이 들어, 이런 얘기들을 했어. 그리고 술이 깨어 유리창에 햇빛이 유난히 밝고 어린아이들이 학교로 떠나고 주방에서 생선과 야채를 끓이는 냄새가 단조로운 일상의 시작을 알리면 지난밤이 부끄러워져. 그래서 나는 가까운 사람과는 술을 마시고 싶질 않아요. 어느 날 밤에 우연히 함께 술을 마시게 된 사람은 절대 다시 만나고 싶질 않아. 그 대신 난 커피를 마셔요. 아메리칸 스타일로."

시인은 그렇게 말하면서 한 잔의 커피를 아주 연하게 더 마시겠다고 하였다. 미진은 더 마시고 싶지만 가슴이 울렁거려 못 마시겠다면서 담배를 피웠다. 조용히 있으면 파도 소리가 정말 가까이 들렸다. 늦가을 한낮의 싸늘한 태양이 있는 바다는 참 멋질 거야, 하고 이경주가 미진에게 말하고 있었다. 그는 테이블 밑으로 몸을 기울여서 뭔가를 집었다. 이게 뭘까요, 사진 같은데, 하였다. 그건 내 사진이었다. 번쩍거리는 느낌의 폴라로이드, 아, 떨어졌었나봐요. 고마워요. 나는 사진을 받아 다시 접었다. 이경주는 내게 말을 걸었다.

"소설가시죠? 당신의 글은 인상적이었어요. 난 그림을 그려요. 물론 그냥 취미로 해요. 당신의 소설은 그림 같아, 회화적이라고 하나요. 그런 걸?"

나도 몰라요. 나는 어색해져서 웃어버렸다.

"철희씨와 대학 동창인 것도 들었어요. 철희씨가 당신 얘기를 많이 했어요. 오늘, 당신이 온다는 말을 듣고 사실은 관심을 가졌었어요."

언니는 그런 데 익숙하지 못해요. 미진이 말했다.

"누군가 자기를 알아보고 관심을 보이면 그렇게 어색할 수가 없대요. 아 참, 내 사진을 잃어버린 게 생각나네. 아까워라, 잘 나왔었는데. 언니, 그 카메라맨은 매우 우스웠어. 이상한 표정을 하고 있는 사람들까지 모조리 찍어버렸어. 그래서 기분 나빠하는 여자도 있었어. 언니는 늦은 나이에 데뷔를 했어요. 그래서 더욱 어색한가봐. 아무도 언니를 소설가라고 부르는 사람은 없었어요. 여성 잡지 같은 데 글을 실었죠."

난 당신의 소설을 읽은 기억이 없어요. 시인이 담담하게 말하였다.

"난 워낙 소설을 잘 안 읽으니까. 아마 당신도 내 시를 읽은 기억이 없으리라 생각해요. 내 마지막 시집이 나온 것은……"

시인은 말을 여기서 멈추고 담배에 불을 붙였다.

"1988년의 얘기죠. 그해는 올림픽이 열리느라 시끄러웠어요. 모두 기억하고 있어요? 어딜 바라보나 단조로운 때였죠. 나는 그해 여름에 커피콩 가는 기계를, 아주 갖고 싶던 상표로 살 수 있었기 때문에 무척 기뻤던 기억이 나요. 그땐 아직 직장에 다니고 있었는데 8월에 휴가를 받아 바닷가 호텔에서 혼자 지내면서 시집을 준비하고 있었어요. 어느 아침에 커피숍에서 토스트와 함께 날아온 신문에 헤어진 남자의 부고가 실려 있었어요. 난 그를 스무 살 때 만나, 오 년간 같이 지냈었지요. 커피를 한 잔 다 마시고 한 잔을 더 주문하고 신문의 연예면에다 스포츠면까지 빠짐없이 읽었어요. 그리고 정오의 바다에 나가 헤엄도 치고 파라솔을 빌려 그 그늘에서 해질녘까지 빈둥댔어요. 그해의 휴가 기간 중에 시집을 완성했어요. 그런데 다시 쓰고 싶은 생각이 없어지더라고요, 정말. 그 이후로는 거의 백수건달처럼 살았어요. 가끔 청탁이 들어오는 대로 무조건 써주기만 했지요, 아무 잡지에나."

나는 졸려왔다. 우리가 떠나기를 기다리는 소녀도 몹시 졸린 모습이었다. 1988년에 난 무얼 했나, 난 공항으로 나갔다. 트리폴리에서 오는 어느 노동자를 만나기 위해서였다. 그는 내게 전화를 걸어 전해줄 것이 있다고 하였다. 사실은 오래전에 부탁받은 건데 귀국 계획이 몇 년 늦어졌어요, 하고 말했었다. 오래전에 받은 부탁, 오래전 사진, 오래전 이야기. 그런 것들로 가득찬 시간이었다. 그 사람은 내가 곧 귀국할 거라고 생각했겠지요. 나도 그를 잘 몰라요. 한 번 만났을 뿐이죠. 그냥 전해주기만 하면 된다고 해서 단순하게 생각했어요. 귀국이 늦어지고 트렁크 구석에 놓아두었다가 그만 잊어버렸어요. 짐을 챙기다가 갑자기 생각이 나서 전화한 거죠. 트리폴리발 칼KAL이 몇시에 도착하나요? 그때도 난 이렇게 몽롱하고 졸렸었다. 두 시간 동안 비행기를 기다리면서 잡지를 여러 번 읽고 콜라를 마셨다. 난 무일푼이고 아무도 기다리지 않는 서울로 돌아온 지 사 년이나 지난 뒤였다. 낡은 체크무늬 트렁크 하나만 들고 서울에 돌아왔을 때는 비오는 한겨울 저녁이었다. 얇은 트렌치코트 차림으로 부모님 집으로 갔었다. 정말 갈 곳이 없었기 때문이었다. 모든 조롱과 동정을 말없이 받았다. 그것은 참으로 견디기 힘들었지만 철희를 다시 만나는 것은 더욱 힘들었다.

그 트리폴리의 노동자는 내게 노끈으로 묶은 꾸러미를 건네주었는데 나는 그 꾸러미를 사람이 많은 공항에서 풀어보고 싶지 않아 버스를 타고 집으로 왔다. 왜 그랬는지는 모른다. 꾸러미에서 나온 것은 서울로 내가 떠나올 때 미처 챙기지 못한 티셔츠와 헤어밴드, 그리고 길을 잃을까봐 항상 가지고 다니던 귀퉁이가 떨어져나간 트리폴리 시내 지도와 반도 남지 않은 샤워 코롱 한 병이었다. 또 연한 푸른색 볼펜으로 쓴 메모도 들어 있었다. 알제리 사보이호텔로 전화해서 미스터 한에게 메시지를 남겨달라는 내용이었다. 나는 메모에 적힌 번호대로 전화를 했다. 내가 한창 사랑에 빠져 있었던 그해에 알제리 시내의 사보이호텔에서 이틀 동안 묵은 일이 있었다. 그곳에는 미스터 한이라고 하는 한국인이 근무하고 있었던 것으로 기억한다. 내 연인과 나, 우리는 모두 미스터 한과 친구가 되었다. 내 연인과 내가 그렇듯 갑자기 헤어지게 되었을 때 그는 우리의 낡은 잡지와 애거서 크리스티의 문고판을 정리해주고 대사관의 볼일을 도와주었다.

미스터 한과 통화할 수 있을까요? 알제리에 전화를 걸어 교환원에게 말했다. 당시 살았던 셋집의 얇은 벽면을 통해서 옆집의 TV 소리와 어린아이를 야단치는 할머니의 목소리가 가까이 들려 왔다.

I'm sorry. He has not been here for one year. Would you please tell me where he is now? I'm sorry, he died one year ago in Lebanon. Are you OK?

짧고 간단하게 통화가 끝났다. 나는 전화한 것을 후회하였다. 서른 살이 되는 생일날의 일이었다. 시간이 지나면서 점점 아무것도 아닌 일이 되어가고 있었다. 내 연인이 어딘가에 살아 있다면 그도 그렇게 느낄 것이 틀림없었다.

"우리, 일어서야 할 것 같아요."

미진은 손이 시리다며 두 손을 문지르면서 손목시계를 보았다.

"여기서 택시라도 타고 콘도로 바로 돌아가는 것이 좋겠어. 봐, 온몸이 다 얼어버리겠어."

밖으로 나오니 해변에서는 합창이 들려오고 있었다. 단체 여행을 온 것 같은 젊은이들이었다. 아마 그들은 우리가 오기 전부터 커피숍에 있었을 것이다. 비가 부슬부슬 쏟아지는데도 그들은 더 소리를 질러가며 노래를 불러댔다. 나는 그들이 왜 편리한 콘도 시설들을 두고 비용도 많이 드는 이러한 호텔에 묵었을까, 잠시 동안 이상스럽게 생각했다. 우리는 해변도로 쪽으로 올라갔다. 택시 같은 것은 어디에도 없었다. 이따금씩 승용차가 바람을 가르면서 달려갔고, 그다음에는 한동안 아주 어두운 도로만이 거기 있을 뿐이었다. 우리가 들렀던 커피숍의 소녀가 택시를 타려면 한참 떨어진 읍내까지 가지 않으면 안 된다고 해서 모두 다시 혼란에 빠졌다. 이경주는 자기의 점퍼를 벗어 가장 스웨터가 얇아 보이는 나에게 씌워주겠다고 했다. 나의 하얀 스커트는 마을을 지나오면서 진흙과 웅덩이의 물이 튀어 더러워졌고, 해변의 갈색 모래가 모두의 옷에 묻었다. 도로의 가로등은 녹색으로 아주 밝아서 이 모든 것들이 너무나 뚜렷하였다. 해변의 젊은이들은 끝도 없이 노래를 불러댔다. 잊지 않을 거야. 너를 좋아해. 그래서 오랫동안 기다려왔어. 비 오는 거리를 밤새도록 걸었어, 너를 만나기 이전으로 돌아갈 수만 있다면…… 그런 단어들로 가득찬 노래들이었다.

바람은 더 사납게 불고 그 사이로 빗방울이 섞였다. 점점 비는 많이 내리기 시작하였다. 머리칼에서 뚝뚝 물이 떨어질 정도였다. 모두 맥이 풀리고 비 오는 밤에 흠뻑 젖을 거라는 생각에 굉장히 침울해졌다. 경사가 심하고 해초와 이끼 때문에 미끄러운 절벽길로 하여 차로 돌아갈 기분은 모두 아니었고, 한밤중에 이런 한적한 곳에 택시가 있을 것 같지도 않았다. 미진은 일단 전화를 해야겠다고 말했다. 모두 다시 그 호텔의 로비로 돌아갈 수 있게 된 것을 다행스러워 하였다. 전화카드를 갖고 있는 사람은 이경주였다. 그는 콘도의 프런트로 전화를 해서 일행들에게 메시지를 남겼다.

"머리가 무겁고, 감기에 걸린 것 같아. 저 바람 속에 도저히 돌아갈 기분이 아닌걸. 이곳에서 밤새도록 있었으면 해."

미진은 어두운 로비의 홀을 가로질러갔다. 이층으로 가는 나무 층계가 보였다. 아까의 그 소녀가 아닌 하얀 앞치마를 한 아주머니가 나와서 빈방은 하나밖에 없어, 하고 말했다. 비수기라도 주말이니까. 단체손님도 있고.

상관없잖아, 이렇게 추운데. 샤워만 할 수 있으면 되잖아. 시인이 이렇게 말했고 우리는 모두 이곳에서 아침까지 있기로 했다. 물론 그것은 이경주가 나, 신용카드가 있으니까, 하고 말했기 때문에 가능한 일이었다. 여자들은 모두 스웨터만 걸치고 나왔기 때문에 핸드백을 챙기질 못하였다. 우리가 묵겠다고 하자 아주머니는 조금 있다가 감색 제복을 걸친 남자를 데리고 왔다. 그 남자가 우리에게 투명한 플라스틱 손잡이가 달린, 룸 넘버가 적힌 키를 건네주면서, 트윈베드밖에 없어요. 바다도 보이지 않을 겁니다. 바다가 보이지 않는 룸은 삼십오 프로 디스카운트 해드리고 있어요, 했다.

방은 따뜻하였지만 네 명이 쓰기에는 너무 좁았다. 트윈베드는 텔레폰 스탠드를 사이에 두고 나란히 있었는데 시인이 당장, 이해해요. 나, 다른 사람과 같은 침대에서는 절대로 잠들지 못해요, 하고 명령투로 말하는 바람에 모두 기분이 나빠지고 말았다. 창은 비스듬히 도로 쪽으로 향하고 있었다.

낡은 블루 카펫이 깔리고 벽지에는 꽃무늬가 있었다. 소파와 테이블이 한 개, 핑크빛 쿠션 의자가 두 개 있었다. 테이블에는 일본 패션 잡지가 두 권 놓여 있었다. 들여다봤더니 철이 지난 것이었다. 모델들은 한여름의 흰 셔츠와 망사 스타킹을 신고 있었다. 전화했더니, 어때, 하고 미진이 이경주에게 물었다.

"아직 도착하지 않았대. 그래서 메시지만 남겼어."

모두 샤워를 하고 싶어했다. 가위바위보로 순서를 정했다. 꼴찌가 된 이경주는 맥주를 사러 간다고 나갔다. 미진이 빗물에 젖은 머리칼을 타월로 닦고 있었다. 시인은 샤워실 안에서 오래오래 샤워를 하고 있었다.

이상한 기분이야, 이런 것 이해할 수 있어? 미진이 타월을 목에 두르고 거울을 보면서 말했다. "즉흥적인 여행, 바로 이런 거야. 언제나 이렇게 하고 싶었어. 얼굴만 바라보면 일거리가 생각나는 사람들과 사교적인 미소를 유지하면서 계약 건수도 생각하는 것, 정말 휴가 같지 않아. 그렇지?"

"하지만 너의 계획이었잖아, 이 여행은. 처음엔 나와 둘이서 가자고 해놓곤, 결국 이런 대부대를 만들어버린 것에 대해서 어떻게 생각해?"

"미안해. 하지만 상황이 어쩔 수 없었어. 많은 사람들을 만나야 할 필요가 있었어, 우리는. 언니도 알지? 난 철희를 위해서 해야만 하는 거라면 뭐든지 한다는 걸."

나는 손수건으로 젖은 머리를 하나로 묶었다. 언니, 사진이 떨어졌어, 하고 미진이 폴라로이드 사진을 주웠다. 아이, 귀찮아. 나는 중얼거렸다. 이 사진 정말 처치 곤란이네. 이 얼굴의 주근깨하며 창백한 입술하며, 정말 싫은 모습이야.

나는 정말로 내 모습이 싫었다. 서른네 살. 직업을 가진 독신 여자. 이런 모습으로 내가 있게 될 줄은 상상도 못했다.

미진이 내 무릎 가까이로 다가와서 조그만 소리로 말했다.

"언니, 저 시인이란 여자, 김성희씨 말야. 나, 이상한 소리 들었다?"

"무슨 소리?"

"저 여자는 밥도 안 먹고, 잠도 안 자고도 며칠은 끄덕없이 지낼 때가 있다고 그래."

"어째서 그럴 수 있을까?"

"저 여자, 말할 때 좀 이상하지 않아? 눈도 이상하고. 학교도 외국에서 다녔대. 내 생각으론, 아니 다른 사람들 생각도 그런데, 아마 약을 쓰고 있나봐."

"다른 사람 말을 그렇게 막 하다니…… 난 맘에 안 들어, 안 들은 걸로 하겠어."

"막 하지 않아. 우리 둘만 있으니까 하는 거지."

미진은 좀 풀이 죽은 듯하였다. 우리 둘은 창문을 반쯤 열고 뒤편의 바다에서 나는 파도 소리를 들으면서 하나 남아 있던 마일드세븐을 나눠 피웠다. 둥근 도넛 모양의 핑크 소파 두 개를 창가로 가지고 와서 앉았다. 창문을 열고 나니 해변에서 노래를 부르는 소리가 빗소리에 섞여 여기서도 들렸다. 나는 시인이 자주 흔들어대던 그녀의 그 푸른 팔찌를 생각하였다. 그녀와 같은 계층의 여자에게는 안 어울린다 싶은, 싸구려로 보이는 것이었다. 그녀는 습관인 듯이 가는 손가락으로 그것을 쓰다듬었었다. 그녀에게는 묘하게 들뜬 분위기 같은 것이 있어 그것이 상대방을 지치게 만드는 그런 타입인데, 개성이라기보다는 병적인 것이었다. 나는 콘도에 도착해서나 해변으로 오는 차 안에서나 사람들이 그녀에게 친숙하게 굴지 않았던 것을 생각하였다. 그녀는 너무 담배를 피워대고, 묘한 눈빛으로 다가오고, 쉴새없이 얘기를 해대었다. 누구나 어쩐지 모른 척하고 싶은 기분이 되는 것이다. 나는 트리폴리에서 그와 비슷한 사람을 만난 일이 있었다. 그는 알제리에서 온 프랑스인이었는데 두꺼운 놋쇠로 만든 기묘한 팔찌를 언제나 차고 다녔다. 난 한 번도 본 일이 없지만 사람들은 그가 팔찌 안에 환각제를 넣고 다닌다고 했었다.

시인이 만일 그런 것을 사용하는 것이 사실이라면 꽤나 중증일 것이라고 나는 생각했다.

"어쩐지 이상해."

무릎을 세우고 창가에 붙어앉아 있던 미진이 중얼거렸다.

"너무 이상해. 술을 엄청나게 많이 마신 것 같은 기분이거든, 저 파도 소리 좀 들어봐. 이상하게 가까이 다가오고 있는 것 같지, 점점 다가오는 기분이 들어."

바다는 사실 다가오고 있었다. 캄캄한 어둠 속에서 아무도 모르게 조금씩 육지로 향하고 있었다. 점점 새벽이 되어가는 시간이긴 했다. 조금 있으면 우리들이 잠들어 있을 이곳은 물에 잠겨버릴지도 모른다. 바다는 보이지 않고 소리만 들렸다. 엄청나게 커다란 소리. 선사시대의 사람들은 바닷가 동굴에서 이 소리를 들었을 거다. 불이 있는 동굴 입구, 무수한 짐승떼처럼 다가오는 바다. 두려워하는 사람들.

난 두려워. 미진이 말했다.

"어쩌다 이런 곳에서 있게 됐을까. 내 주위의 사람들은 모두 나를 떠나가기만 했어. 아빠는 죽고 엄마는 재혼해버렸어."

그렇지만 네게는 철희가 있잖아. 나는 언제나 그랬던 것처럼 그녀를 위로해주고 싶었다.

아니, 그렇지 않아. 누군가 있다는 것은 절대 영원한 것이 아냐. 철희도 마찬가지야. 내가 죽으면…… 비가 갑자기 요란하게 내리기 시작하였다. 젊은이들의 노랫소리는 언제부턴가 악쓰는 소리처럼 들리고 있었다. 잔뜩 쉬어버린 목소리로 누군가 솔로를 하고 있었다.

　"내가 죽으면 물에 흘러가버리듯이 내 기억도 흘러가버릴 거야. 내가 자기를 위해 포기한 그 많은 것들도 다. 아무리 열렬한 사랑도 그 감동이 잊히고 나면 그저 그렇고 그런 연애 사건에 지나지 않아."

　"너답지 않게 왜 그런 식으로 말하니. 네가 좋아서 한 일이고 너만 행복하면 그걸로 된 거 아냐."

　난 죽음에 대해서 많이 생각해, 미진은 빈 담뱃갑을 만지작거렸다.

　내 사랑은 죽음이 없었지만 그 찬란했던 감동은 잊혀버리고 말았다. 영원하지도 않았다. 죽음이 없는 사랑도 헤어지고 슬퍼하고 잊힌다. 그러나 나도 사막에 있을 때는 죽음만이 우리를 헤어지게 하리라고 생각하고 언젠가 찾아올 그 죽음을 혐오하고 두려워하였다. 미진같이 당차고 언제나 자신만만한 여자의 입에서 그런 말들이 나오는 것은 의외다. 미진은 나와 많이 달랐다. 내가 머뭇머뭇하고 있는 사이에 그녀는 항상 저만큼씩, 보이지도 않는 곳에 가 있곤 하였다.

"사르트르가 죽었을 때 보부아르가 한 말 생각나? 이걸로 이별이라고. 나는 다시는 그를 만나지 못할 것이고 내가 죽는다 해도 그에게 가는 것은 아니라고. 대충 그런 뜻이었어. 언니도 사랑을 할 땐 연인에게 그렇게 느꼈어? 난 그동안 아무것도 물어보지 않았지만 언니에게 궁금한 것이 많아."

"난 아무것도 몰라. 기억이 하나도 안 나."

"철희와 잤어? 그것만 말해줘."

나는 거짓말을 하였다.

"아니. 별 이상한 걸 묻는구나. 우린 그냥 친구야."

"이상해. 왜 갑자기 이 말이 나왔을까. 난 다른 걸 물으려고 했는데, 정말 알 수 없는 일이야."

우리는 말도 없이 그냥 앉아 있었다. 시인은 길고 긴 샤워를 간신히 마쳤는지 기분좋은 고양이처럼 눈을 가늘게 뜨고 샤워실에서 나왔다. 그녀는 습기로 후줄근해진 셔츠만을 걸치고 머리에 녹색 타월을 둘둘 감고 있었다. 화장이 지워진 그녀의 얼굴은 나이들어 보였다.

오래 걸려서 미안해. 그녀는 하나뿐인 거울 앞에 놓여 있던 커다란 빨간색 빗을 집어 단발머리를 얌전한 스타일로 빗었다.

하지만 난 어쩔 수 없어. 번개처럼 샤워를 해치우는 솜씨는 죽어도 부릴 수가 없는걸. 머리를 빗는 그녀의 팔목에 푸른색 팔찌가 선명하였다. 이경주는 양팔에 물건들이 가득한 비닐봉투를 들고 돌아왔다. 시인은 그 봉투에서 하이네켄 캔과 밀감을 꺼냈다.

"믿을 수 있겠어? 내가 지금 시내까지 갔다 오는 길이라면. 담배 자판기 쪽으로 어슬렁거리며 걸어가는데 글쎄 택시가 한 대 오는 것이 보이잖아. 호텔의 단체손님들 중 한 명인데 늦게 도착한 거래. 택시를 타니까 시내까지는 겨우 십 분밖에 안 걸려. 편의점까지 있더라니까."

"그러게. 당신이 왜 이렇게 늦게 오나 하고 생각하던 참이라니까요."

시인은 밀감 껍질을 까면서 말했다. 그녀는 비닐봉투를 뒤적이다 뭔가를 꺼내서 흔들었다.

"이것 봐, 이경주씨가 뭘 사왔나 보라고."

"보세요, 직접. 당신 글이 실려 있길래 샀어. 점원이 물건을 포장하는 동안 발견했거든."

이경주는 잡지 한 권을 손에 들었다. 『와일드 제너레이션』이란 제목의 잡지인데 주로 전철역이나 버스 터미널에서 팔리는, 여행객을 위한 것이다. 시인의 글은 책의 앞부분에 있는데 '이달의 영상 여행'이란 부제가 달린 페이지였다. 토플리스 차림의 모델이 기술적으로 희미하게 찍혀 있다.

오래, 오래전에 알았던 친구
피자 하우스의 플라스틱 벤치에 앉아 있다.
이 끝도 없이 긴 꽃 상점들의 거리
너를 만나러 사람들 사이를 둥둥 떠간다
모퉁이를 돌면
너는 여전히 아름다운 녹색의 머리칼

이경주는 책을 높이 들고 한 구절을 읽었다. 미진은 여전히 샤워를 하고 있고 나는 핑크 담요를 소파에 깔고 있다가 시인을 보았다. 그녀가 『와일드 제너레이션』 같은 잡지에 글을 실었다는 것은 좀 의외였다. 이경주는 선생님 앞에서 불어의 삼형식 동사라도 암기하는 학생처럼 잡지를 두 손에 꼭 쥐고는 진지하게 계속하였다.

1988년의 석간신문이
잉크 냄새 가득한 채로 테이블에 펼쳐져 있고
스티로폼 컵의 커피가

이 기억 속으로 스며들며 식어가는 한여름의 오후
너를 찾아간다. 너의 낡은 청바지 뒷주머니에
손을 넣는다. 오래, 오래전처럼.

이제 그만해요, 그만하면 됐잖아. 시인은 이경주의 손에서 잡지를 뺏듯이 가져갔다. 그녀는 놀림을 당하고 있다고 생각한 것 같다. 그녀는 턱을 치켜들곤 화가 난 채로 담배를 꺼냈다.

"김성희씨, 당신을 놀린 게 아냐, 난 그냥 당신의 시가 눈에 띄길래 반가운 마음이 들었을 뿐입니다. 아시겠어요? 아름다운 시라고 생각해요."

이경주는 어색해져서 이렇게 말했다.

"누가 뭐래요?"

시인은 간단하게 대꾸하였다.

미진이 샤워를 마치고 나왔다. 그녀는 얼굴이 붉게 달아오르고 머리칼은 축축한 채로 청바지까지 그냥 입고 있었다. 전화를 한번 더 해봐야 할 텐데, 하고 중얼거리면서 타월로 머리칼을 닦았다. 나는 손목시계를 보았다. 새벽 세시였다.

"철희도 이제는 돌아왔겠지. 날씨가 나빠져서 내일 아침까지 여기에 있겠다고 해. 그래서 안 될 이유도 없잖아. 계획은 내일 오후에나 서울로 돌아가는 거니까."

"분명히 다들 술에 취했을 거야. 난 바다로 떠날 때 정해일
씨가, 왜 그 카피라이터 말야. 그가 배낭에서 위스키병을 꺼
내면서 자랑하는 걸 봤어. 밤바다에 가서 마시겠다면서."

미진은 투덜거리면서 수화기를 들고 버튼을 눌러댔다. 시
인은 이경주에게 따지듯이 묻고 있었다.

"미리 말을 해주었어야지. 당황해서 그랬잖아. 게다가 그
잡지, 뭐 그래요? 이상하게 그런 에로 사진에다가 내 시를 끼
워넣다니."

"미안해요. 당신 이름만 보고 가져온 거야. 다른 뜻은 정말
없었어. 그 잡지는 워낙 그런 거예요. 남자애들만 사 보는 잡
지라고. 정말 실어도 좋다고 허락한 겁니까?"

"싣고 싶다고 하길래, 그러라고 했어요. 그것뿐이었어요."

"그렇담 어쩔 수 없어요. 이제 와서는. 하지만 그 시는 좋
아요. 난 아마추어이긴 하지만. 그러면 된 거 아닌가요?"

"이상해, 아무도 받질 않아. 아직 돌아오지 않았나봐. 비가
이렇게 오는데."

미진이 말하자 모두 창밖을 바라보았다. 정말로 비가 많이
내리고 있었다. 유리창을 때리는 소리도 훨씬 요란해졌다.
아마 지금쯤 콘도로 돌아오는 중이겠지. 나는 그렇게 생각하

였다. 모두 그렇게 생각하고 싶어하였다.

모두 샤워를 마치고 자리에 누웠지만 아무도 잠들고 싶은 기분이 아니었다. 미진과 내가 침대 하나, 그리고 시인이 하나, 이경주를 위해서는 소파에 담요를 깔았다. 모두 잠들지는 않은 채로 담배를 피우거나 창문의 빗소리를 듣거나 하였다. 이경주는 『와일드 제너레이션』을 읽고 있었다. 그가 코팅된 원색 화보의 페이지를 넘길 때마다 매끄럽게 스쳐가는 금속성의 소리가 나고 머리가 길고 가슴이 큰 소녀들의 모습이 하나씩 나타났다가 사라졌다. 그녀들은 검은 가죽옷을 입고 오토바이를 타고 있거나―그 옛날의 메리앤 페이스풀을 생각나게 하는―옆머리를 바싹 치켜 깎고 앞머리엔 무스를 바른 청바지 차림의 소년들의 어깨에 기대 있거나 하였다. 누구에게나 그 비슷한 시절이 있다. 나는 스웨터만 벗어 침대 옆 텔레폰 스탠드에 아무렇게나 걸쳐놓았다. 시인은 침대에서 손을 내밀어 내 스웨터를 더듬었다.

"마일드세븐 남은 것 있어요? 난 다 피워버렸나봐."

언니, 다 가져가라고 그래. 정말 귀찮은 여자야. 미진이 시트 속에서 조그맣게 속삭였다.

이봐요, 당신. 사진이 잘 나왔는데. 잘 간수하지 않으면 잃어버리겠어. 시인은 구겨진 채로 바닥에 떨어져 있는 내 폴

130

라로이드 사진을 스탠드 위에 올려놓았다.

"없어요, 나도. 이경주씨가 사오지 않았던가요?"

사오지 않았어요. 편의점에서도 팔지 않고, 자판기에도 없었어요. 바닥에 누워 있던 이경주가 대답하였다. 그래서 말보로라이트를 사왔어요.

한심해, 정말. 마일드세븐이 없다고 담배를 피우지 못하고 시끄럽게 구는 꼴이란. 미진은 돌아누웠다. 시인은 기분이 좋지 않은 듯 침대에 걸터앉아 밀감 껍질을 까면서 두 발을 흔들고 있었다. 그 와일드 뭔가 하는 것, 다 봤으면 나 빌려줄래요? 한번 읽어는 봐야겠어.

별로 볼 것도 없어요. 이경주는 잡지를 시인에게 건네주고 담요를 머리끝까지 뒤집어썼다.

저기, 난 잠 좀 자야겠으니, 이제 불을 끄는 것이 어떨까요? 책을 보려면 로비로 내려가 보든지 해요. 미진이 시트 사이로 얼굴만 내밀고 시인에게 쌀쌀하게 말했다. 시인은 별로 감정을 나타내지 않는 표정의 얼굴을 힐끗 미진에게 향했을 뿐이다. 그녀는 조용히 일어나 『와일드 제너레이션』을 들고 스웨터를 집어 걸친 다음 불을 끄고 나갔다. 너무나 소리 없이 잔잔하게 일어난 일이었다.

머리가 터질 것 같아. 잠을 자고 싶은데 잠도 오질 않고.

난 한 시간만 자면 돼. 그러면 충분해. 왜 마음이 뒤숭숭해지
나 몰라. 미진은 열이 있는 것 같았다. 뺨은 붉고 이마는 뜨거
웠다.

"너, 감기에 걸린 것 같아. 좀 자두는 게 좋겠어."

"난 한번 더 전화를 해보려고 했어. 철희가 걱정할 거야."

걱정 마. 푹 자고 있어. 내가 전화를 해줄게. 로비에서 할
게. 나는 스웨터를 걸치고 이경주에게 전화카드를 빌려 방을
나왔다. 커튼을 열어놓은 창으로는 어두운 밤바다만 있을 뿐
이다. 이제는 노랫소리도 들리지 않는다. 아래층으로 내려가
면서 나는 잔뜩 젖은 청바지에서 물을 뚝뚝 떨어뜨리며 우아
한 무늬가 있는 나무 층계를 얼룩지게 하면서 이층으로 올
라오고 있는 한 남자를 보았다. 아마 해변에서 노래를 부르
던 일행 중 한 명일 것이다. 그의 운동화는 검은색이었고 갈
색 모래가 묻어 있었다. 그는 한 손에 둘둘 만 잡지 같은 것을
들고 있었는데 그것은 얼핏 보았지만 『와일드 제너레이션』이
었다. 그 남자의 어깨가 내 어깨에 닿을 듯하며 스쳐지나갔
다. 로비는 여전히 불을 꺼놓아 어두웠고 벽에 붙어 있는 작
은 등뿐이었다. 어두운 초록의 벽 앞에 있는 코튼 소파에 시
인이 앉아 담배를 피우고 있었다. 마일드세븐 케이스가 소파
에 놓여 있었다.

어떻게 구했어요? 나는 그녀 곁에 앉았다. 그녀는 웃었다. 초록빛 어둠 속에서 그녀의 하얀 손이 담배를 쥐고 있었다. 두꺼운 파란 팔찌가 무겁게 그녀의 팔꿈치 쪽으로 떨어지면서 아주 희미하게, 살을 스치는 금속의 소리가 들렸다.

지금 방금 이층으로 올라간 남자 봤어요? 비에 젖은 사람. 그는 해변에서 노래 부르던 패 중의 한 명인가본데, 글쎄 내가 내려오니 바로 이 자리에서 이걸 피우고 있질 않겠어. 바로 이거 말이야. 시인은 그녀 곁의 담뱃갑을 들어 보였다.

"한 대 달라고 했더니, 그 잡지 『와일드 제너레이션』, 그것하고 바꾸자고 하지 뭐야? 잘됐다고 생각했어요."

이제 프런트에는 아무도 없었다. 나는 공중전화기에 카드를 넣고 버튼을 눌렀다. 신호가 한참 가고 나서 여자 목소리가 나왔다.

"파라다이스콘도입니다."

"1209호실 부탁해요."

잠시 침묵.

"1209호실이라고 하셨나요? 아직 아무도 돌아오지 않으셨는데요."

이제, 그만 나는 포기하고 잠을 자두고 싶었다. 그들도 우리처럼 소나무숲 가의 작은 모텔이나 민박집에서 일박을 작정했을지도 모른다. 그러면 차에 있던 여자들은? 그녀들은 아마 화가 나서 서울로 돌아가버렸을지도 몰라, 하고 나는 생각했다. 그만 신경 끊어요. 이제 몇 시간만 지나면 모두 다 만나게 될걸. 시인이 내 뒤에서 이렇게 말했다. 나는 소파로 가 앉았다. 주말여행이 이렇게 망가져서 철희가 속상할 것이 다. 출판사, 프리랜서, 디자이너와 작가, 스폰서까지 끌어들 인 여행이었는데.

"비나 빨리 그쳤음……"

이봐요, 당신 내 시詩가 우습다고 생각했지요? 시인이 갑 자기 진지하게 물어왔기 때문에 나는 잠시 생각하는 척해야 했다.

"아니, 그런 생각 한 일 없어. 신선한 감각이라고 느꼈어 요. 젊은층에게 호소력이 있을 것 같아요. 한마디로 모던해 요. 감각이란 첫인상이 중요하지 않아요? 나, 이제 돌아가면 당신의 독자가 될 것 같아."

"당신 말은 그러니까, 내 시가 대중적이라는 거잖아요."

"그래요. 그것도 맞아요. 그런데 그게 왜 나빠요? 질이 떨 어진다거나 소녀 취향의 감상시는 아녜요.『와일드 제너레이 션』측에서 시를 왜곡시킨 건 좀 섭섭하지만."

"어떤 사석에서, 내 시가 유행가 가사 같다고, 그렇게 말한 사람들이 있었어. 평론할 가치도 없다고. 그들이 『와일드 제너레이션』을 보면 아주 즐거워하겠지, 어울린다고 하면서. 난 아주 분해요. 내가 하는 유일한 일은 시를 쓰는 것뿐이야. 당신도 소설을 쓰니 이해할 수 있지요? 나, 사실은 그 일 때문에 마음이 상해서 이 여행을 따라온 거야. 시나리오 작가인 김형후씨가 철희씨의 말을 듣고 내게 가보라고 했어. 또 내가 아는 얼굴들도 있고 하니 주말을 혼자 보내는 것보단 나을 거라면서."

사적인 질문이지만, 연인이 없나요? 나는 용기를 내어 그녀에게 물어보았다.

없어요. 그녀의 대답은 너무나 산뜻하였다. 상쾌한 봄바람 같았다.

"섹스 파트너라면, 사실 없지는 않아요. 하지만 연인은 없어요. 별로 있었으면 하는 생각도 안 들어요. 1988년 이후로는, 그때 직장을 그만두었거든요. 갑자기 생활이 폐쇄적이 되니 적응하기 힘들고 우울증 증상이 있어 정신병원 신세도 졌어요. 이상한 눈으로 보지 말아요. 내가 갑자기 미치기라도 할까봐 그래요?"

그녀의 난데없이 뾰쪽해진 말투에 놀라서 나는, 어머, 난 아무렇지도 않게 생각해요, 하고 변명하였다.

"미안, 그 얘기만 하면 신경이 곤두서요. 당신도 알잖아. 정신병원에 있었어, 하고 말한 다음 사람들의 반응을."

오랜 시간이 지난 다음에 나는 그날의 일들을 떠올릴 때면 이상하게 나른한 기분이 되곤 하였다. 어둡고 두려운 바다, 우울한 비, 소식을 알 수 없는 미진의 연인과 그들의 일행. 이 모든 것들을 바람에 날려보내듯이 시인의 손가락 끝에서 필터까지 타들어가던 마일드세븐. 어두운 가족호텔의 로비와 정신병동의 회상. 그토록 회색일 수 있을까, 그날의 휴가는. 나는 어느 날 아침, 시내의 브랙퍼스트 레스토랑에서 사람을 기다리고 있었다. 앞서의 커피 손님이 놓고 간 조간신문이 테이블에 놓여 있길래 그것을 읽었다. 커피와 토스트의 버터가 얼룩진 문화면이었다. 희미한 흑백 컬러로 김성희 시인의 사진이 있고 그녀의 시가 실려 있었다. 시는 대충 읽었다. 달콤하고 우수어린, 1960년대의 이태리 영화 같은 시였다. 그녀는 외교관인 부모를 따라 십대를 북아프리카에서 보냈다. 지금은 미국에서 살고 있다, 는 간단한 그녀의 근황이 실려 있었다. 그녀의 사진은 희미하고 늙어 보였었다. 그 호텔 로비에서의 그녀가 그랬다. 연인은 죽고 나는 정신병동에 있었어, 할 때의 그녀 표정을 그대로 몇 년이나 지난 뒤의 문화면에서 만났다. 몇 년이나 지난 뒤였을까. 그날의 휴가 이후에 시인을 만날 수 있었던 것은 그것이 유일하였다. 나는 토스트를 씹으면서 그 기사를 끝까지 읽었다. 만나기로 한 상대는 내 앞에 종이 커피잔을 들고 앉으면서, 뭘 그렇게 자세히 읽어? 했다. 응, 이 사람, 예전에 만난 일이 있어. 누구, 응, 김성희? 처음 듣는데, 친한 사이야? 아니, 그렇진 않아. 사실 거의 몰라. 그 사람은 신문을 들고 그녀의 시를 다 읽고 나더니, 유행가 같아, 하고 한마디했었다.

　나, 중동에 오래 있었어. 시인은 그렇게 시작하였다.

　"거기서 당신을 만났어. 그렇지 않아요?"

　"나 거기 일 년밖에 있질 않았어요. 그리고 그동안 한국 여자는 한 사람도 만난 일이 없어요. 이번만은 당신이 틀렸어."

　나는 비웃어주는 기분으로 그렇게 말했다. 밤이 깊고 시간은 오래되었다.

　"그래요. 직접 만났었다면 내가 이렇게 늦게 깨달을 리가 없어요. 당신의 사진을 보았어."

　"사진?"

　"그래요. 당신의 폴라로이드 사진."

　그녀는 소파 위에서 불편하게 몸을 비틀어 스웨터 주머니를 뒤졌다.

　아까 방에서 가지고 나왔어요. 말도 없이 가지고 나와서 미안해. 떨어진 걸 탁자에 올려놓으려다 문득 낯익은 생각이 났어요. 그래서 가지고 와서 계속 생각하고 있었어요. 내가 어디선가 본 폴라로이드 사진. 낡은 목재 책상의 수많은 서랍들 중 하나에 들어 있었지요. 그 서랍은 사진들로 가득했어요. 사진들. 오래된 것, 비교적 최근의 것들이 그냥 섞여 있었어요. 사진의 주인은 세계 여러 곳을 방랑하는 입장이어서 그것들은 매우 진기하게 보였어요."

시인은 알루미늄으로 된 스탠드형 재떨이에 재를 털었다.

"신기했어요. 나도 외국에서 고등학교를 다녔지만 그 사람의 사진들은, 먼 나라의 그림들 같았어요. 물론 기록사진이라거나 프로의 솜씨는 아니었고 누구나 갖고 있는 일상의 사진들이죠. 가족이나 친구들, 우연히 만난 사람들과 함께 거리나 시장에서 찍은, 보통 사람이라면 가족 앨범에 단정히 정리해놓고 손님이 찾아오거나 하면 보여주고 나이들어서 아이들에게 보여줄 사진들이죠. 그런 것들이 마닐라 종이 봉투에 담긴 채로 그냥 서랍에 가득 들어 있었다고요. 방은 어두웠어요. 창가로 다가가서 묵직한 천으로 된 낡은 커튼을 열었죠. 그 먼지란, 정말 굉장했지요. 곰팡내도 물씬 났던 것으로 기억해요. 적어도 여섯 달 이상은 사람이 살거나 난방을 넣거나 한 일이 없음이 분명했어요. 어두운 방안으로 빛이 들어왔지요. 먼지가 그 빛 속에서 어지럽게 춤추자 아버지는 한 손을 들어 먼지가 새떼들이라도 되는 양 쫓아버리려 했지요. 창가는 너무 환하게 눈부셔서 그곳에 서서 빛을 등지고 있는 사람의 모습이 정확히 보이지 않았어요. 나는 봉투를 거꾸로 들고 사진들을 책상 가득히 펼쳐놓았어요. 책상은 아주 컸고 낡은 구형 수동 타자기가 하나 있었을 뿐이죠. 생각해봐요. 1988년에 수동 타자기라니, 은회색 커버를 반쯤 씌우다 만 형태로 그렇게 놓여 있었어요."

"1988년이라고 했어요?"

나는 낡아서 보풀이 일어난 소파의 커버를 손가락 끝으로 조용히 긁고 있었다. 파란색 코튼 천에는 자세히 들여다보아야만 알 수 있는 작고 연한 제비꽃 무늬가 있었다.

"그래요, 1988년. 왜 그래요? 참 낡은 방이었어요. 바닥에는 마루가 깔리고 눅눅한 습기 냄새가 났어요. 물론 아버지는 외교 문제가 있어서 그 집을 찾아간 것으로 기억해요. 난두 시간 동안 사진만 들여다봤다니까요. 그 어두운 방에서요. 남자들은 눈부신 창가에 서서 나지막한 소리로 조용조용 속삭이듯이 대화했어요. 그들은 마치 장례식에 온 사람들처럼 검은 양복과 넥타이를 하고 있었죠. 그 이상은 몰라요. 내가 걸음을 옮길 때마다 마룻바닥은 위태롭게 삐걱거렸어요.

아래층에서는 양고기를 불에 굽는 냄새가 나고 있었죠. 사람들은 선 채로 진한 커피와 대추를 먹고 있었어요. 햇볕은 너무 강렬했어요. 나는 당신 얼굴을 봤죠. 폴라로이드 사진이었어요. 지금처럼 화장기 없는 얼굴이 책상 앞에 앉아 있는 모습이었어요. 편지라도 쓰고 있는 것 같더군요. 나는 아버지에게 말했죠. 이 사진을 좀 봐요. 이 여자가 앉아 있는 책상이 바로 이 책상이고요. 이 방에서 찍은 사진이에요. 커튼이랑 저 벽장이랑 모든 게 같아요. 이 방에서 한국 여자가 살았었나봐요. 하지만 남자들은 내 말을 듣지 못했어. 그들은 사진이 아닌 다른 얘기를 하고 있었을 거예요. 나는 나중에 당신의 사진에 대해서 물어보려고 했어요. 하지만 아무도 그 방에 살았던 한국 여자에 대해서 아는 사람이 없었어요."

"시간이 많이 지났으니까. 우리들은 모두 그 집에서 추방되었던 거지요. 아래층에 살던 가족은 프랑스로 이주했어요."

오. 시인은 이 한마디밖에 하지 않았다. 아스피린 가진 것 있어요? 두통이 있거든요. 나는 가진 것이 없다고 했다. 됐어요, 없으면. 조금 있으면 날이 밝을 텐데, 뭘.

날은 조금도 밝아질 것 같지 않았다. 비가 더 심하게 내리고 있었기 때문이다. 나는 붉은 카펫이 깔린 현관문으로 나가 밖을 내다보았다. 호텔 앞의 커다란 네온등에 무수한 빗방울이 춤추고 멀리 등대 불빛은 천천히 밤의 바다를 회전하고 있었다. 소리도 없이 비는 많이도 내렸다. 나는 공중전화기에 카드를 넣었다. 부드러운 신호음이 한참이나 울렸다. 새벽 네시. 프런트가 비어 있을지도 모른다. 실망하고 끊으려는데 누군가 수화기를 들었다.

"1209호실을 부탁해요."

"네, 잠깐만 기다리세요."

나는 수화기를 막고 시인에게 돌아왔나봐요. 연결이 돼요, 하고 말했다. 그녀는 일어서서 전화기 가까이로 왔다.

1209혼데요. 전화를 받은 사람의 목소리가 낯설었다. 나는, 철희씨를 좀 부탁해요, 했다.

"누구신가요? 아, 미진씨? 거기는 어딘가요. 연락이 안 돼서 매우 걱정했어요."

"전 미진이 언닌데요. 죄송합니다. 비가 오는 바람에 그냥 여기 호텔에서 묵어버렸어요. 연락도 잘 안 되고 해서 이제야 전화하게 됐어요. 철희는 없어요?"

아, 철희씨는 지금 여기 없어요. 사실은 작은 사고가 생겼어요. 사소한 거죠. 그래서 병원에 가야만 했어요. 모두 다요. 그래서 이곳이 비어 있었어요. 아니, 큰 사고는 아니죠. 절대 아녜요. 다친 사람요? 음, 철희씨가 좀 다쳤어요. 네. 사실은 미진씨가 곧 병원으로 가보는 것이 좋겠어요. 강릉 시내의 성심병원 응급실. 철희씨 말고 서너 명이 거기 더 있어요. 나머지 사람들은 일단 콘도로 돌아왔으니까요. 그 목소리는 전화를 끊으면서 그럼 안녕히, 행운을, 하고 말했다. 무슨 일이라도 생긴 것 같은 분위기야. 왜 그래요? 시인은 스커트의 담뱃재를 털고 남은 담배를 스웨터 주머니에 넣었다.

"그래요. 사고가 있었나봐. 심각하게 말하진 않았지만 철희가 다쳤나봐요. 얼른 가서 미진을 깨우고 병원으로 가봐야 해요."

"다쳐요? 사고라고요?"

시인은 한참이나 가만히 있었다. 내 말을 믿지 못하는 듯했다.

"누가 전화를 받았어요?"

"글쎄, 난 모르는 사람이에요. 난 아는 사람이 하나도 없잖아요."

"그러면 그 사람이 우리 일행인지 아닌지도 확신할 수 없겠네요. 그렇죠?"

"그렇지만, 그가 철희가 다쳤다고 했어요. 병원도 말해줬어요."

"어쩐지 이상하잖아."

142

"그래도, 가서 미진을 깨우는 편이 낫겠어요. 우리, 돌아가요."

나는 나무 층계를 올라갔다. 방은 어두웠다. 희미한 초록의 빛이 미진이 있는 창가에 머물고 있었다.

미진아, 일어나야 해. 나는 침대의 시트를 가만히 벗겨냈다. 미진의 벗은 어깨가 둥글게 드러나고 그 아래에 이경주의 얼굴이 있었다. 그들의 긴 머리칼은 깊고 깊은 바다의 해초처럼 엉켜 있었다. 미진의 눈꺼풀이 가늘게 떨리고 이윽고 눈이 뜨였다. 그녀의 눈동자는 물속에 잠긴 것처럼 희미하였다. 두려운 것처럼 눈동자가 흔들렸다.

"나, 정말 이러려고 했던 것은 아냐. 이해해줄 수 있겠지? 하지만 지금은 좀더 자고 싶어."

"오, 그런 것 때문이 아냐. 옷을 입도록 해. 나는 나가 있을게, 철희에게 사고가 생겼대. 사소한 거라지만 가봐야 할 것 같아."

무서워. 택시가 있을까? 비가 아직도 오고 있는데. 미진은 일어나 옷을 입었다. 그녀는 그러는 중에도 불쑥 생각난 듯이, 오, 난 정말 그러려고 했던 것은 아니야, 하고 내게 말했다. 나는 쉴새없이 그녀에게, 널 비난하려고 이러는 것은 아냐. 아무도 그러지 않을 거야, 하면서 미진을 안심시켜야만 했다. 이경주는 시트로 허리를 감싸고 욕실로 들어가 청바지를 입었다. 그도 미진도 몹시 멍한 상태였다. 약을 먹었어, 아주 조금. 잠을 좀 잘 수 있으려니 해서. 이경주씨도 같이 먹었어. 언니가 샤워하고 있을 때 김성희씨에게서 조금 얻었어. 수면제라고 했어. 단지 수면제일 뿐이라고. 미진은 티셔츠를 입고 재킷을 걸치면서 계속해서 중얼거렸다.

이봐요, 마침 택시가 있어요. 내가 세워두었어. 그걸 타려면 빨리 서둘러야 할 것 같아요. 준비됐어요? 시인이 이렇게 말하면서 문을 열었다. 아니, 불도 안 켜고 있어요? 그녀는 미진이 재킷 입는 것을 도와주었다. 모두 밖으로 나갔다.

강릉 시내까지는 얼마 걸리지 않았다. 택시 안에서 미진은 계속 잠을 잤다. 사람들은 말없이 창밖을 바라보고 있었고 바다는 페이브먼트를 따라 계속되었다. 고깃배의 불빛이 점점이 떠 있는 바다는 어둡고 몹시 두려웠다. 나는 동굴 속에서 바다를 바라보았다. 붉고 푸른 해초들이 춤추는 것이 그대로 들여다보이고 검은 모래가 발바닥에 붉은 피를 흐르게 했다.

응급실에서 우리는 철희를 만나지 못했다. 그는 이미 영안실로 옮겨진 지 오래였다. 그의 친구들이 영안실 밖에서 담배를 피우고 있다가 우리에게 그가 병원에 도착했을 때는 이

144

미 사망한 상태였다고 전해주었다.

"정말 몰랐어요. 그는 단지 발이 미끄러져 얕은 바다에 빠졌을 뿐이라고요. 그것이 장난인 줄 알고 몇몇의 친구들은 같이 물에 들어갔지요. 몇 분 정도 지나서야 우리는 그가 이상하다는 걸 느꼈어요. 물을 먹은 것도 아니죠. 그는 같이 웃기도 했어요. 잠시 숨이 차다고 해서 차 안에서 쉬고 있었다고요. 차는 따뜻하게 해놨기 때문에 아무도 걱정하지 않았어요. 그의 부모님에게 전화를 해야 할 텐데. 아무도 연락처를 몰라요."

철희의 아버지는 오래전에 집을 나갔고 어머니는 출가하여 절에 있다고 들었다. 그 이상은 아무도 몰랐다. 철희는 사람들과 함께 소나무숲을 산책하였다. 길고 어두운 숲이었다. 굵고 검은 모래가 깔린 나무 사이를 걷고 카메라맨은 사진을 찍었다. 바위가 가까운 해안가에 떠 있었다. 그곳은 물이 무릎까지밖에 안 왔다. 사람들은 취하였다. 캔맥주를 마시고 콘도에서 가지고 나온 위스키병을 비웠다. 그들은 방수천이 덮인 보트를 타기로 했다. 보트는 돌들로 눌린 채 단단히 묶여 있었다. 그러나 바람이 많이 불었다. 여름철 관광객들을 위하여 쓰이다가 허술하게 관리된 보트 하나를 해안으로 밀고 나왔다. 바위는 한 이십 미터 정도 떨어져 있는 것으로 보였다. 파도가 밀려와서 보트가 휘청거렸다. 몇몇은 탔고 몇몇은 그냥 보고만 있었다. 그들은 섬으로 갔다. 보트에서 위스키를 마셨다. 서로 돌아가면서 한 모금씩, 노를 젓지도 않았는데 보트는 자동으로 바위에 가 부딪혔다. 바위는 갈매기들의 잠자리였다. 깃 속에 고개를 파묻고 있던 많은 갈매기들이 요란한 소리를 내면서 날아올랐다. 보트를 다시 해안으로 노 저어 간 것은 철희였다. 나머지 사람들은 섬으로 올 수 있었다. 다 마신 위스키병은 바다에 버려졌다. 비를 맞으면서 노래를 불렀다. 바위는 미끄러웠다. 몸을 돌리던 철희는 아주 천천히 바다로 떨어졌다. 얕은 바다였다. 깊고 검은 해초의 카펫이 깔려 있고 키 정도의 깊이였기 때문에 그는 금방 물위로 고개를 내밀고 웃었다고 한다. 카메라맨은 방수천으로 카메라를 덮고 촬영을 하였다. 두 사람이 더 바다로 떨어졌다. 그들도 크게 웃었다. 한 사람이 바위틈에 다리를 긁혀 피가 조금 났을 뿐이다. 철희는 즐거워하였다. 차 안에서 최초의 한기를 느꼈을 뿐이다.

거짓말처럼 그렇게 철희가 죽었다. 철희는 가족도 친척도 없었다. 나와 미진은 화요일에 서울로 왔다. 그리고 각자의 집으로 돌아갔다. 지치고 피곤해서 아무런 말도 하기 싫어하였다. 나는 새로 창간한 여성 잡지에 소설을 연재할 수 있게 되었고 언제나 조용하고 무미건조한 나의 일상으로 돌아왔다. 정말 신기할 정도로 일상에는 언제나 아무런 일도 일어나지 않는다. 철희의 죽음이나 시인이란 여자와의 만남은 자세히 생각해보면 현실이 아닌 듯 생각된다. 나의 일상은 소름 끼치도록 잔잔하였다. 언제나 워드프로세서와 자동응답 전화기뿐이다. 저녁이 되면 쌀밥과 된장국으로 식탁을 차리고 생선을 구웠다. 저녁은 언제나 밥을 먹고 아침은 토스트와 커피, 신문은 언제나 여섯시에 보고 석간은 밖에서 사온다. 부인이나 애인이 있는 남자와는 저녁식사는 같이하더라도 절대로 섹스는 하지 않는다. 주중에는 수요일에만 데이트한다. 철희 이후로 나는 그렇게 하기로 했었다.

나는 철희가 미진과 함께 살게 되면서부터는 그냥 단순한 친구로 지내왔었다. 그를 별로 만나거나 하지도 않았다. 크리스마스가 되면 카드를 보내고 여행지에서는 엽서를 보냈다. 그래서인지 그의 죽음 이후로 카드나 엽서는 받지 못했어도 그가 어딘가에 있거니 하고 생각되었다. 미진과는 그 이후 연락하지 않았다. 한참이나 지난 뒤에 나는 막내이모로부터 미진이 독일로 갔다고 들었다. 그곳에서 독일인과 결혼하였다고 했다. 나는 그날의 휴가 이후 그곳에 모였던 사람들을 아무도 다시 만난 일이 없다. 항상 카메라를 들고 다니던 사람, 긴 머리를 하고 모래가 묻은 검은 재킷을 걸쳤던 남자와 통통하게 살찐 하얀 여자. 그리고 바랜 청바지를 입고 농구화를 신거나 혹은 값비싸 보이는 영국제 캠핑복을 입고 말없이 담배만 피우다 떠난 사람들. 그들은 누구인가. 나의 폴라로이드 사진은 어디에 있는가. 아무것도 다시는 볼 수 없었다.

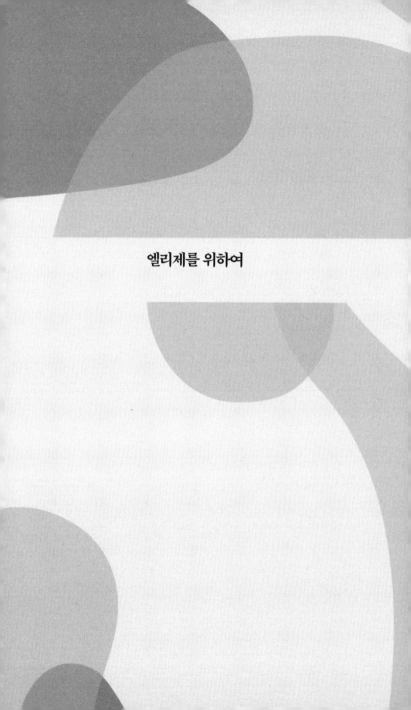

엘리제를 위하여

어린아이가 치는 경쾌한 피아노 소리가 골목길 블록 위에 물방울처럼 튕기고 있다. 초보자들을 위해 편곡된 〈엘리제를 위하여〉가 두 번 반복해서 들렸다. 칠이 벗겨진 초록 자전거가 그 골목을 지나갔다.

"이제는 조금 더 빠르게 해봐요. 메트로놈을 보면서." 국민학교에 다닐 때는 나의 피아노 선생이 항상 그런 식으로 말하는 것이 싫었다. 메트로놈을 잘 봐요. 창밖에 신경쓰지 말고, 실수하지 말아요. 벌써 네번째 반복하고 있는데 실수하면 안 돼요. 나는 피아노 교습을 받을 때면 언제나 내 또래들보다 뒤처지고 자신감이 없는 것같이 느껴졌다. 피아노 선생이 올 때면 어머니는 뜨개질 거리를 일부러 만들어서 환한 햇빛이 눈부신 창가에 앉아 있곤 했다. 어머니의 뜨개질바늘이 이층의 창으로 들어오는 햇빛에 눈부시게 반짝이면 피아노 선생은 나의 실수에 더욱더 당황하여, 메트로놈을 잘 봐요. 마음대로 치고 있군요. 유행가가 아니라니까, 하며 울 것 같은 소리를 질렀다.

우리집은 시장 거리에 있었고 아래층은 야채와 과일을 파는 가게였기 때문에 언제나 나른한 소란스러움이 일상 가득히 스며 있었다. 학교에서 가장 친한 친구인 경혜가 기르던 강아지 해피가 야채가게 앞을 뛰어가면서 짖어대던 소리도 잊을 수 없다. 하얗고 곱슬곱슬한 털을 가졌던 아름다운 해피. 경혜의 어머니는 시장에서 순대가게를 하였다. 경혜와 나는 두 손을 꼭 잡고 우리집의 콘크리트 층계에 앉아 있었다. 층계참에 있는 화장실의 희미한 악취와 어두워진 시장 거리의 야채 쓰레기에서 풍기는 우울하고 시큼한 냄새에 싸여서. 가까이서 생선을 아주 맵게 끓이는 냄새도 났다. 우리는 온갖 냄새에 하루종일 익숙해져 있었기 때문에 그런 건 상관도 없었다. 경혜는 은박지에 싼 초콜릿을 가지고 있었다. 우리는 조심스럽게 은박지를 벗겨내어 아주 조금씩 그것을 나눠 먹었다. 월남에 가 있다는 경혜의 큰오빠가 가지고 온 것이라 하였다.

어머니가 없는 저녁이면 경혜네 집에 순대를 먹으러 갈 수도 있었다. 낮에는 사람들로 가득하던 시장길은 밤이 되면 울적하고 스산해진다. 녹슨 셔터를 내린 상점들이 늘어선 길을 따라 푸른색 방수천이 덮인 생선 좌판이 있다. 경혜의 집까지 가는 동안 나는 그 푸른 방수천에서 나는 생선의 냄새를 맡아야만 했는데 그것만은 몹시 싫었다. 생선 냄새는 시장바닥을 바람에 이리저리 쓸려다니는 포장용 헌 신문지들에서도 느낄 수 있다. 순대가게에 붙어 있는 작은 뒷방에서 경혜와 만화책을 보았다. 경혜는 연필에 침을 묻혀가며 숙제를 하고 나는 해피의 곱슬거리는 털 사이로 손가락을 넣어 끝도 없이 쓰다듬었다. 경혜는 피아노를 배울 수 있는 나를 부러워하였다.

삼십대 올드미스였던 피아노 선생은 스타킹의 작은 구멍에 투명한 매니큐어를 바른다. 다리를 피아노 의자에 올려놓은 채. 그녀의 검은 테 안경이 얼굴을 스르르 미끄러지면서 땀이 촉촉하게 밴 코끝에 아슬아슬하게 걸려 있다. 더운 날씨였다. 창문을 열어놓았지만 바람은 조금도 불지 않았다. 이런 날에 배추 이파리가 풍기는 냄새는 정말 안 좋았지만 어쩔 수 없었다.

메트로놈은 며칠 전에 남동생이 떨어뜨려 고장내버렸기

때문에 움직임을 멈추었다. 남동생은 뒤뚱거리는 걸음으로 자리에서 일어나 잘 돌아가지 않는 발음으로 저게 뭐냐고 하며 집어들고는 그냥 그걸로 끝이었다. 그는 소아마비 환자였고 언제나 이상한 열이 나는 병을 앓았던 것으로 기억한다. 어머니는 주방에서 석윳불에 라면을 끓이고 있다. 피아노 선생은 라면을 먹고 갈 것이다. 여름방학이 시작된 지 얼마 안되었다. 여름에 일부러 바다를 찾아가거나 하는 것은 감히 있을 수 없는 사치였다. 학교에 가지 않아도 된다는 사실 하나만으로 경혜와 나는 행복했다. 그러나 어머니가 그 행복을 방해하였다. 나는 주중에 세 번씩 받던 피아노 교습을 주말까지 합해서 여섯 번을 받아야 했다. 그리고 방학 숙제도 안할 수 없었다. 끈적끈적한 비닐 장판 위에 엎드린 채로 도화지에 '바닷가 풍경'이나 '미래의 세계' 같은 제목으로 그림을 그려야만 했다. 나는 바닷가에 가본 기억이 없기 때문에 미술책에 있는 그림을 그대로 옮겨 그리고 코발트블루 크레파스로 도화지의 삼분의 이도 넘는 면적을 칠해버렸다. 그리고 만화책에서 본 문어같이 생긴 화성인을 검고 동그란 눈과 함께 그렸다. 반공 글짓기도 해야 했다.

　"나는 공산당이 싫어요." 이렇게 말한 이승복 어린이를 나는 존경합니다. 나라면 무서워서 그렇게 하지 못했을 거예요. 우리가 공부를 안 하고 열심히 살지 않으면 공산당이 쳐들어옵니다. 그러면 우리나라 사람들은 모두 죽습니다. 나는 공부를 열심히 하겠습니다. 이렇게 쓰고 있다가 커튼도 없는 창으로 다가가서 한줄기 바람이라도 불지 않을까 하고 고개를 내밀면 내려다보이는 한여름 대낮의 시장 거리는 노출이 과다한 흑백사진처럼 비정상적으로 밝고, 조용하고, 움직임이 없다. 하얀 양산을 든 여인네들이 간혹 지나갈 뿐이었다. 피아노 선생은 유행이 지나간 레이스 달린 양산을 쓰고 배추 이파리가 깔린 시장길을 천천히 지나갔다. 플라스틱 책받침으로 부채질을 하면서 나는 파란 강물이라든지 넓고 깊은 야생의 정글 같은 것을 생각하려고 애썼다. 등을 바닥에 대고 누워 있으면 좀 시원한 것 같았지만 이층의 방은 언제나 피할 수 없는 태양열로 가득하여서 내 머리칼은 땀에 흠뻑 젖었다. 내가 깨닫지 못하는 사이에 나는 병에 걸렸다.

"얘가 몇 살이라고 했죠?"

낯선 아줌마가 나를 유심히 보고 있었다. 앓고 난 뒤의 나는 머리를 짧게 자르고 여위어서 볼품이 없었다. 어머니가 줄여준, 초록 바탕에 검은 격자무늬가 있는 사촌언니의 낡은 코튼 원피스를 입고 있었는데 그 어둡고 칙칙한 색은 나를 비참하게 만들기에 충분하였다. 나는 될 수 있으면 그 아줌마와 얼굴을 마주치지 않으려고 내 운동화만 고집스럽게 내려다보았다.

"열세 살이죠. 6학년인데 아직 어려 보여요."

어머니는 마치 귀여워하는 듯이 내 머리를 쓰다듬으면서 상냥한 목소리로 대답했다. 나는 버스를 타고 시내로 나왔고 어느 깨끗하고 새로 칠한 페인트 냄새가 나는 건물에 들어와 있었다. 유리로 된 커다란 벽을 통해서 옆방에서 피아노를 치고 있는 내 또래의 여자아이가 보였다. 그 아이는 긴 머리를 두 갈래로 땋고 리본을 맸다. 무릎까지 오는 하얀 양말에 검은 구두를 신고 있었는데 소리는 들리지 않았다. 그 아이는 악보의 페이지를 넘기면서 이쪽을 흘깃 바라보았다.

"6학년 같지 않아요. 말라서 그런가봐요. 우리 학원에는 6학년생들이 많아요. 아무래도 입시니까 미리 시작하는 것이 좋지요. 그런데 너 어느 학교 다니니?" 그녀는 이번엔 나를 향해서 부드럽게 물었다. 나는 어머니의 재촉을 받고 마지못해 내가 다니는 변두리 공립학교의 이름을 댔다.

"어머……"

그 학원 원장이라는 아줌마는 매우 실망한 듯했다.

"그 학교 다니는 아이는 여기엔 한 명도 없어요. 어쩌나, 친구가 없어서."

그녀는 내게 우유와 빨간색 캔디를 주었다. 커피포트에서 물이 폭폭 끓는 소리가 조용하고 쾌적한 유리방 안에 가득찼다. 어머니와 원장은 커피를 마셨다.

"이제부터 시간이 많으니까 계속해서 하면 반드시 좋은 결과가 있을 겁니다." 원장은 엄숙하고도 설득력이 있었다. 어머니는 안심하는 것처럼 보였다. 나는 돌아오는 길에 어머니에게 물었다.

"왜 꼭 저 학원을 다녀야 해?"

"저길 다녀야 좋은 중학교에 갈 수 있잖니. 넌 피아니스트가 될 거야."

어머니가 피아니스트, 라고 말한 것은 그때가 처음이었다.

"널 사립학교에 넣지 못한 것이 한이야. 그렇지만 예중에 들어가면 모두 다 괜찮아질 거야. 그 경혜란 애랑 너무 몰려다니지 마. 널 위해 도움이 안 돼." 어머니는 항상 그렇게 말하곤 했다. 숨을 들이마시기가 괴로울 정도로 아스팔트의 열기가 강한 날이었다. "전부 네 아버지 탓이다. 그가 우리를 버렸어." 어머니는 아무렇지도 않게 언제나 이렇게 말한다.

아버지에 대한 기억은 처음엔 모호하고 아득했다. 다른 아이들처럼 나도 아버지에 대해서 두려움과 무조건적인 숭배, 그리고 애정을 받고 싶은 욕구 그런 것들을 갖고 있었다. 때로는 어느 날 갑자기 많은 돈을 검은 가방에 가득 가지고 나타나서 우리를 행복의 나라로 데리고 가지 않을까 하는 기대도 있었을 것이다. 사촌언니의 오래된 원피스를 고쳐 입고 시내에 있는 학원엘 가고, 큰 여자아이들이 그 이상한 격자무늬를 힐끔거리는 것을 못 본 척하고 유리로 된 커다란 연습실들을 통과해나가야 한다. 연습곡들을 잘 치지 못하고 선생님의 반주를 따라가지도 못할 때도 있었다. 그런 날이면 그가 펠트 모자에 회색 겨울 코트를 걸친 멋진 모습으로 내 꿈속에 나타나곤 했지만, 오랜 시간이 흐른 뒤에 사진으로 보게 된, 집을 나가기 직전의 그의 모습은 실은 초라하였고 등은 구부정한, 소심하고 조금은 비겁해 보이는 인상이었을 뿐이다. 나는 내가 그런 인물의 정자에서 유래되었다는 것이 몹시 불쾌하여서 어머니가 싫어졌다.

여름에 언제나 가뭄이 있었다. 학교 수돗가에는 아이들이 길게 줄을 서서 아주 조금씩 나오는 수돗물을 받기 위해 기다리고 있었다. 경혜는 운동장 한구석의 펌프로 다가가 펌프질을 몇 번 해보더니 나를 향해서 고개를 가로저었다. 수도꼭지의 녹슨 물방울은 쪼르륵 하는 소리를 내더니 끊어지고 말았다. 태양은 바로 아이들의 머리 위에 있어서 그림자가 아주 조그마했다. 비가 오지 않은 지 얼마나 되었는지 기억도 나지 않는다. 나는 갈증이 몹시 났다. 물은 어디에도 없었다. 우리는 청소 당번이어서 물을 길러 걸레질을 해야만 했었다. 훅훅 더운 김이 풍기는 운동장의 흙바닥에서는 까칠한 흙먼지가 날아 아이들의 콧등에서 땀과 함께 얼룩졌다. 한 남자아이가 맨발로 수돗가를 달려갔다. 그 아이의 볕에 탄 맨발에 바짝 마른 수돗가의 콘크리트는 지옥처럼 뜨거웠을 거다. 그 아이는 곧바로 펌프로 향했다. 그리고 힘차게 펌프질을 시작했다. 펌프에서는 녹슨 쇳소리만 요란하게 울렸다. 그 아이의 머리는 군인처럼 짧고 하얀 셔츠에 검은 반바지 차림이었다. 그 아이의 다리는 넘어져서 다친 듯 빨간약 투성이고 눈은 가늘고 진했다. 꾸르륵, 하면서 펌프에서 물소리가 나는 듯했다. 모든 아이들의 눈이 반짝 빛났다. 그 아이의 팔은 계속해서 움직였다. 서른 번, 마흔 번. 그러다 손을 놓는다. 가쁜 숨을 어깨로 몰아쉬고 있다. 펌프는 몇 번의 물소리로 많은 아이들을 속이고 땡볕에 붙들어놓았지만 결국은 한 방울의 물도 주지 않았다. 나는 울 것 같아져서 입술을 깨물고 눈을 크게 떴다. 어지럽고 현기증이 났다. 경혜는 참새 꼬리 같은 교사 처마의 그늘에 파고들어가 웅크리고 있었다. 그 아이는 이번에는 수도꼭지 하나를 입에 물고 힘껏 빨아당겼다. 쉬익 하는 메마른 쇳소리가 났다. 그 아이는 짧게 깎은 머리를 이리저리 돌리면서 애쓰고 있었다. 어쩌면 될지도 몰라, 하고 누군가가 내 뒤편에서 말하고 있었다. 그 아이의 마른 어깨에 힘이 들어가며 파르르 떨리는 것이 내 눈앞에 보였다.

"너 이상했어. 알고 있니?"

경혜는 돌아오는 길에 나에게 종이봉지에 담긴 바삭거리는 과자를 사주었다. 학교에서 집으로 돌아오는 길은 그늘도 없이 하얀 먼지로 가득하였다. 과자는 길가에서 직접 만들어 파는 것이었기 때문에 뜨겁고 달콤했다. 경혜는 과자를 조그만 손으로 찢어 큰 쪽을 나에게 주었다. 담이 높고 눈부신 흰빛으로 칠해져 있는 잘사는 사람들의 거리를 지나갈 때가 특히 좋았다. 그 거리는 지나다니는 사람이 거의 없어 조용하고 붉은 장미꽃들이 하얀 담장 밖으로 늘어져 있었다. 경혜와 나는 조용조용 얘기하면서 천천히 그 길을 걸어갔다. 나는 그 아이와 번갈아가면서 녹냄새 나는 수도꼭지에 매달렸었다. 운동장의 스피커에서는 요란하게 행진곡이 울려퍼졌다. 수돗가의 뜨거운 콘크리트에 내 무릎이 스치고 숨이 헉헉 막혀왔다. 이제는 절대로 물이 나오지 않으리라. 길고도 긴 가뭄이 시작된 것이다. 학교는 여름방학을 앞당겼다. 큰길가의 개울물도 초록의 뱀처럼 날씬해져서 아무렇게나 내다버린 쓰레기 더미 사이를 가늘게 흘러갔다.

"넌 점점 이상해져. 이젠 너를 알 수가 없어. 네가 생각하고 있는 것이 나에게는 생각으로 안 떠올라." 그때 경혜는 그렇게 단정지었다.

"너 그렇게 이상한 말 자꾸 하면 우리 사촌오빠를 소개시켜주지 않을 거야." 나는 이렇게 그녀를 항복시킬 수 있다. 나는 아주 멋있는 사촌오빠의 사진을 갖고 있기 때문이다. 그는 키가 크고 잘생겼으며 우등생이다. 그는 부산에서 아주 근사한 이층집에 살고 있다. 나는 그의 사진을 경혜에게 보여주며 그가 얼마나 다감하고 씩씩한 사촌오빠인지에 대해서 설명해주곤 하였다. 그가 서울에 오면 나는 그를 경혜에게 소개시켜줄 수 있을 것이다. 경혜는 언제나 무관심한 척 턱을 내민 채 말없이 듣기만 했지만, 난 안다. 경혜가 얼마나 관심 있어 하는지. 그가 사실은 한 번도 만난 일이 없고, 앞으로도 영원히 만날 일이 없는, 중학교 때 LA로 이민 간 어머니의 육촌동생일 뿐이라는 것을 경혜는 끝까지 모르고 말았다.

"그 남자애, 그때 한 번 우리집에 왔다. 너 모르지."

경혜는 과자의 마지막 크림을 먹으면서 어떤 자신감이 스민 말투로 시작하였다.

"그애 엄마가 우리집에 와서 일해. 가끔씩 정희 아줌마가 못 나올 때면."

"그때는 또다른 아줌마가 있잖아. 왜, 너희 어머니가 희숙아, 하고 부르는 아줌마."

"희숙이 아줌마는 이제 안 나와."

"나 빨리 피아노 학원 가야 해."

우리는 걸음을 빨리해서 하얀 주택가를 지나고 시장길로 접어드는 큰길을 따라 내려갔다. 어린아이가 신경질적으로 우는 소리가 요란하였다. 노점에서 사람들이 점심으로 간장을 넣은 국수를 먹고 있다. 피아노 학원은 경혜와 나의 의식이 각자 다른 길로 흩어지게 만들었다. 우리는 갈림길에서 서둘러 작별을 한다. 어머니는 온 집안에 물이 담긴 물통을 늘어놓고 있다가 나를 보자 벌컥 화를 냈다.

"왜 이렇게 늦게 왔니. 학원엘 가는 날인 걸 잊었니. 너는 왜 남의 일처럼 그러니, 널 위해 하는 건데."

오래된 석유풍로에서 나오는 석유 냄새가 은은하게 좁은 집안을 감돌고 있다. 나는 친숙하고 다정하게 그 냄새를 느꼈다. 왁스칠이 반들반들 되어 있는 어두운색의 마룻바닥에 앉아 어머니는 나일론 양말을 꺼내 신고 머리를 빗었다.

"뭐하고 있니. 연습하지 않아도 되는 거니? 어제도 넌 한 번도 피아노 앞에 앉지 않았잖아. 내가 머리 빗을 동안 오늘

할 부분 세 번만 쳐봐."

나는 세 번 치는 동안 한 번도 완벽하게 할 수 없었다. 아주 천천히 했는데도 그랬다. 열어놓은 창으로는 급수차에서 물을 받고 있는 사람들의 소음이 가까이 들렸다. 양철 물통을 어깨에 메고 힘들게 걸음을 옮긴다. 물이 찰랑거리고 나무 지게가 삐걱거리는 소리와 슬리퍼를 질질 끌면서 걷는 소리까지. 왼쪽 가운뎃손가락이 갑자기 나무토막처럼 굳는 느낌이 왔다. 나는 소리를 질렀다. 손가락이 아팠다.

"걱정할 것 없어. 쥐가 난 거야. 따뜻한 물에 담가보자. 괜찮아지겠지."

어머니는 대야에 따뜻한 물을 떠왔다. 물속에서 천천히 손을 마사지했다. 학원에서는 계속해서 실수투성이였다. 참을성 있는 선생님은 변함없는 목소리로 자, 다시 한번 해봐요. 그 부분만 조금 더 신경쓰면 되겠어요, 하고 말한다. 그러나 색유리 벽으로 된 연습실들은 피아노와 머리를 땋아 내린 아이들로 가득차 있어 나에겐 언제나 불안하다. 휴게실의 탁자 위에는 만화책들과 아이들이 숙제를 하느라고 펼쳐놓은 노트들 사이로 비스킷 봉지를 펼쳐놓고 남동생과 어머니가 기다리고 있었다. 남동생은 구구단을 열 번이나 써야만 한다고 하였다. 남동생의 여름 재킷은 땅콩이 든 비스킷 부스러기로 더러워져 있었다. 어머니는 한여름인데도 어두운 초록 블라우스에 벽돌색 스커트를 입고 뜨개질을 하고 있었다. 돌아오는 길에는 날씨가 좋으면 걷고 비가 오는 날은 버스를 탔다. 나는 걷는 걸 좋아하였다. 블록으로 포장된 저녁 무렵의 거리를 걷고 있다보면 집에 도착할 즈음에 가로등불이 푸른 어스름에 노랗게 떠 있는 대학을 지나게 된다. 자전거 뒤에 책을 묶고 여자아이들이 캠퍼스를 가로질러갔다.

　나는 집에 있지 않을 때는 거의 언제나라고 해도 좋을 정도로 경혜와 함께였었다. 그녀와 나는 생리도 비슷한 시기에 시작했고 학교에서 좋아하는 남자아이도 같았다. 그 남자아이와 하루 동안 누가 더 많이 말을 주고받았나 서로 신경쓰기도 하였다. 키가 크고 조숙해서 사람들은 그녀를 열다섯 살이나 혹은 더 위로 보기도 했다. 빨리 나이를 먹어서 화장과 파마를 하고 싶어한 것도 그녀 쪽이 훨씬 더 강렬했다. 그녀가 장난으로 립스틱을 발라보자고 한 것도 열세 살인 그해 여름이었던 것으로 기억된다. 그러나 그해 여름 초록 자전거를 처음 보았던 그때는 난 혼자였다. 방학이 며칠 남지 않았다. 그래도 더위는 나날이 지독하였다. 비도 오지 않고 급수차가 하루 걸러서 오곤 하는 것이 방학이 시작되기 전과 하나도 달라지는 것이 없었다. 어머니는 남자들처럼 물지게를 지느니 차라리 한밤중에나 조금씩 나오는 수돗물을 받는 편을 선택하여서 언제나 잠을 설치고 말았다.

남자아이는 초록 자전거를 타고 지나갔다. 그날은 혼자서 학원에 갔는데 어머니는 남동생이 아파서 집에 남아 있었다. 어머니는 모든 사람들에게 숨겼지만 남동생은 앓고 있었다. 때로 어린 남동생은 엉뚱하고 저능한 행동을 하기도 하고 잠을 자지 못하고 울기만 하면서 밤을 새우기도 했다. 어머니는 의사가 결론을 내려주기도 전에 그 이유를 알고 있었다. "그가 문제야." 어머니는 별 감정 없이 그에 대해서 말했다. "유전적 결함이라면 당연히 그가 문제지. 그 집안은 미치광이투성이였으니까. 그의 부모는 양쪽 다 히스테리 환자였어. 그의 여동생은 지금 생각하니까 아마 간질이 아니었나 생각돼." 어머니는 마루에 앉아서 이모에게 사과를 깎아주고 있었다. 부천에 살고 있던 이모는 까치집 같은 파마머리를 하고 시골 할머니처럼 까맣게 졸아든 얼굴을 하고 있었기 때문에 나와 남동생은 그녀를 별로 좋아하지 않았다. 게다가 그녀는 항상 응아응아 울어대는 까맣게 탄 어린애를 업고 있었다. 그날도 이모의 등에는 어린애가 징징대고 있었다. 어머니는 마치 애정을 가진 듯 그 아기를 만진다. 그 아기가 이모의 몇번째 아이인지 나는 셀 수도 없었다. 언제나 내 기억 속에 이모는 배가 남산만해서 뒤뚱대거나 아니면 배추 이파리 같은 색깔의 포대기로 칭칭 감은 아기를 안고 있거나 했었다. 그런 것들이 몇 번이나 반복되는 것인지, 그녀에 대해서는 의문을 갖지도 않았다. 남동생은 얼굴이 붉게 익어서 어깨를 들썩이고 숨을 몰아쉬면서 잠들어 있었다. 어머니는 체념한 듯 마루끝에 걸터앉아 발장난을 치는 나에게, 오늘은 너 혼자 학원엘 가렴. 갈 수 있겠지? 하였다. 이모는 아래층으로 내려가는 나에게 언제나처럼 동전을 쥐어주면서 "우리 예쁜이, 혼자서 조심해라. 어쩜 이렇게 얼굴도 하얄까. 이것 가지고 올 때 사이다라도 사먹어" 하였다. 이모의 손은 검고 투박하여 남자의 손 같고 그녀의 옷에서는 언제나처럼 희미하게 수상쩍은 냄새가 났다. 나는 층계참의 화장실에 어머니가 잔뜩 걸어놓은 나프탈렌의 악취를 피하듯 얼른 가파른 층계를 뛰어내려갔다.

초록 자전거가 그 거리를 지나갔을 때 나는 핑크 아이스크림을 한입 가득 물고 버스 정류장 앞 약국 계단에 걸터앉아 있었다. 학원을 마치고 돌아오면서 이모가 준 동전으로 어머니가 절대 사먹지 말라고 했던 노점의 아이스크림을 샀다. 노점에서는 아이스크림과 함께 복숭앗빛의 달콤한 음료수도 함께 팔고 있었는데 난 언젠가 저것도 한번 사먹어보리라 생각하고 있었다. 버스에서 내려 바로 집으로 돌아가기에는 너무 더운 저녁이었다. 아이스크림은 내가 먹고 있는 중에도 줄줄 녹아서 흘러내렸다. 나는 끈적이는 핑크 액체를 스커트 자락으로 닦아내야만 했다. 초록 자전거는 그것이 지나가고 한참이나 지난 뒤에야 내 의식을 사로잡았다. 발을 아스팔트 바닥에 빙빙 돌리며 나는 그 초록 자전거에 타고 있었던, 그리고 내 앞을 지나면서 머뭇거리며 나를 바라보던 그 아이가 바로 그날의 그 아이였는지, 생각해내려 했다. 마르고 긴 팔다리. 드러난 무릎의 상처에는 검붉은 요오드액이 발라져 있었고 수도꼭지를 통해서 전해진 그 아이의 먼지 냄새 나는 숨결. 나는 아이스크림을 다 먹고 스커트를 털며 일어섰다. 초록 자전거가 반대 방향에서 커브길을 돌아 나타났다. 나는 집으로 걸어가기 시작했다. 숨막힐 듯 진한 여름 저녁의 끈끈함이 물속에 들어 있는 것처럼 내 몸을 휘청거리게 하였지만 묘하게 달콤하기도 했다. 마치 핑크 아이스크림 같아, 라는 생각이 들었다가 사라졌다. 학원에서 칭찬을 받았거나 어쩌다 친절한 여자아이를 만나게 되어 그녀의 옆에 앉아서 피아노 선생이 주는 코코아를 같이 마시게 되는 날들은 아주 즐거운 날에 속했었는데 그날 난 그랬다. 그 친절한 여자아이는 길고 검은 머리를 양쪽으로 땋아 내리고 무릎까지 오는 하얀 스타킹을 신었다. 가방 속에 들어 있는 아주 귀여운 그림의 수첩이랑 필통을 내가 마음대로 볼 수 있게 해주고 가방에서 책을 꺼내어 구경시켜주었다. 어두운 하늘 아래 이상한 모자를 쓰고 가방을 든 소녀가 황량한 들판을 배경으로 서 있는 표지의 책이었다. 『제인 에어』라고 하였다. "이 아이는 뭐하고 있는 거니?" 나는 그 아이의 그림이 너무나 마음에 들어서 물어보았다.

"마차를 기다리고 있는 거야."

"마차를?"

"응, 떠나가려고 하는 거야."

"왜?"

"내가 다 읽고 빌려줄게. 말해버리면 재미없잖아. 그리고 또다른 그림이 있는 책들도 있다. 그것도 네게 빌려줄게."

"책 이름이 뭔데?" 나는 완전히 매혹되어서 물었다.

"폭풍의 언덕."

"재미있니?"

"그럼, 난 두 번이나 읽었어. 하지만 네게도 재미있을지는 모르겠다."

"아니, 재미있을 거야. 그리고 나, 그림 무척 좋아해." 나는 그녀가 혹시 마음을 바꿀 것이 두려워서 말했다.

"그 책은 표지 그림이 무척 예뻐. 아마 너도 좋아할 거야."

"폭풍이 부는 그림이니?"

"그럼."

"비도 오겠구나?"

"그래."

그녀는 자기 순서가 되자 바이바이, 하고 손을 흔들었다. 피아노 선생은 내가 두 번 계속해서 친 소나티네 연습곡을 칭찬해주었다. 그녀는, 아주 연습을 열심히 했구나, 하고 말하였다. 연습을 제대로 해오지 않은 소녀들은 더 오래 남아 있어야만 한다. 타는 듯한 빛의 여름 노을이 커다란 연습실 유리창을 그녀들의 열에 들뜬 뺨처럼 붉게 물들인다. 갈증이 나를 괴롭혔다. 머리를 땋아 내린 다른 소녀들이 단조로운 연습곡들을 치기 시작했다. 나는 남아 있는 소녀들 중에 아까의 그녀가 있나 보려 하였다. 그녀는 뺨을 유리창에 꼭 대고 밖을 바라보고 있었다.

초록 자전거는 내 뒤를 느린 속도로 따라오고 있었다. 그러다가 마침내 나의 곁으로 왔다.

"안녕." 그 아이가 먼저 말을 걸었다.

"응, 안녕." 나는 이렇게 한마디만 하고 계속 앞을 보고 걸어갔다.

"자전거 탈래?"

"아니."

나와 그 아이는 한마디 말도 없이 시장 거리 입구까지 왔다. 자동차와 사람들이 뒤엉켜 내는 여름 저녁의 한가롭고 나른한 소음이 가득했다. 나는 우리집이 아닌 경혜네 순대가게로 가고 있었다. 왜 그랬는지는 잘 알 수 없지만 어쩐지 그러고 싶었다. 가게 근처에서 해피를 만났다. 해피를 안고 있는 경혜도 보았다. 해피는 흥분해서 마구 짖어대었다.

"학원 갔다 오니?" 경혜는 아주 짧은 반바지에 소매 없는 윗옷을 입고 있었다. 그녀는 내 뒤에 있는 초록 자전거를 보았을 텐데도 모른 척했다.

"방학 숙제 하느라고 혼났어. 일기도 한꺼번에 쓰고." 그녀는 이를 활짝 드러내고 웃었다.

"저녁 먹고 집에 와서 같이 숙제하자." 경혜는 순대가게의 어두운 계단에 걸터앉았다. 와글거리는 소음이 안쪽의 가게로부터 들려오고 커다란 솥의 뚜껑을 열 때마다 자욱한 훈김이 층계까지 번져나온다. 내 뒤에는 초록 자전거가 서 있다. 경혜가 갑자기 그 아이에게 말을 걸었다.

"너네 엄마 우리 가게에 있다. 엄마 만나러 왔니?"

초록 자전거는 떠나버렸다. 경혜 곁에 앉아 한여름의 아이스크림 냄새를 맡는 것이 옛날처럼 그렇게 좋은 것만은 아니었다. 그녀는 나의 우울을 눈치챈 듯하였다.

"그애, 5학년 1반이야. 알고 있니?" 하였다.

그런 것 때문이 아니다, 라고 말하고 싶었지만 가만히 있었다. 비가 언제쯤 다시 오게 될까, 이모가 자주 우리집엘 오지 않았으면 좋겠다, 빨리 어른이 되었으면 좋겠다. 경혜, 너는 모른다. 이런 모든 것들이 다른 세계에서 일어나는 전쟁이나 죽음이나 사랑처럼 어린 나를 괴롭히고 있었던 것을.

집안은 이미 어두웠다. 전깃불도 켜지 않은 채 어머니와 이모는 땅콩을 까먹으며 조용조용 얘기하고 있었다. 이모의 푸른색 플라스틱 슬리퍼가 현관에 가지런히 놓여 있고 이모의 아기 기저귀가 어두운 마루에 쳐진 빨랫줄에서 하얗게 흔들린다. 어머니는 말하고 있었다.

"저 아이는 곧 죽을 거야. 난 그걸 알아. 의사가 아무 말도 하지 않았지만, 때론 참을 수 없어. 왜 내가 혼자서 이 모든 일들을 겪어내야만 하는 건지. 낳고, 기르고, 죽음까지도 말야."

"언닌 딸 바라보고 살아. 그렇게 재주도 좋다면서, 애가 예쁘기도 하지. 세상에 이렇게 좋은 피아노도 사놓고."

이모는 어머니가 반들반들 윤기나게 닦아놓은 피아노의 검은 표면에 손바닥을 가져갔다. 나는 누가 내 몸에 손을 댄 것처럼 한기가 느껴졌다. 그 피아노를 사기 위해서 어머니가 어떻게 했는지 그것은 알 수가 없었지만 피아노가 우리에게 사치품이었던 것은 사실이다. "그앤 피아니스트가 될 거야." 어머니는 선언하였다.

"그럼, 되고말고."

이모가 얼른 대꾸했다.

"그앤 언니를 닮았으니까."

오랜 시간이 흐른 뒤에도 그날 저녁의 조용하면서도 지독한 흐느낌 같은 어둠의 그림이 종종 생각나곤 하였다. 언제까지나 결코 변하지 않을 것만 같은 그런 느낌이다. 어머니는 영원히 거기에 앉아 땅콩을 까고 있을 것 같고 이모는 절대로 떠나지 않을 것 같고 무엇보다도 내가 이 장소를 벗어날 수 없으리라는 느낌이 그토록 강렬하였던, 나의 집이다. 이유를 알 수 없고 알고 싶지도 않은 슬픔이 한여름 습기에 얇은 원피스가 젖어오듯이 어린 나를 감싸고 놓아주지 않았다. 나는 조용히 내 방으로 들어가 옷을 갈아입고 숙제할 것들을 챙겨서 경혜에게로 달려갔다.

한여름 저녁의 경혜네는 순댓국을 먹으러 온 노동자들의 소음으로 언제나 가득하였다. 바닥이 늘 축축한 주방을 지나 그녀의 좁은 뒷방으로 찾아가면 해피가 젖은 신문지 조각을 털북숭이 꼬리에 주렁주렁 매단 채 나를 따라왔다. 창문조차 없는 뒷방은 습기로 눅눅하였지만 우리는 얼른 숙제를 마치고 싶은 생각에 땀을 흘려가면서 꼭 붙어앉아 방정식을 풀었다. 설거지를 하느라 그릇이 요란하게 부딪치는 소리와 슬리퍼를 질질 끌면서 무겁게 걸어가는 부엌 아줌마의 불규칙한 숨소리까지도 느껴졌다.

"저 아줌마가 바로 석이 엄마야, 알고 있었지?"

지저분한 앞치마를 입고 파를 다듬고 있는 체격이 큰 부엌 아줌마를 방문에 조그맣게 달려 있는 조각창을 통해 가리키면서 경혜는 늘상 있는 가벼운 투로 시작했다. 나는 풀장의 물을 채우는 문제를 골똘히 생각하고 있었다. 풀장은 오래되고 수리가 필요했다. 물은 지름 오십오 센티의 파이프로 들어온다. 물이 흐르는 속도는 초당 삼십 센티다. 풀장에는 또 다른 파이프가 있어 물이 빠져나가고 있다. 그 파이프는 좀 작아서 지름이 십 센티고 풀장의 형태는 원주형이다.

"너 이 풀장 문제 다 풀었니?"

나는 진지하게 풀다 만 방정식을 경혜에게 보여주었다.

"풀장에 물을 가득 채우려면 시간은 얼마나 걸릴까 하는 것이 문제야. 풀장에서 빠져나가는 물의 속도도 들어오는 물의 속도와 같다고 가정해도 되니?"

이렇게 묻는 것은 별로 좋은 일이 못 되었다. 경혜는 방정식을 좋아하지 않았다. 그녀의 노트는 그냥 비어 있다. 그녀는 난데없는 방정식 얘기에 기분이 상한 듯하였다. 내 노트의 풀이를 관심 있게 보는 척하며 다시 물었다.

"알고 있었지?"

"뭘?"

"석이 말이야. 걔네 엄마가 여기서 일하는 거."

"아아, 그거."

나는 짧아진 연필 끝의 지우개를 씹으면서 그녀가 왜 이렇게 관심을 보일까, 이상하게 생각하였다.

"나, 그애 몰라. 이름도 지금 네가 말해서 알았을 뿐이야. 네가 알고 싶은 게 뭔지는 모르지만, 난 그애에게 관심 없어. 누가 나이도 더 어린 남자애를 생각한다니."

말하면서도 나는 놀라고 있었다. 한 번도 경혜에게 그런 말투를 쓴 적이 없었기 때문이다. 싸구려로 번쩍거리는 양말이나 신경통에 좋다는 약들을 팔러 온 떠돌이 상인들을 대하는 어머니의 말투였다. 내가 무척 싫어하였던 모습으로 나는 자라고 있었나보다. 우리는 어색해진 분위기를 느끼고 말없이 방정식을 풀었다. 아니, 정확히 방정식을 푼 것은 나 혼자였다. 경혜는 절대로 방정식 같은 것을 풀어본 적도 없을 거라고 나는 지금까지도 확신할 수 있다. 뾰로통해졌지만 마음이 풀린 경혜는 내가 풀어놓은 식을 예쁘게 베껴 썼다. 그녀는 나와 친구가 되지 않았더라면 어떻게 국민학교를 제대로 졸업할 수 있었을까. 이등변삼각형을 정확하게 그린다거나 하는 것은 그녀에겐 불가능하였다.

"숨막히는 날씨네."

누군가 우리들의 방문을 드르륵 요란한 소리로 열었다. 뚱뚱한 가슴에 목이 파묻혀 있고 찬물 속에 잔뜩 담가둔 손이 붉고 오동통한 부엌 아줌마, 바로 석이의 엄마였다.

"니들은 덥지도 않니. 가슴 답답한 사람들은 이 더위에 진작 숨막혀 죽겠다. 아이구 세상에나."

그녀는 내가 입고 있는 반듯한 모양의 셔츠 칼라를 보고 아직 하얀빛의 면양말을 보았다. 카키색 셔츠는 어머니의 사촌이 가져다준 것을 어머니가 다시 줄인 것인데 나같이 피부가 하얗고 조그마했던 어린아이에게 지나치게 어둡고 노숙한 모양임은 숨길 수가 없었다. 그녀는 혀를 한 번 차고서는 다시 방문을 닫았다. 우리는 그녀의 우람한 몸이 돌아서면서 내는 후끈한 열기와 코끼리 같은 숨소리를 느꼈다. 경혜와 나는 꼼짝 않고 그녀의 움직임을 주시하고 있다가 방문이 닫히고 무겁게 질질 끄는 발소리가 멀어지자 누가 먼저랄 것도 없이 동시에 웃음을 터뜨렸다.

"정말 흉해."

"그 손 봤니? 고무풍선 같았어. 그 어깨하며."

"약간 행동이 이상했어. 좀 모자란 게 아닐까."

"나, 생각이 났는데 정말 가슴 답답하게 숨막히는 아줌마
야."

"이 더위에 숨막혀 죽겠다고 했어."

"자기 얘기지 뭐야."

"정말이면 어쩌지?"

"뭐가?"

나는 경혜에게 바짝 다가가서 다음 말을 기다렸다.

"아줌마가 한 말, 숨막혀 죽는다는 말."

"그냥 한 말이겠지."

"왜, 큰일이지. 석이는 어떻게 되니? 그애의 동생이 몇인
줄 알아? 다섯이나 된다더라. 나 같음 걱정될 거야."

"걔네 아버진 없니?"

"이혼했대."

"정말?"

그건 너무나 흥미 있는 일이었다. 이혼, 그것 말이다. 나는
그제야 가난이나 무지에 대하여 비교적 관대한 편인 경혜가

석이 모자를 경멸하는 이유를 알게 되었다. 나의 어머니도 이혼은 아마 꿈도 꾸지 못했을 거다. 그건 아무나 하는 게 아니었다. 영화배우나 가수가 하는 일이다. 이혼. 우리는 모두 그녀가 나간 방문 쪽을 향하여 곱지 않은 시선을 던졌다.

"이건 전부 우리 엄마한테 들었는데, 석이네 아버지 엄청 잘생겼대, 키도 크고."

"그걸 어떻게 알아? 직접 본 적은 없잖아."

"없기는 왜 없니? 같은 고향에서 알고 지냈다는데. 저 아줌마가 왜 우리집에서 일하게. 다 아는 사이니까 일하는 거지. 아줌마들이 다 그러더라. 그래서 석이가 잘생긴 거라고."

나는 그 아이의 가늘고 긴 눈을 생각하였다. 아주아주 어둡던 그 눈동자의 빛깔도. 갈색으로 탄 얼굴에 군인처럼 짧고 빳빳했던 머리. 그 아이는 풀을 찾아서 해마다 이동을 하고 양을 죽여서 먹는, 언젠가 어린이 잡지에서 본 몽고 유목민의 표정을 하고 있었다. 씨를 뿌리고 가꾸고 하는 농부 같지 않았다. 그 아이의 광대뼈는 둥글고 약간 튀어나왔고 모양 좋은 입술은 거친 바람에 시달린 듯 온통 마르고 터 있었다. 나는 이혼을 하고 떠나버린 그 아이의 아버지와 약간 모자란 듯한 엄마, 그리고 아직 어린 그 아이의 동생들을 생각해보았다.

"정말 가슴이 답답해지는 그림이구나."

나는 중얼거렸다. 경혜는 아버지가 있다. 언제나 술에 넋
이 나가 홍당무가 되어 있고 딸기코에다 가끔 경혜를 때리기
까지 하였지만 그래도 이혼도 하지 않고 집을 나가지도 않은
아버지가 있는 아이였다. 그녀는 때로 그 사실이 흐뭇한 듯
하였다. 나는 방문을 조금 열고 주방에서 서성거리는 해피를
불렀다. 해피는 좋아라 뛰어들어왔다.

"다 썼니? 그게 마지막 문제야."

"다 했어. 휴우, 시간이 많이 지난 것 같아. 너희 엄마 또
지난번처럼 우리집엘 찾아오지나 말았으면 좋겠다."

"안 그럴 거야. 그땐 피아노 예습 때문에 그랬지. 동생이
아파. 그애가 아프면 엄마는 내게 신경 못 써."

"동생이 아프다고? 그럼 또 네 이모가 왔겠구나."

"응."

나는 해피가 가지고 놀고 있는 방학 숙제 노트와 플라스틱
필통과 교과서를 가방에 챙겨넣기 시작했다. 강아지는 장난
감을 빼앗겨서 끙끙거리며 울었다. 주방 쪽에서는 노동자들
의 소음도 많이 줄었다. 어머니는 동생의 병을 혼자서는 견
디기 어려워하였다. 이모는 먼 거리에서 그녀의 아이를 업
고 시외버스를 타고 와서 어머니를 위로하고 밀린 빨래를 하

고, 동생의 토사물을 아무렇지도 않게 쓱쓱 비벼 닦는다. 내 피아노 위를 마른걸레로 윤기나게 문지르는 그녀의 표정이 언제나 섬뜩하여서 이모가 제발 내 물건을 건드리지 말았으면 좋겠다고 생각한다. 동생이 다 나아서 학교에 다시 나갈 수 있게 될 때까지 이모는 우리집에서 같이 있을 것이다. 언제 이 여름이 끝날 수 있을까. 도대체 가을이란 계절이 오기나 하는 건가. 숨이 헉헉 막혀서 죽어버리는 일이 정말로 일어날 것만 같다.

"나, 갈래."

"해피 데리고 갈래?"

"아니."

어머니가 원래는 하얀, 이 더러운 강아지를 매우 싫어하는 걸 알기 때문에 나는 담담하게 거절한다. 동생의 이유 없는 병이 도졌을 때 어머니의 기분을 건드리지 않는 것이 좋다. 식당을 빠져나오는데 사람들이 술을 마시고 있었다. 우리는 가능한 한 몸을 조그맣게 움츠리고 얼른 빠져나온다. 밖은 이미 캄캄하였다. 별이 초롱초롱 떠 있는 맑은 밤이었다. 경혜는 언제나처럼 생선 좌판이 벌어졌던 자리까지 날 바래다주었다. 이곳까지 오면 우리집으로 가는 야채가게들이 있던 자리까지는 푸른빛 방수 포장이 쳐져 있고 비린내 가득한 나무의자들 위로 젖은 신문지와 고양이 발자국들이 돌아다닐 뿐이다. 양철 쓰레기통이 저 혼자 쓰러지는 듯이 요란한 소리가 난다. 고양이 울음소리도 있다. 물이 뚝뚝 떨어지는 하수도와 울퉁불퉁한 층계를 올라간다. 한낮에는 요란한 무늬의 싸구려 임신복을 내놓고 파는 할머니가 있는 층계 골목이다. 일사병에 걸릴 듯이 창백해진 여자 하나가 부른 배를 하고 층계에 앉아 그 할머니의 노란 술 달린 옷들을 뒤적이고 있었다. 경혜와 나는 이곳에서 서로 손을 놓고 각자 집으로 달려간다. 층계를 거의 다 올라갔을 무렵에 양철 쓰레기통 수십 개가 굴러가는 듯이 요란한 소리가 났다. 나는 층계참에 입구를 둔 어두운 건물 틈새로 고양이같이 숨어들어갔다. 멀리 큰길가에서 아직도 버스 소리가 들리고 있지만 한밤의 생선 시장은 침침한 불빛 하나뿐이고 한적하다. 내가 숨어들어간 곳은 중국요릿집의 주방 뒷문쯤 되었다. 기름에 볶는 돼지고기 냄새가 나고 사람들의 말소리도 들려왔지만 나무로 만들어진 작은 문은 꼭 닫혀 있다. 나는 그 문에 기대서서 이상한 소리가 안 날 때까지 기다리고 있었다. 희미한 빛이 요릿집의 문틈으로 새어나와 층계 아래쪽에서 올라오는 사람의 모습을 비추었다.

"너였어?"

석이는 자전거를 타고 있지 않았다. 대신 고양이 울음소리 같은 휘파람을 불고 있었다. 나는 아까 경혜와 함께 들은 고양이 소리가 그의 휘파람소리일지도 모른다고 생각하였다. 그는 나를 보고 놀란 듯이 한 걸음 뒤로 물러섰다.

"너였어?"

나는 한번 더 말하고 기대섰던 문에서 떨어졌다. 뛰듯이 해서 층계를 다 올라가버렸다. 여기까지 오면 이제 낯설거나 두렵지 않다. 나는 뛰어가기로 결심한다. 갓 없는 백열전구가 아직도 열어놓은 가겟집 기둥에 휑하니 매달려 있다.

"숙제 다 했니?"

그는 거의 비슷한 속도로 뛰어오면서 물었다.

"응."

"산수도 다?"

"응."

"너는 공부 잘하는 아이라고 사람들이 그러더라. 아 참, 그리고 피아노도 잘 친다고."

"너가 뭘 아니? 넌 아직 5학년이잖아."

"그래도 사람들이 네 얘기 많이 하는걸."

"넌 뭘 잘하니?"

나는 그에게 물었다.

"잘하는 거 없어. 피아노 같은 건 여자애나 치는 거고 공 차는 건 좀 잘하지만 엄마가 아직 공을 안 사줘."

"너희 엄마 경혜네 가게에서 일하지."

"응."

"그런데 왜 공을 안 사줘. 이제 사줄 거야. 돈을 벌 테니까."

우리는 어느새 걷고 있었다. 더위에 창문을 열어놓은 낮고 작은 집들이 있는 거리였다. 어느 집에선가 괘종시계가 울리는 것이 바로 옆에서 울리는 듯 가까이 느껴졌다. 개가 낮은 소리로 짖어대고 어린아이가 히스테릭하게 운다. 집들은 키작은 나도 몸을 한참 기울여야 들어갈 수 있는 작은 대문을 갖고 있었다.

"열한시야."

"아직 통행금지 시간이 되지도 않았어."

"넌 왜 집에 안 가니?" 나는 우리집이 있는 텅 빈 야채 거리로 들어서면서 그에게 물었다. 야채 거리에는 이층이나 삼층씩 되는 상점들이 불빛도 없는 채로 어둑하게 서 있을 뿐이다. 그 상점의 주인들은 가장 높은 층에서 더러운 유리창을 일 년 내내 청소하지도 않은 채로 살고 있다. 가끔 녹슨 철제 베란다에 화분을 내다놓은 사람들도 있지만 대체로 돈이든 감정이든 그곳 사람들은 낭비하기를 싫어하였다. 아래층은 하나같이 어둡고 더러운 시멘트 층계와 벽들로 이루어진 상점들인데 야채와 담배를 주로 팔았다. 건물들은 오래되어 금이 가고 낙서투성이에다 문짝은 잘 맞지 않고 이상한 냄새가 났다.

"저게 너희 집이지."

그는 내 말에 대답 없이 불빛이 희미한 우리집을 가리켰다.

"널 유심히 봤었어, 사실은. 아침에 학교 가는 거랑, 학원엘 가는 거." 그 아이는 어두움 속에서 그렇게 말한다. 그 아이의 여윈 어깨와 팔만이 희미하게 드러나 보이는 어둠이다. 쓰륵쓰륵 귀뚜라미 우는 소리가 들린다. 내일이면 이제 9월이다. 이제 한 학기만 마치면 나는 국민학교를 졸업할 것이다. 그러면 피아니스트가 되기 위해서 예술학교에 진학할 수 있을까.

"왜냐하면 넌 예쁘거든. 우리 학교에서 제일 예쁘고 제일 하얗니까."

동생이 죽을지도 모른다는 생각이 든 것은 바로 그때였다. 어머니가 언제나 말하곤 했지만 그것이 사실이라고 생각이 든 적이 없었다. 동생은 잘 걷지도 못하고 말도 못하고 침을 잘 흘리고 공부는 아주 못했다. 어머니가 그 아이는 곧 죽을 거라고 말하던 것이 언제였나. 오늘이던가, 아니면 아주 오

래전부터인가. 무엇 때문에 그렇지? 아버지 때문에. 그래, 그
것 때문이야. 동생이 그의 아이이기 때문이라고 하였다. 그
러면 나는, 나도 아버지의 아이가 아닌가. 나도 언젠가는 남
동생처럼 침을 흘리고, 다리를 절고, 공부도 못하고 어머니
말고는 아무도 같이 놀아주는 친구도 없고 말을 더듬게 될
까? 모두가 속으로 은근히 없었으면 하고 바라는 그런 아이
가 될까. 그리고 그것 때문에 죽게 될까.

"너를 만나려고 경혜네 집 근처를 돌아다니고 있었어."

나는 내가 언제나 봄 햇살을 잔뜩 받은 노란 병아리처럼
슬픈 이유를 알 수 있을 것 같았다. 내가 아버지의 아이이기
때문에, 그렇기 때문에. 사람들이 나에게 예쁘고 피아노를
잘 친다고 말해도, 피아노 학원의 귀여운 여자아이와 친구가
된다고 해도, 그 아이가 나를 위해서『폭풍의 언덕』을 빌려준
다고 해도. 생은 변경될 수 없는 것들로만 가득차 있다.

"나, 집에 들어가봐야 해. 너무 늦었잖아."

그는 실망한 듯하였다. "조금만 더 있다가 가."

"우리집에서 기르는 고양이가 새끼를 낳았는데, 네 마리나
낳았어. 너 고양이 있니?"

"아니 없어. 우리집에서는 고양이 못 길러."

"그럼 개 기르는구나."

"개도 못 길러."

"갖고 싶어?"

"뭐를? 개를?"

"아니 고양이."

"무슨 색인데."

"검은색."

"예쁘겠네."

"한 마리 줄게."

"뭐? 내게? 안 돼."

"왜."

"어머니가 싫어할 거야. 나 정말 들어갈 거야. 안녕."

현관 쪽은 어두웠지만 사람이 서 있었다. 나는 어머니라고 생각하였다. 그렇지만 가까이 가보니 이모였다.

"늦었구나. 숙제는 다 했니?"

이모는 아이를 업고 있었다. 배추 이파리빛의 포대기가 느슨해져서 아이는 축 늘어진 채로 잠들어 있다. 부엌 수도꼭지에서는 똑똑, 물방울 떨어지는 소리가 들렸다.

"이제야 물이 나오기 시작하는구나. 여기가 이런데 높은 데 사는 사람들은 오죽하겠니. 저녁 먹을래?"

"아니."

어머니는 불 켜지 않은 피아노방에 혼자 앉아 있었다. 푸슬푸슬한 머리칼을 제대로 묶지도 않았다. 그녀가 이런 모습을 하고 있는 때는 일 년에도 몇 번 없다. 이모가 들어와 어머니에게 물을 가져다준다. 활짝 열어놓은 창문에서는 먼지 섞인 바람이 불어들어온다.

"언니, 그러다 언니가 병나요. 이제 한숨 놓았는데 뭘 그래. 이만 자요."

"날이 더우니까 힘이 하나도 없어. 왜 이리도 숨이 찰까."

어머니는 잠들기 전에 이 말만을 하였다.

안방에는 이모가 있기 때문에 나는 피아노 의자 밑에 기어들어가 잠을 자기로 했다. 부엌 수도에서 물이 조르륵, 하고 떨어지는 소리는 단조롭게 계속되었다. 자정 사이렌이 울릴 때까지 나는 깨어 있었다. 언젠가 어머니에게 물어보리라. 나도 동생처럼 되는가. 피아노도 못 치고 구구단도 못 외우는 바보가 되는가. 그렇게 될 수밖에 없는가. 촉수를 낮춘 희미한 붉은 전구 하나만을 켜놓은 부엌에서 이모가 물통에 물을 채우고 있다. 창으로 들어오는 바람에 습기가 스며 있는 것 같다. 다음주쯤에는 비가 올지도 모른다고 라디오에서 말하는 것을 들은 것도 같았다. 나는 일어나 베개를 안고 안방으로 갔다. 어머니와 남동생이 나란히 누워 있었다. 두 사람의 숨소리가 들려왔다. 나는 어머니 옆에 기어들어가 누웠다. 이모가 양철 물통을 옮기는 소리가 났다. 비가 왔으면, 그러면 비를 흠뻑 맞으면서 학교도 가고 학원도 갈 것 같았다. 비 오는 날이면 어머니가 해주는 야채튀김 생각도 났다. 동생과 내가 쟁반을 들고 석유풍로 곁에 나란히 앉아 있으면 어머니가 튀김을 하나씩 얹어주곤 하였다. 쏟아지는 빗속에서 흠뻑 젖은 채 찾아오던 피아노 선생의 하늘색 고무장화도 생생하게 기억났다.

"어머니."

나는 어머니의 팔을 흔들었다.

"나 물어볼 말이 있어요."

어머니는 말이 없었다. 대신 들릴 듯 말 듯하던 코고는 소리가 좀더 높아졌다. 나는 이번에는 더 세게 어머니의 팔을 흔들었다. 코고는 소리가 뚝 그쳤다.

"나 할말이 있다니까요."

이모가 부엌에서 발을 질질 끌듯 하며 마루로 올라오고 있었다. 나는 어머니에게 물어보는 것을 포기해버렸다. 이모는 잠든 아이를 방 한구석에 뉘였다.

"네 어머니가 많이 아프셔. 말은 안 하지만, 옛날부터 심장이 안 좋았거든."

이모는 휴우, 하고 한숨을 내쉬고는 겉옷 주머니를 뒤져 담뱃갑을 찾아 불을 붙인다. 어둠 속에서 담뱃불이 빨갛게 반짝였다. 나는 어머니의 손을 만져보았다. 차갑다.

"이모, 어머니가 숨을 안 쉬어."

학원에서 돌아오는 길에 초록 자전거를 만나고 나서 꽤 오랜 시간이 흐른 것 같지만 사실은 아니다. 그리고 나는 영원히 피아니스트가 될 수는 없을 것이다. 어머니의 차가운 손을 잡고 나는 그렇게 생각하였다.

피아노가 팔려가는 날까지도 비는 한 방울도 내리지 않았다. 먼지를 잔뜩 뒤집어쓴 소형 트럭이 우리집 앞까지 와서 멈추고 청바지를 입은 남자 둘이 좁은 층계와 현관으로 분해한 피아노를 운반하였다. 나는 얼룩이 진 하얀 목면 원피스를 입은 채 경혜와 같이 학교에서 집으로 돌아오는 길이었다. 어머니의 죽음 이후 나는 한 번도 시내에 있는 학원에 나가지 않았다. 두꺼운 카펫이 깔리고 가습기가 있던 유리로 만든 연습실들은 금방 기억도 가물거릴 정도로 이제는 나와 별로 상관없는 일이 되어 있었다. 이모는 집 앞에 서 있었다. 그녀는 당당하고, 위엄 있고 자신만만해 보였다. 남동생을 경기도 어디의 요양원으로 보낸 것도 그녀였다. 구부정하게 다니던 등도 꼿꼿해지고 배추 이파리빛의 아기 포대기도 단정하게 동여매었다.

"우리는 부천으로 이사갈 거야."

나는 경혜의 귀에다 이렇게 속삭인다. 내 손등은 오랫동안 씻지 못해서 더럽고 더이상 하얗지도 않다. 경혜는 눈을 크게 뜬다. 우리는 구경꾼들처럼 피아노 트럭을 배웅한다. 부천에는 한 번도 보지 못한 이모부라는 아저씨와 세 명의 사촌들이 더 있을 것이다. 그것 외에는 알지 못한다. 나는 얼른 내가 자랐으면 좋겠다. 봄 햇빛을 잔뜩 받은 노랑 병아리가 죽기 전에.

"석이는 어쩌고." 경혜도 귀엣말로 이렇게 물었다. "너 모르지. 걔가 새벽에 신문 돌리는 거. 자전거를 타고 신문을 이만큼 싣고." 경혜는 손으로 자기 키 반만큼의 높이를 만들어 보였다. "그러고 새벽에 다니더라. 걔네 엄만 혈압이 높아져서 이제 우리집 일도 못 해." 피아노 트럭이 떠나버린 야채거리는 옛날과 하나도 달라진 것이 없다. 뿌연 먼지가 배추 이파리 위에 소복이 쌓이고 사람들은 상점들 옆의 가느다란 그늘만을 따라서 천천히 움직인다. 어두컴컴한 상점들 중 하나에서 틀어놓은 라디오에서 오후의 뉴스가 단조로운 아나운서의 음성으로 느리게 반복되고 있다.

"비가 오지 않는다고 말하고 있어."

나는 뉴스에 귀를 기울이고 말한다. 경혜와 나는 우리집을 그냥 지나쳐 버스가 다니는 큰길로 나갔다. 대학이 개강한 이후 길가에는 리어카에다 꽃이나 핫도그, 유리 찬장에 넣은 중국식 빵 등을 파는 노점상들이 생겨났고 우리는 어두워질 때까지 길가를 돌아다니며 그런 것들을 구경하는 것이 좋았다.

"석이는 네가 이사간다는 걸 알면 슬퍼할지도 몰라."

"네가 어떻게 아니. 그애는 5학년이야. 그애와 나 사이에 뭐라도 있는 것처럼 말하지 마."

"석이는 중학교도 못 갈 거야. 그애 엄마가 그랬어."

"그만해. 누가 관심이나 있다고."

먼지에 까칠해진 사람들은 우리의 곁을 스치고 바삐 앞질러들 가면서, 아, 더워라. 9월도 다 지나갔는데 한여름 같아, 라고 말하고 있었다. 희미한 땀냄새가 공기 중에 가득하였다.

우리는 핫도그를 기름에 튀기고 있는 노점을 지난다. 대학에서 나오는 여학생들이 핫도그를 먹고 있었다. 그녀들의 앞머리는 땀에 젖어 있고 입술 위의 화장은 지워져 있다. 우리는 가만히 그녀들을 바라보았다. 긴 머리를 하고 안경을 쓴 여학생이 우리를 불렀다. "너희들 이것 먹을래?" 그녀는 나무젓가락에 꽂힌 핫도그를 우리에게 하나씩 건네준다. 다른 여학생들은 핫도그를 입에 물고 빤히 우리를 쳐다보았다. 푸른 제복을 입은 청소부가 길가의 비닐과 신문지를 쓸면서 이쪽으로 다가오고 있다. 그가 비질을 한 번 할 때마다 사정없는 먼지가 자욱하게 일어나 사람들의 움직임들이 더욱 흐릿하고 희미해졌다. 경혜와 나는 그녀의 핫도그를 받았다. 길에다 토마토케첩을 흘려가면서 말없이 먹었다.

"너 손을 왜 그러고 있니?"

경혜는 내가 하얗게 된 왼손을 꼭 쥐고 있는 것을 보고 물었다. 나는 요사이 종종 왼손의 가운뎃손가락이 움직이지 않고 감각도 없는 때가 있다고 하였다.

"너 그래서 피아노를 안 치는 거니?"

경혜는 길가의 알루미늄 캔을 툭툭 차면서 걸었다. 학교의 양호 선생은 병원엘 가보라고 하였다. 가운뎃손가락 손톱은 유난히 핏기 없이 새파래져갔다. 그러나 이 모든 것이 나에겐 익숙하였다. 동생과 어머니를 다시는 만날 수 없으리란 것도 익숙해진 내용 중 하나이고 내가 결코 피아니스트가 되지 못하리란 것도 마찬가지다. 오랜 시간 동안 나를 짓누르고 있던 알 수 없는 음울이 익숙하고도 분명한 것이 되어갔다.

"난 나중에 저 언니들처럼 되고 싶어."

경혜는 교문을 나서는 여대생들을 바라보며 말한다. 우리는 서서히 어스름이 깔리기 시작한 대학 앞의 거리까지 왔다. 저녁이 되면 바람이 달라진다. 아직도 한낮은 사정없는 뜨거운 태양의 세계였지만 저녁이 몰고 오는 바람은 가슴이 조금씩 떨리게 만든다. 멀고먼 나라로 여행을 떠나기 위해 모자를 쓰고 마차 앞에 서 있는 기분이 된다. 언제였던가, 유리방 가득히 가습기의 수증기가 자욱하던 그날 머리를 땋아 내린 여자아이가 히스클리프를 말해주었던 날은, 표지가 아름답다던 그 책들은. 기억 속의 나는 너무나 아름다워 생각하는 것만으로도 가슴이 설렌다.

"난 우리 엄마처럼은 되고 싶지 않아. 얼른 자라서 남자친구도 사귀고 싶어. 멋있고 근사한 애로. 내 주변엔 언제나 석이 같은 아이들뿐이야. 그런 건 싫어. 아주아주 멋있는 아이가 좋아." 경혜는 언제나처럼 아주아주 먼 미래의 일처럼 느껴지는 것들에 대해서 말하기 시작하였다.

"그리고 집을 나갈 거야." 경혜의 표정이 몽롱해졌다.

"빨리 자라서. 얼른얼른 자라서. 저 언니들처럼 자라서. 저렇게 예쁜 옷도 입고. 언제나 그런 날이 올까."

"나는 비가 빨리 왔음 좋겠다." 나는 하늘을 올려다본다. 희뿌연 먼지로 가득한 하늘은 낡고 더러워진 오래된 푸른 타월 빛깔이다. 집으로 돌아가야 할 시간이 다 되었기 때문에 우리는 둘 다 우울하다. 이모는 아기를 업고 내 옷들을 싸고 있었다. 어머니가 만들어준 초록 격자무늬의 원피스까지도 그녀는 빠뜨리지 않았다. 석유풍로에 김을 굽고 있는 나를 그녀는 힐끗 바라다본다. 그녀는 어머니의 브로치를 가슴 한 가운데에 달고 있다.

"우리는 내일 부천으로 이사간다. 알고 있지?"

나는 대답 없이 고개만 끄덕인다. 더운 습기를 담은 바람이 열어놓은 창을 통해서 들어온다. 아주 익숙한, 팔다 남은 야채들이 저녁이면 항상 풍기는 냄새가 난다.

"그곳에 가면 우물이 있고 빨래는 시냇가에서 한다. 여기보단 견디기가 편할 거야."

나는 상보를 덮어놓은 둥근 밥상에 앉아서 구운 김을 가지고 밥을 먹었다. "거기에는 너보다 한 살 더 많은 오빠도 있고 여동생들도 있다. 하나도 심심할 건 없어. 집에는 돼지도 있고 소도 있다."

나는 아마 다시는 학교를 다닐 수 없을 것이다. 그곳엔 학교가 아주 멀리 있기 때문에 이모의 아이들은 국민학교도 간신히 다녔다고 한다. 그들은 나를 미워하고 괴롭힐 것이다. 언젠가 내가 내 동생 같은 병에 걸리면 이모는 나를 내 동생처럼 요양소로 보내버릴 것이다. 아무도 찾아오지 않는 가족을 보내는 그런 요양소로. 저녁을 다 먹고 불을 끄고 누웠다. 나는 텅 비어버린 피아노방에 담요 하나를 깔고 눈을 감고 있었다. 이모가 아기를 재우는 소리가 조용조용 들려왔다. 개 짖는 소리가 들리는 조용한 초저녁이다. 저렇게 열심히 짖고 있는 저 개는 어쩐지 해피일 거라는 생각이 든다. 내가 언제나 갖고 싶던 강아지, 그리고 새끼 고양이. 어두운 밤처럼 새까만 새끼 고양이. 나는 눈을 감고 돼지나 소 대신에 새끼 고양이 꿈을 꾸려고 애쓴다.

"손가락이 아파요."

꿈속에서 나는 양호 선생에게 하얗게 된 손가락을 내밀면서 말하고 있다. 하얀 옷을 입은 양호 선생이 피처럼 붉은 물약을 내 손가락에 잔뜩 바른다. 유리창 밖으로 무서운 바람이 불고 있다. 그것은 폭풍우처럼 보였다. 유리벽의 연습실에는 머리를 땋아 내린 타는 듯한 붉은 뺨의 소녀가 〈엘리제를 위하여〉를 연주하고 있다. 긴 치마를 낙하산처럼 바람에 부풀리면서 키 큰 소녀가 가방을 들고 마차를 기다리고 있다. 황량한 들판에는 아무도 없다. 무릎까지 오는 푸른 풀들이 끝도 없이 이리저리 물결치는 그림 속에 내가 마차를 기다리고 있다. 하늘은 어두운 푸른 잉크를 쏟아놓은 듯이 진하다. 나는 마차를 타고 멀리 떠나가면 행복할 것 같다. 꿈속에서 나는 가슴이 터져버릴 것만 같다. 아주 잠깐 잠이 들었나보다. 눈을 뜨니 여전히 이모가 잠결에 웅얼거리며 아기를 재우는 소리가 들려오고 수도꼭지에서 물방울 떨어지는 소리도 일정한 간격으로 들리고 있다. 나는 귀를 기울인다. 석이가 저 아래 텅 빈 야채가게의 노점 사이에 서 있을 것만 같다. 까만 새끼 고양이의 울음소리를 내면서. 나는 내가 피아니스트가 되기를 그렇게 간절히 원하지는 않았다는 사실을 문득 생각하였다. 내가 피아노를 못 치게 된 것을 경혜가 고소해한다고 해서 가슴 아플 이유도 없다. 열어놓은 창 앞으로 달려가 아래를 내려다본다. 아래층 층계 난간에 매달아놓은 촉수 낮은 희미한 백열등 아래로 그림자 하나가 지나갔다. 그것은 검은 새끼 고양이였을까. 석이가 나에게 주고 싶어하였던. 밤의 시장 거리는 철제 셔터를 굳게 내린 상점들로 잠자는 듯이 고요하고 또 고요하다. 나는 오래된 나무 냄새가 나는 창턱에 두 팔을 괴고 아주 조금씩 불어오는 바람을 맞으려고 애썼다. 석이가 너를 좋아할지도 모른다. 그애 말대로 네가 예쁘고 하얗기 때문에. 네가 어두운 시장 거리를 달려 밤마다 경혜의 집에서 돌아오는 것을 고양이 울음소리를 내면서 몰래 따라왔을 것이다. 그 나이의 소년은 누구나 고독하다. 어머니와 아버지, 그리고 나이 어린 네 명의 동생들 때문에. 그러나 너에게 무슨 의미가 있나, 불행한 소년이 너를 좋아한다고 해서 너의 아버지와 어머니, 동생이 바뀌는 것은 아니다. 언제나 시간이 되면 돌아와야 하는 집과 마찬가지로 현실은 거기에 그냥 있을 뿐이다. 너는 언제까지나 그렇게 앉아 있게 될 것이다.

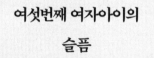

여섯번째 여자아이의

슬픔

여자아이는 낡은 먼지 빛의 모자를 쓰고 벤치에 앉아 있었다. 그 아이의 길고 푸른 스커트가 오랫동안 아무도 청소하지 않은 것이 분명한 나무 벤치의 가장자리에 방심한 듯 펼쳐져 있고 국민학교의 여자아이들이 체육시간에 신는 듯한 하얀 운동화가 그 아래로 보였다. 누군가가 다가가서 그 여자아이에게 스티로폼 컵에 든 코카콜라를 권하고 있다. 이렇게 날씨가 더우니까요, 하고 그 사람은 말하고 있을 것이다. 뭐라도 시원한 것을 마시거나 해야 될 것 같은데. 여자아이의 낡은 먼지 빛 모자 위로 지친 듯한 하얀 여름 햇빛이 날아다니고 있는 것이 녹색 블라인드를 쳐놓은 이층 강의실 창가에서도 느껴진다. 시험 때문에 휴강을 한 빈 강의실에서 남자아이들은 냉장고에서 막 꺼내온 캔커피를 마시며 여자아이에 대해서 말하고 있었다. 잠이 부족한 창백한 얼굴들과 노트의 수많은 카피가 온통 돌아다니고 있는 학기말 시험 기간이었다.

"길 건너편의 호프집에서 보았어" 하고 한 남자아이가 말하고 있었다.

"저 아이는 한동안 그 호프집에서 아르바이트하고 있었거든. 봄 강의가 시작되는 3월 직전까지 매일 저애를 볼 수 있었어. 겨울 동안 우리는 저 아이에게 말을 걸어보려고 여러 번 시도했었지."

여섯번째 여자아이. 나는 권태로워져서 노트에 이렇게 낙서해보았다. 내 시험은 다음주부터 시작할 것이다. 프랑스어 랩을 시작으로 정치경제학과 전공과목들. 여섯번째 여자아이에 대해서 알고 있는 것을 전부 쓰라, 하고 정치경제학 시험에 나온다면 나는 "그 아이는 여섯번째 여자아이다. 그 아이가 태어났을 때 그녀의 아버지는 공단 지역의 전철역 부근에서 만두와 국수를 파는 작은 가게를 하고 있었다. 공장으로 가는 흐린 회색빛 노동자들의 소음과 끊임없이 쏟아져나오는 전철역 입구의 사람들 한가운데 그녀 아버지의 만둣가게가 있었다. 언제나 가게에 딸린 작은 방에서 어린 그녀가 눈을 뜨는 아침이면 그녀의 어머니는 만두에 넣는 간장과 무로 만든 소를 반죽하고 있고 아버지는 커다란 솥에 국수를 삶고 있었다. 이른아침에 국수를 먹으러 오는 십대의 여공들이 남자아이들과 강원도의 바다로 휴가를 같이 가는 것을 얘기하면서 어린 그녀에게 셀로판지에 싼 과일 캔디를 쥐어주었다." 이렇게 쓰고 난 후 볼펜과 수정액을 숄더백에 챙기고 햇빛 가득한 사회대 앞 계단으로 나갔을 것이다.

"우리는 저 아이와 드디어 만나기로 약속할 수 있었어. 겨울도 다 끝나갈 무렵이었지. 날은 축축하고 따뜻했어. 나무 계단이 있는 학교 앞의 지하 다방이었어. 그 약속을 하기까지 우리는 겨울 내내 엄청나게 많은 맥주를 마셔야만 했지."

남자아이들은 책상에 걸터앉거나 눈부신 유리창 앞에 기대어 서 있거나 하였다. 모두들 한 손을 이마에 갖다대고 그래프와 미분방정식이 잔뜩 그려진 노트와 교과서를 읽고 있는 척하였지만 아무도 마이크로 이코노믹스 따위에는 관심도 없었다. 아래로 내려다보이는 벤치의 여자아이는 지루해진 듯이 하품을 하곤 한 손에 그냥 들고만 있던 잡지를 팔랑팔랑 넘기기 시작하였다. 아마『리더스 다이제스트』같은 것이겠지. 나는 시계를 들여다보았다. 내 사촌인 준영은 미대 강의실에서 미술사 시험을 치르고 있을 것이다. 시간이 조금 남았지만 그는 세 문제 중에서 두 문제 정도만 쓰고는 조용한 강의실을 빠져나와 담배를 한 대 피워 물고 있을 것이다. 나는 그가 어째서 미술사 같은 과목을 듣는지 알 수가 없었다. 학점이 특별히 잘 나오는 것도 아니고 출석 체크까지 하는 그 과목을. "미대 여자아이들 때문이지. 머리 식히는 데도 아주 좋고" 하며 그는 말하였다. "멋있는 다리를 가진 여자아이도 많고 아주 귀여운 눈을 한 여자아이가 언제나 내 옆에 앉아." 그는 슬라이드를 통해 전위 화가들의 누드화를 감상하는 것도 아주 특이하다고 하였다.

"너도 여유가 되면 한 번 들어보는 것도 좋을 거야."

강의실의 남자아이들은 어느새 당구 치러 갈 생각들을 하고 있는 것 같았다. 햇빛이 하얀 벤치에 반사되고 장미나무의 반쯤 남은 꽃들이 달콤한 시름에 잠긴 듯이 잎을 떨어뜨리고 있는 아주 기분좋은 6월 오후였으니까. 그들은 블루진 주머니에 짧게 깎은 연필을 넣고 걸터앉아 있던 책상에서 일어났다. "그다음은 누가 데이트를 했지?" 누군가 이렇게 묻고 있었다. "몰라. 아마 경제학과의 누구였을 거야. 이름은 몰라. 하지만 우리 그룹의 모두가 저애와 데이트하는 데 두 달도 안 걸렸으니까."

"요즘은 낯선 애와 자주 호프집에 있는 걸 보았어." 몸집이 작고 안경을 쓴 남자아이가 말하였다.

"테니스 수업을 같이 들었던 남자앤데, 지난주에 그 호프집에서 저 여자아이와 함께 있었어. 그녀는 빨간 원피스를 입고 내가 좋아하는 무디 블루스의 노래를 리퀘스트했어. 그래서 기억할 수 있지."

아임 어 멜랑콜리맨, 나는 다시 노트에 낙서하고 있었다. 조금 있으면 시작될 프랑스어 랩 수업에 들어가는 대신에 김진의 만화책을 빌려다가 음악을 크게 들으면서 읽으면 어떨까 생각하고 있었다. 남자아이들이 강의실을 나가면서 큰 소리로 말했다. "걘 경제학과의 김준영이야. 저 여자아이는 지금 걔를 기다리고 있는 거라고."

여자아이의 하얀색 벤치 옆에는 블루진을 입은 준영이 서 있다. 그들은 준영의 카세트테이프의 이어폰을 하나씩 나누어서 듣고 있다. 지난주에 준영이 샀던 핑크 플로이드일지도 몰랐다. 그들은 오늘 강원도로 가는 기차를 탈 것이다. 준영은 아침에 학교로 오는 전철 안에서 그렇게 말하였다. "혹시 내일까지도 못 돌아올지 몰라" 하고 그는 미술사 노트를 가볍게 읽으면서 말한다.

"그러면 엄마에게 적당히 말해줘. MT라든지 뭐 그런 걸로. 뭐, 별로 신경쓰지는 않겠지만 혹시 물어본다면 말이야."

여섯번째 여자아이를 처음으로 만난 것은 지난 겨울방학 학교 앞 호프집에서 그녀가 아르바이트하고 있을 때였다. 준영과 나와 그리고 준영의 몇몇 친구들이 같이 있었다. 준영은 곧 그녀와 데이트를 시작하였다. 그 일로 내가 준영에게 소개시켜주고, 자신이 그의 여자친구라고 생각하고 있던 여학교 동창인 혜경은 자존심에 조금 상처를 입은 것 같았지만 그 밖의 다른 것들은 아무런 문제가 없었다. 곧 학기가 시작되었고 심드렁한 신입생들을 위한 몇 건의 금요일 데몬스트레이션이 있었고 시위에 참가한 그들은 돌아서기가 무섭게 갈증을 해결하려고 호프집으로 몰려들었다. 지하 호프는 금세 매운 최루가스 냄새와 담배 연기로 가득하였다. 금요일부터 일요일까지, 저녁 일곱시부터 아홉시까지 나와서 노래를 부르는 쇼트커트의 여자 가수가 존 바에즈의 〈글로리 글로리 할렐루야〉 하는 노래를 불렀다. 여섯번째 여자아이는 마일드세븐을 피우면서 그녀의 노래를 따라 불렀다. 나는 베트남 전쟁을 반대해, 하고 옆 테이블의 신입생들 중 하나가 떠들었다. 그 조크에 아무도 웃지 않았다.

"그 아이에 대해서 말해줘." 나는 준영이 그녀를 세번째 만나기로 되어 있는 어느 봄날 저녁에 학교 도서실 입구에서 그를 만나 아무렇지도 않게 물었다. 하얀 벚꽃이 길가에 피어서 달콤한 그늘을 드리우고 있었다. 언제나 꽤 신경써서 고른 듯한 애스닉풍의 액세서리를 걸치고 발목에 찰랑찰랑 하는 스커트를 입고 다니는 그녀가 사실은 소녀 가장인 셈이라고. 준영은 마치 실력 없는 독일어 교수의 휴강이나 프랑스어 시험에서 실패한 커닝페이퍼에 대해서 말하듯이 그렇게 대답하였다.

"그런 거 말고. 그앨 언제까지 만날 거라든지. 이번 주말에 뭘 할 건지 그런 거에 대해서 말해봐." 나는 캔음료 자판기에서 다이어트 코크를 빼내고 숄더백에서 알루미늄포일에 싼, 집에서 만든 무와 시금치만 들어 있는 김초밥을 꺼냈다. 이것으로 저녁을 때우려고 한다. 우리는 어둑해진 운동장에서 농구대의 바스켓이 내려다보이는 곳에 앉았다. 머리를 짧게 깎고 흰 반바지를 입은 남자아이 하나만이 열심히 슛을 연습하고 있고 자전거를 타고 학교 근처의 하숙으로 향하는 여자아이들만이 운동장을 가로질러갔다.

"그 아이는 여섯번째 여자아이이야." 처음에 준영은 이렇게 말하였다.

"아버지는 만둣가게를 하고 있었어. 여섯 명의 여자아이들이 조그만 접시를 들고 간장을 넣은 국수와 만두를 저녁으로 먹었어. 그녀에게는 한 살 어린 남동생이 있어. 그녀는 상업

학교를 나오고 작은 회사의 경리로 있다가 이번에 어느 출판사의 경리로 들어갔어. 이제 된 거니?"

"아니, 아직은. 왜 그 아이가 소녀 가장이라는 거야."

"모두 결혼해버렸거든. 다섯 명의 언니들이. 그리고 그녀들의 아버지의 만듯가게는 오 년 전에 무허가로 철거되고 말았어. 집안의 유일한 노동인구는 그녀 하나야."

"남동생이 있다면서."

"그 아이는 재수를 하다가 군대에 갔어. 지난겨울에."

"사실 내가 정말 알고 싶었던 것은 그런 게 아냐."

나는 다이어트 코크의 나머지를 마저 마시면서 물었다.

"너 주말에 뭐할 거니."

"아직 몰라. 왜 그런 걸 묻는 거야. 어쩌면 집에 없을지도 몰라."

이모는 준영이 주말에 집을 비우거나 밤에 들어오지 않으면 식탁에서 나에게 이것저것 물어보고는 어느 순간에 입을 다물어버린다. 이모와 나는 침울한 가운데 구운 생선과 간장으로 양념한 시금치를 먹고 별 대화 없이 설거지를 하였다. 나는 그런 저녁이 싫어 레드 제플린이라도 크게 틀어놓고 싶었지만 이모가 싫어하는 것 같아서 할 수 없이 헤드폰을 사용하였다. 욕실의 수도꼭지에서 물방울이 똑똑 떨어지고 "이모, TV라도 볼래요?" 하면서 내가 거실의 TV 스위치를 넣으면 주말의 드라마가 집안을 점령하고 만다. 그릇을 씻어 건조기 안에 넣고 찻물을 끓여 이모에게 가져다주려고 찬장을 뒤지다가 문득 준영에게 화가 치밀어오른다. 이런 건 네가 해야 하잖아. 이모에게 주말의 말상대를 해주고 찻물을 끓여주고 거실에 앉아 드라마를 같이 봐주는 것. 너네 엄마잖아. 내가 너희 집에서 대학교 사 년을 신세진다고 해서 언제나 주말 저녁에 이런 것을 해야만 하는 거니. 나도 분명히 결코 적지 않은 하숙비를 내고 있어. 나도 내 친구 혜경이처럼 오피스텔에서 살면서 이런 끈적끈적한 감정 없이 좀 상쾌하게 살고 싶다. 이모가 앉은 모습이 불 꺼놓은 어둑한 거실에서 TV 브라운관의 불빛에 오도카니 드러난다. 드라마 속에서는 한창 울부짖고 있는 여자가 나온다. 그녀는 새벽의 아파트 주차장에서 트렌치코트를 걸친 채 차를 타고 떠나려는 남자에게 소리치고 있다. 내게 이렇게 대할 수 있는 거야. 너는 바로 내 청춘이었어. 너 그거 모르니. 이모는 찻물을 갖고 앉는 나에게 말한다.

"넌 주말에 별 약속이 없니."

"없어요. 이제 시험 기간이니까, 집에서 공부하려고요."

나는 잎차를 이모의 찻잔에 부어주고 연필과 정치학 노트를 꺼내들곤 소파에 편히 누워서 TV 화면을 본다. 울부짖는 여자가 등을 보이고 집으로 돌아가 트렌치코트를 벗고 전화를 받는다. 나는 그녀가 입고 있는 진바지가 마리떼 프랑소와 저버인 것을 본다. 오빠에게 전화를 해서 무엇이라도 좀 입을 만한 것을 사게 용돈을 부쳐달라고 해야겠다는 생각이 든다. 내 진바지는 너무 낡은데다 지나치게 몸에 꼭 끼고 봄 원피스는 유행이 지나간 디자인이다. 이모는 충분히 더 입을수 있을 거라고 하겠지만 나는 아니다. 준영은 강원도로 가는 기차 안에 있을지도 모르고 이미 춘천쯤에 도착해서 이디오피아나 뭐 그런 곳에 앉아 맛없는 인스턴트커피나 칵테일같은 것을 마시고 있을 것이다. 지루해서 연애 같은 것을 어떻게 할까. 언제나 사람들로 가득한 강원도행 기차와 학교 앞 그 수많은 카페에 진바지를 입은 다리를 쭉 앞으로 내밀고 늘어진 듯 앉아 있는 UCLA 야구모자를 쓴 남자아이들과 긴 머리의 여자아이들. 모두들 꼭 그래야만 하는 것처럼 캔맥주를 손에 들고 남자아이는 여자아이의 머리칼을 만지면서, 그렇게.

"같이 살면 어떨 거라고 생각해."

기윤은 캔맥주를 손에 들고서 다른 한 손으로 내 머리를 만지면서 말하고 있었다. 한낮의 학교 앞 카페에는 언제나처럼 한 손을 머리에 대고 한없이 길고 음울한 심포니의 마지막쯤을 듣고 있는 여자아이 한 명과 야구모자를 쓴 남자아이 서너 명이 있을 뿐이었다. 블루마운틴 커피에 각설탕을 하나 넣으면서 기윤의 검은 눈썹이 나를 보고 있었다.

"생활비도 절약할 수 있고 이렇게 만나는 것보다 마음 편하게 있을 수 있으니까. 요리는 내가 하고 넌 세탁을 하면 되잖아. 너나 나나 모두 피자와 파인애플 통조림을 좋아하고 커피는 블루마운틴에 설탕만 넣어 마시는 것도 같아. 둘 다 신촌블루스를 좋아해서 여름 햇빛이 날카롭게 유리창에 반짝일 때 그 라이브 앨범을 들으면서 잠이 깨는 것을 바라고, 사람들로 가득찬 숨막히는 전철이나 아이들이 뛰어노는 좁은 골목길을 싫어하는 것도 같으니까."

나는 웃었다.

"왜 웃는 거니."

"널 처음 만났던 때가 생각나서 그래."

기윤은 준영과 같은 전공의 일 년 후배였다. 그래도 그들이 서로 잘 아는 사이였거나 준영의 소개로 내가 그와 만나게 된 것은 아니었다. 내가 기윤과 데이트한다고 준영에게 말했을 때 준영은 TV 앞 소파에 길게 누워서 고급 과정 프랑스어 텍스트를 읽고 있었다. 3학년 프랑스어 기말시험 기간이었을 거다. TV에서는 〈톰과 제리〉 만화영화가 한창이었다. 그는 하품을 하고 누워서 처음에 말하였다.

"그애는 너하고 안 어울린다. 나이가 너보다 어리다거나 하는 것 때문은 아냐. 난 그애를 잘 모르지만 그앤 뭐랄까. 너에겐 너무 평범해" 하고 말하였다. 기윤은 처음에 나에게 누나라고 불렀고 아르바이트한 돈으로 맥주를 사주겠다고 하였고 젖은 신문지같이 축축한 비 오는 어느 오후에 나는 그아이에게 교양과목인 문화사 강의에 빠지고 학교 앞 만화카페로 가서 성냥개비 퍼즐놀이나 하면서 시간을 보내자고 하였다. 비는 그날 오후 내내 왔었고 밤이 되자 더욱 심하게 쏟아졌다. 우리는 둘 다 창가에 앉아 부러진 성냥개비들을 테이블 위에 쌓아놓고 만화 잡지 『부케』를 보면서 레몬을 띄운 아이스티를 몇 잔이고 마셨었다.

"넌 처음에 날 누나라고 불렀잖아. 그런데 이제는 생활비가 어떻고 블루마운틴이 어떻고 하면서 나에게 같이 살자고 하니."

"강요하거나 사정하는 거라고 생각하면 그건 곤란해. 그냥 물어보는 것뿐이야. 너도 이모집을 나오고 싶어하지 않았니."

"아아."

나는 그냥 머리를 저었다. 기윤이 엄청나게 자존심이 강하면서도 아주 멋있는 옆모습을 하고 있다는 것은 사실이었고 내가 이미 집을 나오고 싶은 것도 사실이었다. 하지만 너랑 같이 사는 게 그렇게 간단하기만 한 문제는 아니야. 나는 운동화를 신은 발을 흔들면서 어떻게 말을 할까 생각하다가 결국 아무런 말도 하지 않기로 하였다. 그도 심각하게 생각하거나 해서 한 말은 아닐 테니까. 너랑 같이 신촌블루스를 들으면서 잠이 깨거나 하는 것은 아주 멋있을 거야. 이모가 끓이는 된장국 냄새와 불만에 가득찬 침묵에 어쩔 수 없이 잠자리에서 일어나야 하는 것과는 아주 많이 다르겠지.

"하지만 우리 오빠를 알잖아. 오빠에게 싫은 소리 듣는 것은 싫어. 어쩌면 돈을 안 부쳐줄지도 몰라."

"오빠가 그렇게 중요해? 한 번이라도 서울에 오거나 하지도 않는데."

"오빠가 돈을 보내주지 않으면 대학을 다닐 수 없어. 그건 너도 알잖아. 그러니깐 그 얘기는 이제 그만."

기윤은 마지막 남은 캔맥주를 마저 털어넣었다. 심포니는 이제 새로운 악장을 연주하고 있다.

그들은 밤에 기차를 탈 수 있었다. 준영은 아직 시험이 두 과목이나 남았지만 일주일이나 여유가 있었기 때문에 신경쓰지 않았고 여섯번째 여자아이는 출판사에서 휴가를 얻었다. 처음에는 강릉으로 가고 그다음으로 주문진에 갈 생각이었다. 여섯번째 여자아이는 준영이 가져온 오너드라이버를 위한 지도를 한참이나 들여다보더니 주문진을 손바닥으로 덮었다. 그곳에 가고 싶다.

"주문진에 가본 일 있어?" 여자아이의 투명한 손톱이 강원도의 푸른 바다를 스쳐지나다닌다. "어쩐지 그곳에 가보고 싶어."

그들은 밤의 기차를 기다리면서 끈적하고 더러워진 녹색 난간에 기대어 커피를 마셨다. 여름밤의 바람이 여자아이의 푸른 스커트 자락 근처에서 나른하게 흔들거린다. 삶은 달걀과 김밥을 파는 노점이 있고 청바지를 입은 젊은 남자들 여러 명이 선 채로 달걀을 먹고 있었다. 그들처럼 밤의 기차를 기다리는 사람들이 많았기 때문에 역 대합실은 몹시 덥고 붐볐다. 흐린 전등이 사람들의 얼굴을 더욱 어둡고 피곤하게 드러내었다. 오래된 사진 같아, 하고 준영은 언제인가 보았던 흑백사진을 생각하였다. 일본인 사진작가가 찍었다는 노스 코리아의 겨울 청진쯤 되는 기차역의 모습이었다. 여위고 표정 없는 얼굴의 사람들이 국경을 넘어 중국으로 가는 기차를 기다리고 있다. 바이탈리티가 없다. 그들은 너무 오래 이어진 전쟁이나 혹은 그들의 생존에 지친 사람들처럼 움직이고 있다, 라고 그 사진작가는 묘사하였다. 그 사진작가의 렌즈에는 보이지 않았던 어두운 벤치의 뒤편에서 왜소한 체구의 어린 군인 하나가 커다란 털모자를 눌러쓴 채 삶은 달걀을 먹고 있었을지도 모른다. 그 어린 군인이 생각하고 있던 것은 무엇이었을까. 준영은 그것을 생각하고 싶다.

"오랫동안 그 여자를 한 번도 만나보지 못했어. 아직도 그곳에 남아 있을까."

그들의 옆에 서 있는 남자가 친구인 듯 보이는 사람과 함께 삶은 달걀을 먹으면서 말하고 있었다. 불빛이 희미한 공중전화 부스에서 여자아이들이 커다랗게 웃으면서 전화를 하고 있다. 튀긴 닭 냄새가 나는 알루미늄포일과 기름얼룩이 진 신문지가 바닥에 버려져 있다.

"그 여자는 절대로 서울로 돌아오지는 않을 거라고 했어. 그게 벌써 이 년도 더 넘었어. 너, 이해할 수 있니? 내가 지금 그 여자를 만나러 밤기차를 타러 가는 것을."

삶은 달걀을 먹고 있던 남자는 청바지 뒷주머니에서 잔돈을 꺼내어 달걀값을 지불하고 피곤한 듯한 걸음으로 나무 벤치가 있는 쪽으로 돌아갔다. 그곳에 자리가 없자 그는 친구와 함께 더러워진 스포츠신문을 깔고 맥주 광고판이 붙어 있는 벽에 기대어 앉아 눈을 감는다. 여섯번째 여자아이는 준영에게 패스트푸드점에서 산 튀긴 닭이 들어 있는 종이봉투를 건넨다. 튀긴 닭은 반쯤 식어가고 있다. 준영은 여자아이와 같이 닭을 먹고 보온병에 들어 있던 커피를 종이컵에 따라 마저 마셨다. 웃으면서 떠들던 여자아이들이 공중전화 부스를 떠나버리자 준영은 전화를 걸어야 한다고 말한다.

"혼자 있기 무서워. 이런 곳에."

여자아이는 준영의 손을 꼭 잡으면서 어깨에 머리를 기대어왔다. 여자아이의 머리칼에서는 밤의 바다에서처럼 깊이를 알 수 없게 차갑고 어두운 냄새가 느껴졌다. 준영은 여자아이의 손을 잡고 함께 공중전화 부스에 들어갔다. 나는 중국차를 끓이기 위해 주방에 서 있다가 전화벨 소리를 들었다. 이모가 아마 전화를 받겠지. 오빠에게서 온 것일 거야. 시험은 어떠니, 데모하지 말고 일찍 들어오고, 이모 말은 잘 듣고, 뭐 이런 말을 하려고. 나는 토마토를 썰어 유리접시에 담았다.

"전화 왔다. 기윤이라는 후배라는데." 이모가 나를 불렀다.

준영과 여자아이는 공중전화 부스 안에서 손을 꼭 잡고 서 있었다. 여름 바람이 조금씩 불어왔지만 준영의 얇은 셔츠는 습기에 축축해지고 있었다. 여자아이의 손바닥은 뜨겁고 부드러웠다. "통화중이야" 하고 준영이 여자아이의 머리칼에 입술을 대고 말하였다. "주문진엘 가본 일이 있는 거야?"

"아니, 한 번도." 여자아이는 준영의 손가락을 하나하나 만지면서 대답하였다. "멀리 가는 여행 같은 것은 별로 다녀 본 일이 없어. 강원도는 이번이 처음이야. 그런데 언제나 가 보고 싶었거든. 지도를 손바닥 아래에 놓고 이렇게." 여자아이는 준영의 손바닥 위에서 그녀의 손가락을 움직였다. "이 렇게 가다가 어느 순간 마음에 드는 곳에서 멈추고 바다를 바라보고 싶었어. 이해할 수 있겠어?"

기윤은 도서관에서 시험공부를 하다가 저녁이라도 먹으러 나왔다가 전화를 거는 것이라 하였다. "강산에 라이브 콘서 트 있는데 보러 가지 않을래."

"싫어. 시험 끝나기 전까지는 다른 생각 하고 싶지 않아." 나는 거절하였다.

"너, 왜 그러는지 모르겠어. 시험 끝나기 전까지는 다른 생 각 하지 않는다고? 널 아는 애들 중에서 누가 그 말을 믿겠 니."

"그냥 귀찮은 게 싫어. 머리 아픈 것도 싫고."

"혹시 내가 낮에 한 말 때문에 그러는 거 아니니?" 기윤은 잠시 침묵하였다가 계속해서 말하였다. 같이 살자고 한 것은 너에게 의사를 물어본 것뿐이야. 네가 밀러 맥주를 마시고 싶다고 하면 그대로 하고 컬트무비가 보고 싶다고 해도 난 그대로 했었어. 그런 것과 마찬가지야. 그냥 그대로 하는 거야. 네가 싫다고 했기 때문에 나는 그렇게 알아들었을 뿐이야. 더이상 신경을 곤두세우고 싶지 않아. 너도 그래주었으면 좋겠어."

"아, 다 이해하고 있어. 하지만 오늘은 모든 것이 별로야. 난 중국차를 끓여야 하고 내일 입을 블라우스를 다려야 해. 그리고 두통이 있어. 내일 얘기해. 내일은 다 잘되겠지."

"알았어. 안녕."

기윤은 전화를 끊었다. 이모는 낮 동안 햇빛에 바삭거릴 정도로 기분좋게 건조된 준영의 속옷들을 서랍에 넣고 종이와 펜을 꺼내어 왔다. 중국에 살고 있다는, 아주 오래전에 돌아가신 이모부의 누이동생에게 편지를 쓴다고 한다. 한 번도 만난 일이 없는 낯선 그 사람에게 이모는 한가한 시간이 날 때마다 편지를 썼다. 준영에게도 몇 번 편지를 쓰라고 하였지만 그는 절대로 쓰지 않았다. "네 고모인데. 네 아버지 쪽으로 유일한 친척이야. 안부 편지 정도는 쓸 수 있지 않니" 하고 이모가 항의하면 준영은 언제나 "난 아버지 얼굴도 잘 기억 안 나요. 그 고모는 중국에서 태어나서 거기서 자랐다는데, 남이나 마찬가지지 뭘 그래" 하면서 달아나버렸다. 이모는 그래도 편지의 마지막에는 "준영이가 안부를 전합니다" 하고 써넣는 것을 잊지 않았다. 중국은 너무나 멀고 아버지는 더더욱 멀고 그 아버지의 누이동생은 상상할 수도 없이 멀다고 준영은 말하였다.

"그 기윤이란 아이는 전화를 자주 하는구나."

차를 마시면서 이모가 말하였다.

"그냥 후배야. 시험공부하다가 심심해서 전화한 거예요."

"준영이는 오늘도 늦나보다."

"아, 준영인 MT 간다고 했던 것 같은데. 강원도로 간대요. 시험 끝난 친구들과 같이요."

"그 아이는 뭐하고 다니는지 알 수가 없어. 집에서는 나에게 말도 안 하고, 전화 정도는 해줄 수도 있잖아."

이모는 한숨 쉬듯 이렇게 말하며 펜을 들고 차 테이블에서 편지를 시작하려 하다가 생각난 듯이, "너, 낮에 오빠에게서 전화 왔더라. 시험 잘 보고 있느냐고. 아버지가 없을 땐 오빠가 아버지와 같은 거다. 네 오빠도 젊은 나이에 가장이 되어 동생들 챙기느라 청춘이 고달팠는데, 벌써 마흔이 다 되었구나" 하였다. 나는 얌전하게 앉아서 대구로 전화를 하였다. 오빠는 가족을 이끌고 새언니의 친정집이 있는 대구로 내려가서 한식 식당을 하고 있었다. 내 바로 위의 오빠가 간신히 합격한 미술대학을 휴학해버리고 입대를 하고, 그 위의 언니가 이 년 전 재일교포와 결혼하여 삿포로에서 살고 있기 때문에 요즈음 오빠의 관심이 나에게 많이 있는 것을 안다.

"오빠, 나예요. 잘 계셨어요? 시험도 잘 봤어요. 아직 좀 더 남았지만. 언니하고 애들도 잘 있고요?" 나는 책을 읽듯이 단숨에 이렇게 말해버렸다. 저녁 시간이라서 그런지 식당은 소란스러운 듯하였다. 갈비와 냉면을 주로 하는 오빠의 식당은 일이 셀 수도 없이 많고 새언니는 미장원에 가서 머리 할 시간도 없다고 한다. 군대 간 오빠가 미술대학을 간다고 몇 년씩 화실에 다니며 재수하다가 대학생 여자아이를 태우고 면허도 없이 오토바이 사고를 내버렸을 때 그 여자아이는 성형수술까지 필요한 얼굴 부상을 입고, 삿포로에 시집간 언니가 대학 졸업 후 모델을 해야겠다고 일본 어디의 모델학교로 유학을 가겠다고 성화를 부릴 때 부스스한 파마머리를 한 새언니는 둘째 조카를 가진 부른 배를 하고 새로 시작한 한식집의 주방에서 까맣게 기미 긴 얼굴로 설거지를 하고 있었다.

"왜 그렇게 늦게 다니니. 일찍 들어가. 내일쯤 용돈을 부쳐주려고. 이모 말 잘 듣고 있어라. 준영이하고도 사이좋게 지내고. 응, 여긴 다 괜찮아. 그리고 시험 끝나면 내려올 거지. 제사도 있잖아. 이번엔 모두 초밥이라도 싸가지고 절엘 가려고 한다."

"글쎄. 아직 일정을 잘 몰라요. 시험은 다음주에 끝나지만 리포트 제출할 것도 남아 있고. 사실은 방학 때 학교에서 하는 서머스쿨을 수강하려고 해. 오빠, 나 이제 졸업반이야. 한가한 마음이 아니라고요. 그리고 오빠 이번에 용돈을 좀 넉넉하게 부쳐주세요. 서머스쿨 수강이랑 새옷도 좀 필요해. 네? 오빠는, 내가 언제 옷을 사 입고 다녀요? 올라와봐요. 난 준영이 여름 셔츠 빌려 입고 다닌다고요. 맨날 청바지만 입고. 티 하나 변변한 게 없는데. 응, 알았어요. 그러니까 부탁해요."

"너 오빠한테 부담 주는 것 아니니? 옷도 있을 만큼 있는 것 같은데. 오빠도 돈을 쉽게 버는 게 아니다. 네 올케 고생하는 것 봐라." 이모는 편지를 쓰다 말고 말하였다. 이모, 그 여자는 워낙에 성격이 지지리 궁상인 거지, 반드시 돈이 없어서 그러는 건 아니야. 자기는 생전 옷도 안 사 입고 그 싸구려 화장품 찍어 바르는 것도 아까워 벌벌 떨지만 자기 애들은 피아노에 첼로에 가르칠 건 다 가르친다고. 철따라 보약도 꼬박꼬박 먹이고. 그 여자 고생은 사서 하는 거라니깐. 나는 마음속으로만 이모에게 항의하고 만다. 새언니는 얇은 입술을 일자로 다물고는 미소도 없이 오빠의 낡은 트레이닝복을 입고 마루를 닦고 있다. 시집온 지 얼마 되지 않은 새색시건만 그녀는 화장기도 없고 집에서는 시장에서 오천원쯤 주고 산 것 같은 초록색 티셔츠만 입고 있었다. 웃음소리도 높게 내지 않았다. 나는 그녀의 화장대 앞에서 보란듯이 입술을 더욱 내밀어 진한 립스틱을 바르고 있고 바로 위의 오빠는 오전에는 결코 잠을 깨는 일이 없다. 그녀의 입술이 더욱더 얇게 굳어지는 것을 보면서도 바로 위의 오빠는 백화점에서 산 고양이용 통조림을 아침마다 좋아하는 회색 고양이 나오에게 먹이고 나는 아침마다 한 시간씩 샤워를 하였다.

"계속 통화중이야." 준영은 수화기를 내려놓았다. 여섯번째 여자아이는 조그만 배낭에서 손수건을 꺼내어 이마에 송글송글 맺힌 땀을 닦아내고 준영의 이마도 닦아주었다. "기차 시간이 얼마 남지 않았잖아." 여자아이는 준영의 손목시계를 들여다보았다. "꼭 전화를 해야만 하는 거니?"

"지금 해버려야 해. 내일이면 걔가 또 언제 집에 들어올지 모르거든. 한번 더 해보자. 준영은 다시 전화를 하였다. 여자아이는 준영의 주머니에서 카세트의 이어폰을 꺼내 귀에 꽂았다. "밤이 깊어갑니다. 이런 여름밤에는 산으로 가는 밤 기차를 타고 떠나보고 싶어요. 한여름 밤의 산속은 당신이 매일같이 살고 있는 이 세상과는 완전히 다른 어떤 곳입니다. 기차는 당신을 밤의 한가운데로 데려갑니다. 그곳은 밤의 여왕이 그녀의 연인인 푸른 달과 함께 살고 있는 곳입니다. 기차에는 당신 혼자뿐이에요. 밤의 산속은 푸른 달이 지배합니다. 당신은 어디로 가는지도 모르게 계속해서 가고만 싶습니다. 새벽이 과연 오기는 오는 것일까. 바람소리를 들어보세요. 노랗고 녹색의 깃털을 가졌던 새들은 다 어디로 숨어버렸을까요. 조용히 누워서 푸른 달을 바라보고 있으면 그 푸른 달이 눈동자를 가지고 있는 것을 알 수 있지요. 그렇게 계속해서 기차가 달리고 나면 마침내 새벽은 오고 해안도시의 작은 역이 나타납니다. 일출을 보기 위해서 사람들은 주말에 도시에서 기차를 타고 밤의 한가운데를 지나 이 작은 해안의 역까지 옵니다. 바다가 있는 역입니다. 바다가 있기 때문에 기차는 더이상 갈 수 없습니다. 밤사이에 푸른 달이 당신의 눈동자 안에 들어와 있습니다. 검은 모래산들을 지나 맨발로 걸어들어가면 그곳은 깊은 바다입니다. 계속 걸어가세요. 사할린을 지나 푸른 달빛처럼 차가운 오호츠크해까지……" 라디오에서는 디제이가 시를 읽어주고 있었다. 신호가 간다. 준영은 낮게 중얼거렸다.

나는 전화를 받았다. 준영은 돈이 좀 필요해. 다른 말은 묻지 마, 하고 빠르게 말하였다.

"어떻게 해줄까?" 나는 물었다.

"내 서랍 속에 통장이 있어. 거기다 내일중으로 넣어줘. 얼마냐고? 그냥 많을수록 좋아. 내일? 글쎄 내일 돌아올 수 없을 것 같아. 어디냐고? 강릉으로 갔다가 주문진으로 갈 거야."

"기윤이한테서 온 거예요. 아깐 내가 그냥 끊었거든요." 수화기를 놓고 나는 편지의 마지막을 쓰고 있는 이모에게 묻지 않은 말까지 하였다. 이번에는 정말로 캘빈클라인 청바지를 사려고 했었는데. 준영은 주문진에는 왜 난데없이 가려고 하는 걸까. 학교 앞 호프집에서 일하던 여섯번째 여자아이와 함께. 나는 좀 심술이 나서 잠들기 전에 침대에 누워 프랑스어 랩 테이프를 듣다가 이렇게 생각하였다.

그들은 기차를 탔다. 한여름 밤의 기차였다. 녹슨 손잡이와 의자 커버는 얼룩이 졌고 끈적끈적하였다. 불빛은 희미하였고 길고 음울한 그림자가 사람들의 얼굴마다에 드리워졌다. 여섯번째 여자아이는 조그만 배낭에서 알루미늄포일에 싼 쿠키를 꺼내고 보온병에 남아 있던 마지막 커피를 종이컵에 따랐다. "이제 마지막이야" 하고 여자아이는 준영에게 말하였다. 그들은 쿠키를 다 먹고 나서 잠이 들었다. 기차는 밤의 한가운데로 달리고 있었다. 여자아이는 불편한 꿈속에서 푸른 달이 있는 오호츠크해의 한가운데 있었다. "물이 얼음처럼 차가워" 하고 여자아이는 잠 속에서 중얼거렸다. 오호츠크해의 물속에서 여자아이의 머리칼은 바람 부는 어두운 밤의 푸른 숲처럼 휘날리고 있었다. 기차가 새벽이 되어서 멈춘 곳은 바다가 있는 해안의 작은 역이었고 도시에서 밤을 새워 기차를 타고 온 사람들이 해를 바라보기 위해서 해변의 검고 굵은 모래 위에 앉아 있었다. 날은 아주 흐리고 축축하게 덥고 어두웠다. 태풍이 올 것 같은 느낌이 드는 새벽이었다. 여섯번째 여자아이와 준영은 스포츠신문을 깔고 모래 위에 앉았다. 해가 보이지도 않고 날이 밝고 있었다.

"주문진엘 왜 가려고 하는 거니." 준영은 여섯번째 여자아이의 어깨에 손을 얹고 물었다. 파도는 예기치 못했던 전쟁처럼 바다 저 먼 곳에서부터 그들을 향하여 다가왔다.

"파도 소리는 밤의 기차 소리하고 비슷하다. 어렸을 때 살았던 집은 기차가 지나다니는 곳에 있었거든. 항상 기차가 지나다니곤 했었어. 인천으로 가는 기차였어. 집을 나가기 전에 언니들은 이불 속에서 자기들끼리 바다로 가는 얘기들을 하였어. 어디로 가는 거야. 나도 바다에 가보고 싶어, 하고 말하면 제발 넌 잠 좀 자라, 하였어. 그런 날도 여름이었다. 촉수 낮은 백열등이 켜진 작은 뒷마루에서 엄마가 반쯤 졸면서 남동생을 재우고 있어. 더워서 종이로 바른 방문을 열어놓았고 기차가 집 앞을 지나갔어. 그때 누군가가 말하였어. 바다에 놀러갈 거야. 그애들이랑, 하고. 만두는 지겨워죽겠어, 하고 또다른 언니가 말하였어. 열어놓은 방문으로 엄마의 초록빛 플라스틱 슬리퍼가 저만큼 기운 없이 쓰러져 있는 것이 보이고 강아지가 그릇에 담긴 물을 먹고 있었어. 난 몇 살쯤 되었을까. 집 근처에 커다랗고 하얀 공장들. 큰언니를 찾아오던 남자가 공장에서 자전거를 타고 나왔어."

"처음에 정치학과 애들이 네 얘기를 했다. 난 네가 그들 중 누군가의 연인일 거라고 생각했었어. 너는 귀고리를 하고 귀여운 모자를 쓰고 있었다. 넌 그들과 같이 마일드세븐을 피우면서 바다로 놀러가는 얘기를 하고 있었어, 처음에."

"언제나 그 아이들을 만나면 바다로 놀러가는 얘기를 했었어. 왜 그랬는지는 나도 몰라. 그냥 그렇게 되었다니까. 하지만 정말로 간 일은 없었어. 너를 만나지 않았더라면 그들 중의 누군가와 아니면 그들 모두와 함께 바다로 가는 기차를 탔을지도 몰라. 왜냐고? 글쎄, 난 언제나 바다로 가려고 하는 남자가 좋아. 큰언니는 공장에서 자전거를 타고 나오는 남자와 함께 사라져버렸어."

"정치학과 아이들은 내게 여자아이에 대해서 말하곤 했었어. 여자대학교 아이들과 저녁때 나이트에서 만나는 그런 얘기. 어쩌다가 일찍 들어가 엄마와 둘이만 있게 되는 저녁은 언제나 숨이 막힐 것 같았어. 언제나 엄마는 저녁이면 중국차를 마셔야만 잠이 들 수가 있다고 해. 연변에 살고 있다는 아버지의 여동생이 중국차를 많이 보내주었거든. 그리고 연속극도 보아야 하고. 아버지는 직업군인이셨는데 일찍 돌아가셨어. 난 외국으로 가서 살고 싶어. 정치학과 아이들 중의 하나도 내게 그런 얘기를 하지. 그 아인 고등학교 동창인데 언제나 학교를 그만둔다고 하면서 벌써 졸업반이 되었어. 창백하게 얼굴이 하얀 여자아이가 좋아. 머리칼은 어깨쯤에 와 있고 안전지대 티셔츠를 입고서 언제나 무엇인가에 대해 무의미한 반란을 꿈꾸는 여자. 고등학교 동창인 정치학과 아이는 고래잡이배를 타고 멀리로 떠돌면서 살고 싶다고 하지. 이제는 고래도 잡지 못한다고 하지, 아마. 돌고래에 대한 학살 때문에 참치 통조림도 먹지 말자고 하고, 어두운 영화관에 앉아 있으면 때로는 미칠 것 같아. 체르노빌 사건이 났을 때 소방관의 이야기를 다룬 영화를 상영하고 있었어. 한 사람의 삶이란 이 세상의 한줌의 먼지와도 같아. 얼마나 우연

적이고 얼마나 가벼운가."

여섯번째 여자아이는 손가락 사이로 검은 모래를 바람에 날리게 하였다. 해는 이제 낮은 구름 위로 점점 더 높이 떠오르고 바람은 더욱 뜨겁고 강해져갔다. 사람들의 선명한 그림자가 모래 위에 나타나고 있었다. 오늘은 아주 더울 거야, 하고 지나가던 누군가가 이렇게 말하는 것이 들렸다. 여자아이는 모래 위로 반듯이 누워서 두 손을 배 위에 올리고 회색빛 구름 위편에 있는 선명하게 붉은 해를 바라보았다. 임신한 것을 처음으로 알게 되었을 때 여자아이는 너무나 충격을 받아 수면제를 사 모았다. 마당에서는 아버지가 마른기침 소리를 내면서 쓰레기를 모아 태우고 있는 저녁이다. 관절염으로 고생하고 있던 엄마는 식당일을 나가야겠다면서 널어놓은 빨래를 걷고 있었다. 엄마는 전방 어디에 가 있는 남동생을 걱정하고 있었다. 한 번도 그애가 좋아하는 튀긴 닭을 가지고 면회를 가주지 못한 채로. 귀한 외아들은 그 추운 지난 겨울을 어떻게 보냈을까. 여자아이는 창문까지 꼭꼭 닫아놓은 좁은 방에서 수면제를 세어보고 또 세어보았다. 택시 기사와 결혼한 바로 위의 언니가 집에 다니러 와 있었다. "엄마, 사는 게 너무 힘들어. 경민씨 형제들 중에서 농사 안 하고 돈 버는 사람은 경민씨뿐이야. 여기저기서 손벌리는 사람들이 얼마나 많은 줄 알아요. 무슨 제사니, 무슨 생일이니 하는 것들이 사람 미치게 하고 있어. 왜 시동생, 시누이들이 오면 잘 먹이고 입히고 거기다가 차비까지 얹어서 보내야 되는 거야. 응, 왜 그런 거야 엄마. 나는 무슨 일만 있다 하면 새벽부터 그 집에 가서 죽도록 일해주고 그 집 아들딸들은 무슨무슨 약속 있다고 다 밖에 나가도 나는 왜 바보처럼 아무 말도 못하고 산더미 같은 설거지를 혼자 다 하고. 차비는커녕 커피 한 잔도 끓여주는 사람이 없는데. 그렇게 차갑고 싸늘하기만 한데. 도대체 왜, 엄마." 언니는 엄마 옆에서 같이 빨래를 걷으면서 계속해서 엄마, 엄마를 불러대고 있었다. 여름 바람이 그녀의 하얀 종아리 근처에서 너울대고 있었다. 여자아이는 어두운 방안에서 마침내 울고 말았다. 언니에게 돈이 필요하다는 이야기를 해야만 하였다.

"은행엘 가야 해." 준영이 말하고 있다.

"은행에 갔다가 우리 맛있는 것 먹으러 가자. 그리고 주문진으로 가는 차를 알아볼 수 있을 거야."

여섯번째 여자아이가 앉았던 하얀 벤치는 먼지투성이인 채로 그렇게 그 자리에 그냥 있었다. 테니스 라켓을 든 신입생인 듯한 여자아이들 둘이 그 자리에 앉아 다리를 흔들면서 얼음이 든 음료수를 마시고 있을 뿐이었다. 시험이 이미 끝난 아이들은 대부분 캠퍼스를 떠나버렸다. 이제 여름방학이 니까. 은행에서 준영의 통장에 돈을 입금시키고 서머스쿨에 등록을 할까 어쩔까 과사무실 앞에서 궁리하다가 결국은 아침 겸 점심을 먹으러 가기로 결정하였다. 기윤이 도서실의 항상 앉는 자리에 마이크로 이코노믹스 책을 펼쳐놓고 라디오를 듣고 있었다.

"뭐하니? 밥 먹으러 가자. 맛있는 게 먹고 싶어서 미치겠어." 나는 그의 맞은편 자리에 앉아 조그맣게 말하였다. 그는 부은 듯한 표정을 하고 있었다.

"너 웬일로 오늘은 기분이 좋다. 이유가 뭐니. 어제는 그렇게 쌀쌀하더니."

"오빠한테서 돈이 왔거든. 청바지를 살 수 있게 되었잖아. 같이 쇼핑 가지 않을래? 밥 사줄게."

"청바지 때문에 기분이 좋단 말이야?"

그와 함께 나와서 스파게티와 김치볶음밥을 함께 하는 집으로 가서 그 두 가지를 먹고 백화점으로 갔다.

"네 사촌 준영 선배 말인데. 그 호프집에서 일하던 여자아이와 같이 강릉으로 여행 갔다는 것 정말이니?" 에스컬레이터에서 기윤이 물어왔다.

"설마 그럴 리가 있니. 그런 말을 들었단 말이야? 누가 그러니."

"정치학과 애들이 어제 그러더라. 같이 술 마셨는데. 왜 그렇게 요란하니, 그 여자아이. 같이 데이트 한 번 안 해본 애가 없더라. 하도 유명해서 나도 그 호프에 가봤지. 뭐, 별거 아니던데. 그냥 압구정동이나 그런 데 가면 흔하게 볼 수 있는 그렇고 그런 수준이었어. 아니 압구정동보다는 좀 촌스럽고 좀 더 음울해 보였어. 그런 게 더 매력이었나보지. 하여튼 준영 선배 이해가 안 가."

준영은 은행에서 돈을 찾았다. 여섯번째 여자아이는 얌전히 앉아서 잡지를 보면서 기다리고 있었다. 그들은 낚시하고 온 사람들로 가득한 해장국집으로 가서 밥을 먹고 스포츠신문과 커피를 사들고 버스를 타러 갔다. 아직 본격적인 휴가철이 시작되기 전이라서 버스는 한산하였다. 그들은 버스 안에서 커피를 마시면서 출발을 기다리고 있었다. 바다에서 불어오는 바람은 언제나 달라. 어디론가 가라, 떠나가라, 하고 말하고 있잖아. 나는 집을 언제나 떠나고 싶어하였다. 그래서 기차를 타고 끝까지 오면 그곳엔 바다가 있었다. 그것은 더이상은 갈 수 없다는 의미이기도 하고 정말로 멀리 가버리는 마지막 길이기도 하였어. 내가 더이상 순직한 육군 대위와 폐쇄적이고 음침한 어머니의 아들 김준영이 아니어도 되는 마지막 길. 준영은 여자아이에 대한 생각도 한다. 여섯번째 여자아이. 주문진에 가고 싶다고 하였지. 그래서 지금 우리는 주문진으로 가고 있는 것이 아닌가. 하지만 나는 별로 가고 싶지는 않다. 어쩐지 서부영화에서나 보았던, 마른 황야 위에 쓸쓸하게 있는 작은 마을이 생각난다. 인디언 때문에 광산이 폐쇄되어서 사람들이 떠나가고 있는. 상점들은 작고 어둡고 아이들은 웃지도 않고 여자들은 귀엽지도 않으며 고기는 잡히지 않는 항구도시.

"피곤하고 잠이 와. 안 그러니?" 여자아이가 어깨 근처에서 말을 걸어왔다. "주문진까지 얼마나 걸릴까, 잠을 자고 싶어." 여자아이의 입술은 하얗게 마르고 화장기 없는 뺨은 까칠하고 핼쑥하기만 하였다. 준영은 그런 여자아이의 얼굴을 새삼스럽게 바라본다.

"자도록 해. 난 별로 졸리지 않아. 바다가 너무 푸르거든. 바닷새들이 얼마나 자유롭게 보이나 그걸 생각하고 있었어."

"나 임신했어." 여자아이가 마치 바닷새들의 자유에 대해서 말하듯이 그렇게 시작하였다. "수술할 생각이야. 시집간 언니가 돈을 주었어. 난 강원도가 처음이야, 친구들은 모두 여름이면 강릉이나 속초로들 가곤 하잖아. 난 아직 아무것도 모르겠어. 어떤 사람들은 이런저런 것들에 대해서 모두 다 알고 자기 의견도 칼날처럼 분명하고 좋아하는 것 싫어하는 것들에 대해서도 서슴없이 말하지. 하지만 모르겠어. 세상이 무엇인지 알 수가 없어."

여자아이는 준영의 어깨에 기대어 잠자기 시작하였다. 보기보다 퍽이나 무겁다고 준영은 느낀다. 여행을 떠나오기 전에 그는 정치학과 아이들과 조금 다투어야 하였다. 그들 중의 한 명이 준영이 여섯번째 여자아이와 강원도로 떠나는 것에 대해서 강의실에서 말하고 있었다. "강원도까지 갈 필요 없어" 하고 그들이 말하였다. "그렇게까지 하지 않아도 돼. 우리들 중의 아무도 그렇게까지 노력한 애는 없다." 이 말에는 준영도 화가 났다. "그런 게 아냐. 너희들은 뭘 잘못 생각하고 있는 거라고. 시험 때문에 지겨워졌을 뿐이야. 너희들도 그랬던 거잖아." 강의실을 나가는 준영에게 누군가가 소리치고 있었다. "걘 걸레야, 너도 알지. 네 사촌은 어떠니, 그애도 끝내주던데."

물빛은 하늘보다 깊고 끝이 없었고 하얀 구름이 점점 바다 쪽으로 흘러가고 있었다. 버스에는 남자아이를 데리고 있는 부부가 올라타고 있었다. 커다란 가방을 들고. 서울에서 떠나올 때 보았던, 강릉으로 밤을 새워 어떤 여자를 찾아간다던 그는 어떻게 되었을까. 준영은 여자아이의 머리를 가만히 옆으로 하고 자리에서 일어섰다. 여자아이의 이마는 뜨거웠고 열이 있는 것 같았다. 그 위로 바람이, 멀리서 불어오는 바람이 지나갔다. 담배를 피우고 싶다. 준영은 버스에서 내려 버스 표지판이 있는 조각만한 그늘의 벤치에 앉아서 담배를 피웠다. 이제 버스가 떠나려고 하는 주문진으로 향하는 국도는 바다를 따라서 계속되고 있었다. 푸른 바다와 붉은 해를 배경으로 하고 잠들어 있는 여자아이의 작은 배낭이 그녀의 손에 꼭 쥐어져 있었고 먼지 빛의 모자가 머리에서 가만히 떨어지고 있었다.

"떠나려고 하는데, 타지 않아요?"

버스 운전기사는 올라타면서 정류장 벤치에 앉아 있는 준영에게 물었다. 선글라스를 낀 여자들이 버스에 올라타고 있었다. 그녀들의 파스텔 핑크빛 스커트가 거울처럼 눈이 부셨다. 준영은 고개를 저었다. "아니, 난 가지 않아요. 서울로 갈 겁니다." 운전기사는 모자를 벗고 땀을 닦았다. "정말 한여름처럼 덥네. 서울 사람들이 벌써부터 밀려오기 시작했어요." 그는 음침하게 웃었다. 부자들이 휴가를 떠나는 아프리카 서해안처럼 눈부신 태양과 바다다. 그 바닷가에서 기름에 전 낡은 제복을 입은 검은 현지인의 얼굴을 한 남자가 어떤 기나긴 전쟁에의 예감처럼 준영을 향해서 웃고 있었다. "걘 걸레야, 너도 알지" 하고 그들이 말했었다. "주문진에 가고 싶어. 한 번도 강원도에 가본 일이 없어." 여자아이가 말하였다. 나는 지겨워졌을 뿐이야, 담배도 피우고 싶고. 준영은 생각하였다. 여섯번째 여자아이는 큰언니가 사라져버린 전철역 쪽을 마냥 바라보고 서 있었다. 겨우 걸음마를 하는 남동생의 손을 꼭 잡고서. 진한 여름 노을이 전철역 위 하늘 전부를 진달래 빛깔로 물들이고 있었다. 저녁밥을 짓는 냄새가 좁은 골목길에 낮게 깔리기 시작하고 아이들은 집으로 돌아가고 있었다. 큰언니는 하얀 공장에서 나온 남자의 자전거를 타고 철도길을 따라서 노을 속 어디론가 가버린 것이다. 종이봉투에 담긴 빈 도시락을 여섯번째 여자아이의 손에 들려주고서. 날 그렇게 쳐다보지 마, 하고 마지막으로 큰언니가 말했었다. 남동생이 울기 시작하고 아무것도 모르는 어린 그녀의 눈에도 가득 눈물이 고인다. 주문진을 향해서 출발하기 시작한 버스 안에서 여섯번째 여자아이는 슬픈 꿈을 꾸고 있었다.

열어놓은 창문으로 녹색 이파리의 냄새와 물기를 가득 실은 바람이 불어왔다. 시원한 호프를 마시자고 한 것은 기윤이었다. 한강에는 유람선이 시골에서 올라온 단체 관광객들을 가득 싣고 잠실로 향하는 중이었다. 주중의 한낮이었기 때문에 고수부지는 프랑스 식민지하의 아프리카처럼 초록으로 빛나고 있었다. 차가운 호프를 가득히 따라 마시면서 기윤이 말하였다.

"어쩌란 말인가 도시는 굶주렸는데. 어쩌란 말인가 우린 무장해제 되었는데. 어쩌란 말인가 밤은 떨어졌는데. 어쩌란 말인가 우린 사랑했는데."

"엘뤼아르의 시구나. 이렇게 들으니까 멋있는데."

"불문과 여자애가 좋아하는 시라고 읽어주었어. 학교 식당에서 밥 먹고 있는데. 앞에 앉아서. 어쩐지 코헨의 노래, 〈파르티잔〉을 생각나게 하지. 너에게 들려주고 싶었어."

여름이, 한창 잘 익은 여름이 이제 다가올 것이고 소나기와 함께 태풍도 불어올 것이다. 줄리엣이나 마농 같은 화려한 이름의. 그런 밤에는 코헨의 옛날 엘피를 꺼내어 들어보아도 좋다. 유리창에 폭풍이 부딪쳐오는 한여름이 오고 기윤이 나를 미치게 좋아하고 나는 젊고 아름다운데 더구나 방학의 시작이었다. 이 세상은 행복하지 않을 이유가 없었다.

아멜리의 파스텔
그림

시내의 한 백화점에서 열리고 있는 중국인 사진작가의 흑백사진들에 대해서, 그리고 카페 아멜리의 파스텔 그림을 그렸다는 남자에 대해서 사람들이 말하고 있고 창밖으로 비가 계속해서 쏟아지고 있었다. 이미 칠흑처럼 어두워져버린 밤이었다. 아직도 오븐에서는 알루미늄포일에 싼 갈비가 구워져 나오고 있고 위스키잔들이 비워지고 있었다. 선화는 피곤하고 지겨워졌다. 지금쯤은 모두들 돌아가주었으면 하는 기분이 들어버리는 것이다. 새로 맞추어 오늘 아침에 양장점에서 찾아온 선화의 핑크빛 실크 원피스에는 간장으로 양념한 갈비 냄새와 담배 냄새가 잔뜩 배어버렸고 계속 바닥에서 일어서고 앉고 하는 바람에 치맛자락은 잔뜩 구김이 져버렸

다. 그렇지만 언니 선영은 별로 피곤한 기색도 없이 졸음이
와서 칭얼거리는 둘째딸 영주를 안고서는 사람들 사이를 돌
아다니고 있었다. "얘가 우리 막내딸 영주예요. 예쁘다고요?
자기 아버지를 닮아서 별로지요. 쌍꺼풀도 없고, 그리고 유
난히 붙임성이 없어서 속상해요. 그렇지만 정말 착하고 말을
잘 들어요. 무용은 또 얼마나 잘한다고요. 저쪽 벽에 걸려 있
는 사진이 바로 얘가 발레 하는 모습이죠. 마치 천사 같지 않
아요?" 형부의 친구들은 졸음이 가물거리는, 발레를 배우기
시작한 지 이제 삼 개월 된 영주의 평범하게 생긴 둥근 얼굴
을 새삼스럽게 열심히 들여다보다가 다시 그들의 화제로 돌
아갔다. 형부의 친구들 중에서 미술 계통의 잡지사에 다니는
안경 쓴 남자가 아멜리의 파스텔 그림에 대해서 계속 말하고
있었다. 선화는 어두운 창밖으로 점점 심하게 쏟아지는 한여
름의 비를 마냥 바라보았다. 선화보다 열 살이나 나이가 위
인 언니 선영은 영주를 자기 방 침대에다 눕혀놓고 온 다음
에 엄마에게 전화를 걸고 있었다. 손님들의 대부분인 형부
의 친구들은 타이를 느슨하게 하고 와이셔츠 소매를 걷어올
렸다. 비가 오고 있었지만 한없이 끈적끈적한 밤이었으니까.
선화는 유리창에 뺨을 대고 선영과 엄마의 대화를 들었다.
손님들 중의 누군가가 틀어놓은 엘피에서 여자 가수의 목소

리로 유행가가 흘러나왔다. 선화는 그 노래를 따라 불렀다. "난 심심해서 사랑을 하지. 커피를 마시러 갔다가 그애를 만났어. 구십 일 동안만 그애를 사랑해야지. 비가 와도 우산은 필요 없어. 바람이 불어도 지붕은 없어도 돼. 구십 일 동안은 초록빛 텐트에서 바다를 바라볼 거야."

"엄마, 선화는 오늘밤 여기서 재울게. 비가 이렇게 오는 걸. 운전해서 태워다주라고요? 엄마는, 여기가 지금 얼마나 바쁜 줄 알기나 하고 그러는 거야? 철수씨 친구들이 이십 명은 와 있다고요. 난 지금 피곤해서 죽을 지경이라고요. 내일 바로 데려다주면 되잖아. 열한시가 다 됐잖아. 미치겠어, 정말."

선영은 수화기를 잡은 채 선화에게 말한다. "너 여기서 자고 가도 된대. 잘됐지. 이제 그 사람도 금방 올 거야."

"여기 잘 데가 어디 있다고 너는 그러니? 사람이 이렇게 많고 도대체들 집에 갈 생각을 안 하는데. 나, 미주나 영주 방에서 자기 싫어."

선영은 선화에게 어떤 사람을 소개시켜주고 싶어하였다. 그 사람은 선영의 대학 동창으로 선화에게는 나이가 좀 많지만 멋있는 사람이었다. 전문대학에서 디자인을 전공하고 시시한 직장에 다니기는 싫다면서 실업자인 채로 있는 선화가

선영은 안타까웠다. 그 사람은 시내의 전철역 부근에서 약간
은 알려진 화랑을 경영하고 있었다. 오늘 늦더라도 꼭 오겠
지. 선영은 그 사람이 선화에게 어떤 직장을 제공해줄 것도
같고 선화의 남편이 되어줄 것도 같았다. 학교 다닐 때는 공
부도 잘하고 메이퀸에 뽑히기까지 했었던 선영이지만 살아
보니 참 세상은 별거 아니다 싶었다. 선화의 인생에 별로 간
섭하고 싶지는 않았지만 선화는 실력도 없고 재치 있는 매력
도 없는 그저 그런 평범한 여자아이일 뿐이었다. 그런 여자
아이는 빨리 결혼하는 것이 좋지 않을까 싶었다. 선영은 자
기의 예쁘기만 한 두 딸과 착하기만 한 남편 철수를 생각하
였다. '배우가 되지 않기를 잘했어' 하고 선영은 가끔 생각하
였다. 취미로 참가했던, 그러나 반응이 꽤 좋았던 연극 무대
에 계속 섰으면 이렇게 빨리 안정된 가정을 만들지는 못했을
것이다. 욕실의 언제나 기분좋게 건조되어 차곡차곡 개어져
있는 파스텔톤 랑방 타월과 항상 깨끗한 세면대, 그리고 이
태리제 방향제의 은은한 향기의 그 상쾌한 농도까지도. 비가
무서운 기세로 내리고 있다. 이렇게 비 오는 밤에 돌아갈 집
이 없거나 마른 타월로 머리칼을 말려줄 사람이 없다면, 전
화벨 소리가 기다려지는 그런 사람이 없다면. 귀여운 아이의
따뜻한 숨결도 없고 우유 냄새 나는 아이의 포근한 잠이 없

다면 생이 얼마나 허무할까. 선영은 전화를 끊고 생각하였다. 집밖에서의 생이 아무리 화려해도 무슨 의미가 있을까 싶었다. 그런 것들은 모두 다 아름다운 여주인공의 의상과 같은 거다. 연극이 끝나면 아무런 사랑도 받지 못한다. 집은 안전하였다. 사랑도 안전하였고 텔레비전으로 구경하는 번지점프도 재미있기만 하였다. 열 살 아래인 동생 선화는 언제나 알 수 없었다. 이 세상의 정말 중요한 것을 모르는 채로 언제까지나 살고 싶다는 듯이, 고집스럽게 엄마나 언니인 자기에게 말이 없었다. "엄마, 새로 사놓은 행주는 어디 있어?" 하고 설거지할 때 묻는다거나, "용돈 좀 주라. 친구들하고 설악산 놀러가기로 했는데" 하는 식으로만 말하곤 하였다. 그때 선영은 관심 없는 척하면서 물었다. "누구랑 가는 건데." "친구랑." "남자니?" "별걸 다 묻네. 남자도 있고 여자도 있어. 여러 명이 가는데 그런 게 무슨 상관이니? 너 보기에는 세련된 척하면서 되게 촌스럽다." 그리고 전화기를 붙잡으면 새벽까지 통화를 하고 욕실에서 담배를 피우고 여행용 트렁크에 콘돔을 챙겼다. 엄마는 아무것도 모르는 채로 있었다. 저 아인 항상 어디가 아픈 것처럼 보여, 복용하는 비타민에 문제가 있는 것 같아, 하고 가족들은 생각하였다.

그 남자는 몇 주 전 전철역 근처 거리에 서 있었다. 불볕처럼 뜨거운 햇빛이 온통 거리에 하얗게 쏟아지고 있었고 사람들은 쿨러를 틀어놓은 차 안에서 천천히 그 거리를 지나갔다. 선영은 발레학원에 들러서 영주를 데리고 가다가 중국차 세트를 사려고 그곳 어디에 있는 상점에 들렀다 집으로 돌아가는 길이었다. 미주와 영주 연년생인 두 딸은 차 뒷좌석에서 유리창에 코를 박고 거리를 구경하고 있었다. "엄마, 저 여자는 저렇게 짧은 머리를 하고 있어. 마치 남자 같아." "저 사람은 백화점에서 우리가 봤던 것과 같은 모자를 쓰고 있어. 그런데 엄마 저기 있는 사람, 다리를 절어요." "하얀 강아지, 너무 예뻐요." 길이 좁았기 때문에 선영은 차를 천천히 몰면서 딸들에게 건성으로 대꾸해주고 있었다. "미주야, 그런 사람은 몹시 아픈 것뿐이야. 그렇게 열심히 쳐다보면 안 돼. 내가 말했지, 지난번에도. 한번 생각해봐. 다른 사람이 널 그런 식으로 쳐다보면 너는 좋겠니?" 그때 선영은 보았다. 화랑이라고 간판이 있는 건물 앞에 그 사람이 나와 서 있는 것을. 중키에 검고 길었던 머리까지 그대로였다. 블루진에 라코스테 셔츠를 입고 얼굴에 주름이 좀더 생긴 것 이외에는 달라진 것이 없었다. 그 사람은 그냥 거기에 서 있는 것인가, 이렇게 더운 날씨에. 졸업 후에는 유럽으로 공부하러 갔다는 것뿐 그다음을 선영은 몰랐다. 선영이 그 사람을 마지막으로 만났던 것은 졸업식 직후에 있었던 한 선배의 결혼식에서였다. 쌀쌀한 날씨의 이른봄이었지만 벚꽃이 사방에서 미친 듯이 피기 시작하고 있었다. 그때는 선영도 약혼식을 끝내고 결혼 날을 받았을 때였다. 그 사람이 그림을 그리기 위해서 곧 유럽으로 떠날 거라는 것을 그곳에 있는 모든 사람이 알고 있었다. 신부는 둘째오빠의 손을 잡고 식장으로 들어서고 있었다. 피아노 음악이 울리고 다른 모든 결혼식에서처럼 폭죽과 스프레이가 뿌려지고 사람들의 웃음이 터졌다. 선영은 새로 맞춘 원피스를 입고 있었다. 그 사람은 하객들 저 뒤에 서 있었다. 그 사람은 다리를 저는 것을 남들에게 보이기 싫어하는 듯이, 가능하면 움직이지 않고 그 자리에 가만히 있으려고 하는 편이었다. 아직은 좀 이른 듯한 연한 블루의 시폰 연회복을 새로 맞추어 입은 선영이 부케를 받고 카메라 플래시 여러 대가 동시에 불꽃처럼 터졌다. 선영보다 나이가 좀 위였던 그 사람에게 언제나 선영은 어떤 아주 느낌이 좋은 기분을 갖고 있었다. 그것은 선영이 비가 오는 한여름 밤에 갖는 그런 느낌이었다. 이 세상이 갑자기 아주 비현실적인 것이 되고 어두운 창밖으로는 빗물에 갈색으로 젖은 자작나무의 숲이 있고 별과 늑대가 있었다. 자작나무숲 사이를 걸어다니는 늑대의 눈빛이 축축한 풀잎들과 옷자락 같은 가지들 사이에서 느껴지는 밤이다. 그때 선영은 그렇게 낯선 느낌들이 좋았다. 하지만 선영은 절대로 남자에게 먼저 말을 한다거나 관심을 보이는 여자아이가 아니었고 그런 상태로 그냥 졸업을 하게 되었다.

선영이 타고 있는 차는 그 사람이 서 있는 바로 곁을 천천히 지나갔다. 그 사람은 다른 어떤 것을 기다리고 있는지 선영이 탄 차를 바라보지 않았다. 그렇게 선영도 지나가려 했었다. 그런데 무엇인가가 바뀌었다. 선영은 학교 다닐 때의 그녀 자신이 아니어도 된다는 기분이 들었다. 나는 두 아이의 엄마야. 이제는 창밖으로 한여름 밤의 비가 와도, 벚꽃들이 미친듯이 피고 있어도 나는 서른 살이고 치과의사 김철수의 아내라는 사실엔 변함이 없다, 라고 선영은 생각하였다. 그리고 차창을 내리고 그 사람을 바라보았다. 차에서 내릴 때 선영의 구두에 와닿는 아스팔트는 오븐에서 갓 꺼낸 피자 치즈 같은 느낌이었다. 뜨겁고 금방이라도 화산처럼 녹아내릴 것 같았다.

"손님들이 돌아가려 하고 있어."

유리창에 기대어 있는 선영에게 철수가 와서 말을 걸었다. 철수의 와이셔츠는 커피 얼룩이 져 있고 술냄새가 났다. 선화가 커피를 끓여서 손님들에게 내주고 있었다.

"그 사람은 오지 않을 것 같은데. 너희 학교 선배라는 사람 말야. 왜, 아멜리라는 카페에 그림이 걸려 있다는 사람. 어쩌면 나도 알 것 같은데. 왜 그때는 같은 학번이면 대충 모두들 알았잖아."

"분명히 온다고 했어. 철수씨도 기억한다고 했는데. 그리고 그 사람이 아멜리라는 카페에 그림을 그렸다는 말은 왜 나온 거야. 그 사람은 분명히 그림을 그리지 않아. 아멜리 카페 이야기는 어디서 나온 건지 모르겠어. 오늘 모임이 있지만 내가 늦어도 된다고 했거든. 아무리 늦어도 좋으니까 꼭 들렀다가 가라고 했어. 비가 와서 차가 막히는 것이 아닐까."

선영은 손님들이 돌아가는 것을 확인하고 현관문을 닫았다. 철수는 주차장까지 내려갔다가 비에 흠뻑 젖어서 들어왔다. 그의 셔츠에서 빗물이 뚝뚝 떨어지고 있었다.

"그 사람은 오늘 못 올 것 같다. 열한시가 넘었어. 여기 선화씨, 나 커피 한 잔만 더 해줄 수 있어요? 오늘 너무 힘들었겠네요. 언제 한번 나와요. 갖고 싶은 것 있다고 했지요? 내가 해줄게."

"선화가 뭘 갖고 싶어하는지도 모르잖아."

"글쎄, 뭐 옷이라든가 향수 그런 거 아닐까. 정말 그 사람은 오지 않을 것 같아."

"아냐, 그렇게 쉽게 약속을 어기지는 않을 거야. 그 사람은 내가 선화 얘기를 했는데 관심을 보이더라고."

선영은 주방에 있는 선화의 뒷모습을 바라보았다. 선화는 커피잔에 커피를 따르고 있었다. 주방은 어질러진 그릇들로 엉망이고 거실도 지저분하였다. 선영은 머리 한쪽이 아파왔다.

"너 정말로 그 사람에게 선화를 소개시켜주는 거니? 나이 차가 많이 나는데, 선화가 어떻게 생각하겠니."

"소개는 소개지만 취업이 전제가 된 소개야. 나머지는 알아서 하라고 해야지 어떻게 노골적으로 할 수 있니. 하지만 선화는 좋다고 했어. 내가 말했는데. 그리고 참 누가 그랬지, 아멜리에 그 사람 그림이 있다고. 누군가 말했던 것 같은데."

"친구들 중 누군가였어. 잘 모르겠는데. 왜 그런 말이 나오게 되었을까. 선화씨, 커피 고마워요. 뒤처리는 신경쓸 것 없어요. 내일 파출부를 부르면 돼요. 미주나 영주 방에서 자고 가."

그때 선화는 문을 열고 들어오는 그 사람을 보았다. 그는 검은색 트렌치코트를 벗어서 한 손에 들고 있었다. 밤이 깊어서 열두시가 다 된 시간이었다. 모임이 유난히 늦어진데다가 빗길이라서 운전이 조심스러웠다고 말하고 있었다. 선영은 그 사람의 트렌치코트를 받아서 신발장 위에 얌전히 개어 놓았다. 형부에게 대할 때와는 다르게 선영은 어쩐지 그 사람에게는 존경이라든가 향수 같은 것을 느끼며 대하고 있는 것 같았다. 그 사람이 현관에 올라서는데 그가 다리를 절고 있는 것을 보았다.

"손님들이 모두 돌아가버렸으면 오지 않는 건데 그랬습니다. 실례를 하게 되었군요" 하고 그 사람은 말했다. 그 사람은 블루진에 팔이 짧은 라코스테 셔츠를 입고 있었다. "비가 아주 심하게 오고 있거든요. 도로에 강처럼 물이 흐르고 있습니다." 선영은 그 사람에게 커피를 권하고 있었다. 선화가 조금 전에 끓여놓았던 커피다. 선화는 잠자리에 들려고 스타킹과 원피스를 벗고 티셔츠와 선영의 반바지로 갈아입었다. 형부는 그 사람을 알아보겠다고 하였다.

"미대를 다녔지만 선영씨가 듣는 불문과 과목을 많이 들었거든요. 그리고 얼굴을 보면 대부분 다 알 수가 있어요. 하지만 지난번에 화랑 앞에서 선영씨를 만났을 때는 많이 놀랐죠. 졸업한 뒤로 처음이니까요." 그 사람은 선화가 가져온 타월로 머리칼을 닦았다.

"혹시 아멜리에 그림을 그리셨어요?" 철수가 참지 못하고 이렇게 묻고 있었다. 선영은 주방에서 과일을 준비하다가 그것을 들었다.

"아니요. 그림은 그리지 않아요. 몇 년 동안은 하나도 그리지 않았어요."

"내가 아니라고 했잖아. 왜 그런 말을 한 거야. 누가." 선영이 주방에 선 채로 소리쳤다.

"누군지 모르겠지만 오늘 모인 친구들 중 한 명이 당신의 그림이 시내의 한 카페에 걸려 있다고 한 것 같아요. 그래서 철수씨가 그러는 거라고요."

"다른 사람의 말이었을 거야. 어떤 다른 화가의 말을 하다가 두 사람에 대한 얘기를 동시에 여러 사람이 해서 혼란스러워져버린 걸 거야, 모두. 틀림없이." 철수가 결론을 내려주었다. 모두들 거실에 앉아서 수박과 멜론을 먹었다. 비 내리는 소리가 마치 땅이 가라앉고 있는 듯 선화에게 느껴졌다.

"얘가 내 동생 선화야. 졸업하고 계속 놀았어요. 그때 말했잖아요. 괜찮은 곳 있으면 취업 좀 시켜주세요. 얘는 시시한 회사에서 커피 따르고 키보드나 두드리는 건 하기 싫대요." 선영은 선화의 어깨에 손을 얹고 말하였다. 그 사람의 눈이 선화에게 향하였다.

"취업할 의사는 있는 거지요?"

"별로요. 직장에 다니고 싶은 마음도 있지만 또 그만큼 다

니기 싫은 기분도 있어요. 다니든 다니지 않든 그게 중요한
게 아니고 너무 힘들게는 살기 싫어요. 지금은 다니지 않는
것이 더 편하거든요." 선화의 말에 선영은 조금 기분이 상하
였다. 내 앞에서는 너, 아무 소리 안 하고 다 좋다고 했잖아.
왜 지금 이 자리에서 그렇게 말해서 나를 무안 주는 거니. 아
빠가 애를 막내라고 너무 귀엽게만 키웠어.

"하지만 또 알아요? 아주 마음에 드는 일이 나타나면 또
열심히 일할 타입이지요, 처제는."

철수는 언제든지 선화에 대해서 좋게만 얘기하였다.

"내가 아는 화랑에서 선화씨 같은 직원을 구하고 있다는
말을 바로 얼마 전에 들었기 때문에 선영씨 말에 오케이한
겁니다. 그곳에서 일하는 것을 그렇게 힘든 일이라고 할 수
는 없어요. 하지만 주말에 쉬지 못하고 보수가 적어요. 어때
요? 괜찮겠습니까?"

그 사람이 선화에게 물었다.

"생각해보겠어요."

선화는 마지못해 대답하였다. 선영이 미소를 지으며 맥주
를 내왔다. 얼음처럼 시원한 하이네켄이었다.

"아직도 이런 게 남아 있었단 말이야? 다 마셔버린 줄 알
았어." 철수가 좋아하면서 물었다.

"손님이 더 오실 거니까 일부러 남겨둔 거야. 선화 너도 마실래?"

선화는 시원한 맥주를 한 모금 마셨다. 안주로는 아직도 오븐에 남아 있던 갈비가 조금 나왔다. 선화는 처음부터 선영이 자기를 결혼시키려고 한다는 것을 알았다. 하지만 이렇게 나이가 많고 다리를 저는, 그림을 그리지 않는 화랑 주인인 줄은 상상하지 못하였다. 세상은 별거 아니었다. 스무 살이 넘었을 때 선화는 그것을 알았다. 기분이 상하였다거나 한 것은 결코 아니었다. 스무 살 나이에 결혼하는 것도 꽤 괜찮은 면이 있으리라 생각되었다. 결혼하면 나도 선영이처럼 저렇게 으스대며 살까. 넌, 사막에서 죽어가는 초록빛 도마뱀 같은 것에 대해서 한 번이라도 생각해본 일 있어? 아니면 바닷가 동굴에서 살았던 석기시대의 사람들이 무엇을 두려워하였는가라든지, 너희 식구들하고 전혀 상관없는 것들에 대해서 말이야. 그러니까 세상이 시시할 수밖에. 난 빨리 결혼해도 너하고 달라. 선화는 가족들에게 설악산에 간다고 하고서는 챙긴 트렁크에서 콘돔을 발견하고 놀라던 선영이를 생각하고 픽 웃었다. 비타민 때문도 아니고 설악산 때문도 아니었다. 선화는 침대 밑에 그냥 넣어둔 그녀의 트렁크를 잠깐 생각하였다.

"그래서 우리는 생각했어요. 쟤는 소질이 있구나. 일찍 시작할수록 좋지 않습니까. 그렇죠. 영주는 달라요. 그 아이는 무엇보다도 관절이 다르고 감정이 있어요. 누구나가 특기 교육을 시킨다고 해서 하고 있는 게 아니죠, 우린 그런 게 아닙니다. 우린 그런 거 지나치게 시키는 거 반대하는 부모들이죠."

철수는 그 사람을 상대로 어린 영주에게 발레를 가르치게 된 동기를 설명하고 있었다. 어느 날 영주는 선영이 피아노를 치는 옆에 앉아 있었다. 선영이 어린아이들을 위한 간단한 왈츠를 치고 있을 때 어린 영주가 일어나 팔을 활처럼 흔들면서 무용수같이 춤을 추었다는, 그런 이야기다. 그 사람은 친절하게 관심을 가지면서 듣고 있었다. 사람들은 천천히 차가운 맥주와 갈비를 먹었고 창밖에서는 번개가 번쩍거리고 있었다.

"대단한 아이였군요, 저 아이는." 그 사람은 덧붙이면서 몸을 일으켰다.

"하지만 너무 늦은 시간이 되어버렸으니, 이제 난 가야겠어요."

"아니 그렇지 않아요. 우리는 거의 언제나 밤늦게까지 깨어 있어요." 선영이 말했다. "새벽까지 얘기하는 경우도 많

아요. 철수씨도 늦게 출근하고요. 밤늦게 오셔도 좋다고 한
것은 말 그대로 좋다는 뜻이었어요." "이제 잠들 시간이 지
났는데. 가야겠어요."

"정말이야. 나도 가야겠어. 집까지 태워다주실 수 있죠?"
선화는 방으로 들어가 옷을 가지고 나오면서 물었다. 선화는
잠들려고 입었던 옷 위에 푸른색 여름 레인코트를 걸치고 있
었다.

"너 여기서 자고 가기로 했잖아. 엄마에게 전화도 했잖
니." 선영은 번개가 소리 없이 번쩍거리는 창밖을 불안하게
바라보았다.

"아이들 방은 불편해." 선화는 고집을 부렸다. "우리집은
이촌동인데, 태워다주실 수 있죠?"

'저 아이는 항상 이런 식이다.' 선영은 손님을 위해 현관
의 전등을 켜면서 생각하였다. 언제나 말도 되지 않는 고집
을 부려서 모두를 당황시키곤 하였어. 마치 건포도 비스킷만
잔뜩 먹여 버릇없는 애완용 푸들 강아지같이. 선영은 결혼하
기 위해서 미용실에서 머리를 올리고 있을 때의 기분처럼 나
이 어린 여동생을 무시하고 싶었다. 그 옛날의 어느 날처럼
자기 자신의 일만을 생각하고 자기 자신의 결혼만을, 자기의
연인인 철수만을 생각하면서 있고 싶다는 마음이 들었다. 그

날은 하늘이 얼마나 파랗고 투명하였는가. 이 세상은 초콜릿이나 딸기 아이스크림처럼 부드럽고 달콤하기만 하였다. 다리를 저는 남자가 벚꽃이 하얀 비처럼 쏟아지는 저 끝에서 걸어오고 있었다. 그날, 선배의 결혼식장은 벚나무 길이 있는 교외에 있었다. 선영은 졸업식이 끝난 후 처음으로 만나는 친구에게 이제 곧 하게 될 철수와의 결혼에 대해서 말하고 있었다. 결혼식에 입고 와야 할 옷에 대해서, 철수의 친구들에 대해서도 이야기하였다. 부풀린 스커트의 하얀 원피스는 입지 마, 하고 선영이 한 여자친구에게 말하였다. 그것은 신부의 의상과 닮았으니까. 아주 비슷해져버린단 말야. 다리를 저는 남자는 아주 천천히 그녀들의 앞을 지나갔다. 친구들 중 한 명이 "잠깐 기다려줘" 하고 선영에게 말하더니 그 남자를 향하여 다가갔다. 그들은 연인이었다. 선영과 몇몇 친구들만이 그 사실을 알고 있는, 오픈되지 않은 커플이었다. 그 친구는 아르바이트로 미대에서 인체 데생 모델을 하다가 그와 가까워졌다고 하였다. 비가 온 다음날이라 유난히 깨끗한 하늘 아래인데 축축해진 벚나무 가지에 반쯤 남은 하얀 벚꽃들이 친구의 머리칼에 이른 나비떼처럼 앉았다. 그들은 그 자리에서 서서 오랫동안 얘기를 하고 있었다. "아, 우리 커피라도 마시러 갈까" 하고 다른 아이들이 지루해하고 있었다. 그 친구는 여자아이들 쪽을 바라보더니 너희들 먼저 가, 하고 입 모양을 만들어 보였다. 그 친구의 얼굴이 졸업이 가까워올 때부터 날마다 초조해지고 있던 중이었다. "난 결혼하기를 원하거든" 하고 그 친구는 말하였다. "아주 미친 여자가 되어 머리를 풀어 히히 웃고 다니고 싶어. 너 아니? 이런 기분."

선화와 그 사람은 아파트 주차장에서 차에 올라탔다. 선영과 철수는 우산을 쓰고 격렬하게 쏟아지는 폭우 속에 서 있었다. 비에 온통 흠뻑 젖어버리게 되는 그런 종류의 폭우였다.

"저 사람은 어떤 사람이니." 철수가 우산을 접으면서 물어왔다. 선화와 그 사람이 탄 차는 아파트 주차장을 빠져나가고 있었다. '비가 와서 조심해야 할 텐데.' 선영은 그들을 바라보면서 이렇게 생각하고 있었다. 이렇게 어두운 밤의 격렬한 폭우니까. 비를 맞고 싶다는 것은 술에 취하고 싶다는 것과 비슷하였다. 그것도 우아한 분위기의 알코올 기운 정도가 아니고 아주 끝까지 가보고 싶은 느낌. 향기로운 하얀 비처럼 쏟아지는 교외의 결혼식장 벚나무의 그늘 밑에서 결혼을 일주일 앞둔 선영에게 다가온 것 같은 그런 느낌. 머리를 푼 향기로운 어느 봄밤의 미친 여자처럼 그렇게.

"선배야. 말했잖아, 아주 여러 번. 좋은 사람이고 특별한 사람이야."

"저 사람은 그림으로 성공한 것은 아니지, 그렇지?"

철수는 선영에게 또 물어왔다.

"그림을 그리려고 유럽에 갔지만 그리지 못하고 말았대.
별로 주목을 받지 못한 것 같아. 하지만 학교 다닐 때는 아주
특별한 사람이었어."

선영은 손님들이 남기고 간 신문과 안경, 가벼운 읽을거리
가 실린 책들을 소파 한쪽으로 밀어놓고 현관 전등을 껐다.
철수가 뉴스라도 들으려고 오디오의 스위치를 올리자 걸려
있던 엘피의 나머지 부분이 노래로 흘러나왔다. "구십 일 동
안은 그 아이를 사랑해. 비가 와도 우산은 필요 없어. 바람이
불어도 지붕은 없어도 돼. 오랜 시간이 흘러서 다시 너를 만
나도 너는 나를 모르고 나는 너를 모르지." 선영은 젖어버린
얇은 여름 셔츠를 벗어서 세탁기 속에 넣으면서 그 노래를
따라 불렀다.

그들은 전철역 쪽으로 가고 있었다. 비가 너무나 심하게
오고 있었기 때문에 잠수교가 통제되고 있다고, 라디오에서
말하고 있었다. 빗물은 도로 곳곳에서 강물이 되어 흐르고
있었다. 그들은 라이터로 담뱃불을 붙였다. 창문을 아주 조

금만 열고 선화는 담배 연기를 어두운 빗속으로 내뿜었다.

"선화라는 이름, 아주 촌스러워요, 그렇죠?" 선화는 그 사람에게 물었다.

"그렇지 않아요. 그렇게 촌스럽지는 않아요." 그 사람은 전방에 신경쓰면서 운전하고 있었기 때문에 선화를 바라보지 않고 말하였다. 길가의 상점들은 모두 문을 닫았거나 이제 닫으려고 하는 시간이었다. 카페라든가 호프집들이 있는 밤의 거리였다.

"커피 마시고 싶지 않아요? 저 집은 아직 불이 켜져 있는데요." 선화는 길 저편 앞으로 보이는 불빛이 환한 유리벽으로 된 카페를 가리켰다. 정말로 그 집은 온통 젖어버리고 어둠에 휩싸여버린 길가에서 너무나도 환하게 보였다. 따뜻한 커피 냄새가 나고 있는 듯이 느껴졌다. 그 사람은 길가에 차를 세웠다.

"커피 파는 집이에요. 이름이 예쁘군요, 아멜리."

선화는 담배를 재떨이에 비벼 껐다. "내가 커피를 사 가지고 올게요. 음악은 끄지 말아요. 여기서 커피 마시는 게 더 멋있거든요. 밝은 유리벽을 바라보면서, 그렇게 해요."

아멜리는 언젠가 선화가 들어와본 일이 있었을 것만 같은 곳이었다. 밝고 환하고 부드러운 커피 냄새가 숨막힐 듯하였다. 선화는 블루마운틴을 주문하고 카운터 앞 테이블에 앉았다. '비 오는 한여름 밤의 도시를 이렇게 바라다보는 것은 마치 영화를 보는 것 같아' 하고 생각하였다. 길 저편에는 그 사람의 차가 세워져 있고 그는 선화의 커피를 기다리고 있을 것이다. 어떤 오래된 이야기 속에 나오는 부옇게 바랜 푸른빛 러브스토리가 생각난다. 어쩐지 그런 느낌이 드는 밤이야. 비 때문인가. 선화는 비가 미친듯이 쏟아지는 한여름 밤을 좋아하였다. 점원이 뚜껑 달린 종이컵을 준비하고 있다. 하얀 벽에는 푸른 파스텔로 그린 그림이 하나 걸려 있을 뿐이고 다른 사람들은 아무도 없다. 선화는 아멜리의 파스텔 그림을 바라보았다. 유리벽 밖으로는 가끔씩 차들이 홍수 같은 물보라를 일으키면서 지나가고 있었다. 빗물 속에서 불빛들이 푸르게 원을 그리고 있는 밤이었다.

"커피를 가져왔어요. 냄새가 참 좋아요."

선화는 종이컵을 그 사람에게 내밀었다. 차 안에는 금방 블루마운틴 향기가 가득했다. 그들은 커피를 마셨다.

"사람들이 착각하고 있었어요." 선화는 키가 작았다. 그녀가 좌석을 조금 뒤로 하자 소형차 안에서 다리를 쭉 펼 수 있었다. "당신이 아멜리의 그림을 그렸다고 말했어요. 기억나죠? 형부도 그렇게 말했어요. 왜 그런 일이 생겼는지는 나도 몰라요. 형부 친구들 중 한 명이 미술 잡지사에 다니거든요. 아마 그렇게 해서 얘기가 시작되고 동시에 여러 사람이 여러 가지 얘기들을 한 거죠. 나중에는 당신이 아멜리의 그림을 그렸다라고 결론처럼 돌려버렸을 거예요, 내 생각이지만."

그 사람은 커피를 마시면서 그냥 웃기만 하였다.

"당신이 아녜요. 아멜리의 그림을 그린 사람은 나도 아는 사람이죠. 아멜리의 그림을 그린 사람이 올 거라고들 해서, 아닌 줄 알면서도 난 베란다 창을 내려다보고 있었어요. 언니가 키우는 작은 붉은 꽃들이 피어 있는 화분이 베란다에 가득하죠. 보셨나요? 여름에 잘 바르는 립스틱색이 나는 꽃들이죠. 아, 당신은 언니의 그 무엇이었을 거라고 나는 저녁 내내 상상했어요. 기분 상하거나 하지는 않겠죠? 그 무엇일 수도 있고 아닐 수도 있어요. 선영이는 엉뚱한 데다가 마음을 쓰거나 하지는 않아요. 내 생각이지만 당신은 반드시 그녀의 그 무엇이었을 거예요."

선화는 선영이 농담처럼 꺼냈었던 결혼에 대해서 생각해 보았다. "어쩐지 굉장한 일이 벌어질 것 같아" 하고 선영이 말하였다.

"아주 굉장히 놀랍도록 좋은 일이야. 그리고 좋은 사람이야. 그는 어느 정도는 유명하기도 해. 사실 난 네가 그와 결혼했으면 좋겠어."

말을 마친 선영의 마음에 놀라움과 후회가 밀려들었다. 내가 무슨 말을 한 거지, 선영은 당황하였다. 그는 선화보다 열 살 이상이나 나이가 많고 결정적으로 핸디캡이 있다. 선영은 두려운 일들이 많았지만 가장 두려운 것은 즉흥적인 자신의 행동이라고 느꼈다. 하지만 선화는 "좋아. 언니는 모르지만 엄마가 날 선보게 하려고 얼마나 많은 남자들 이야기를 하는 줄 알아? 하지만 유명한 사람이라면 나도 좋아" 하고 가볍게 대답하였다.

그들은 환한 유리벽 안쪽의 정면으로 보이는 파스텔 그림을 바라보면서 블루마운틴을 조금씩 마셨다. 그림은 푸른색이고 벽은 맑은 날의 구름처럼 하얀빛이었다. 그들이 있는 차창 밖으로는 여전히 비가 정신없이 쏟아지고 있었다. 늦은 밤, 택시를 잡으려는 사람들이 차도에까지 서 있었다. 비는 검은 아파트 위에서 수천의 은빛으로 부서지고 있었다.

"저 그림을 그린 사람이라면 나도 알아요."

그 사람이 입을 열었다.

"아주 젊고 독특한 사람이죠. 그는 별로 인정받지는 못했지만 컴퓨터 그래픽으로 전공을 바꾸어서 경제적으로는 성공했어요. 하지만 가끔 파스텔화나 수채화를 그렸죠. 애니메

이션 분위기가 나기도 하고 젊은 날의 마그리트를 보는 것
같기도 하죠. 하지만 그에게 무슨 문제가 생긴 걸로 알고 있
어요." 그는 잠시 멈추었다가 계속하였다.

　"한번은 대학에서 열린 그의 전시회에 갔었어요. 친구들이
많았죠. 나는 그때 선화씨를 본 것 같군요."

　"이런 음악도 좋아하세요?" 선화가 라디오에서 조그맣게
나오는 음악을 들으면서 그에게 물었다.

　더이상 더이상 더는
　누구를 위한다고는 말하지 마
　더이상 더이상 더는
　이제 그만 이제 그만
　스탑 더 워

　"스탑 더 워." 선화가 마지막 부분을 따라 부르고 있었다.

　"이렇게 깊은 밤인데도 차들은 여전히 없어지지 않아요."

　"선영이는 눈부신 여자아이였습니다. 높고 신선해 보였어
요. 그 아이가 지나가면 남자아이들은 대화를 멈추고 그녀의
뒷모습을 바라보곤 했지요. 나도 그랬습니다. 하지만 그것뿐
입니다. 아무것도 아니었어요. 결국에는."

그 사람은 선화를 향해서 몸을 돌린 채 얘기하고 있었다. 선화는 그 사람이 가지고 있는 담배를 피웠다. 알 수 없는 스펠링이 쓰인 담뱃갑이었다. 그녀는 어지러움을 느꼈다. 강한 동물성 냄새가 나는 담배였다.

"처음이면 많이 피우지 않는 것이 좋아요." 그 사람이 말했다.

"아멜리의 파스텔 그림을 그린 사람에 대해서 말하고 있었죠?" 선화가 물었다.

"그 사람은 징집에 반대하다가 경찰관에게 상해를 입혔어요. 결국엔 실형을 받지는 않았지만 아주 골치 아픈 일이 있었죠. 그게 바로 얼마 전이죠. 그림은 그때 그렸어요. 난 여러 곳에서 사람들이 그에 대하여 말하는 것을 들어요. 정확히는 그가 그린 아멜리의 파스텔 그림이지만요. 그는 어떤 종류의 병역 의무도 지기 싫어하였어요."

"그래서 어떻게 되었는데요?" 그 사람은 흥미를 보이고 있었다. 유리벽 안의 아멜리는 밝고 고요하고, 모든 의자가 비어 있었다. 이 밤의 거리에 내리는 격렬한 폭우조차 의식하지 않는 듯하였다.

"우리는 달아나기로 했어요." 선화의 담배는 필터 끝까지 타들어갔다. 욕실에서 향긋한 비누 냄새에 싸여 따뜻한 샤워를 준비할 때처럼 몽롱하고도 아늑하였다.

"난 트렁크를 준비했어요. 모든 것을 다 넣었어요. 강릉으로 가다보면 알프스리조트가 있어요. 거기다 예약까지 해놓았지요. 운전은 그가 하기로 하고 돈이 떨어질 때까지 그곳에 있기로 했죠."

"무모한 일인데요. 돈이 떨어지면 그다음에는 어떻게 하려고 했나요?"

"그다음은 확실하지 않아요. 우리 여권을 위조한다거나 아님 설악산으로 아주 들어가거나 했겠죠. 온갖 상상이 다 동원되었어요. 그와 나, 그리고 우리를 알고 있는 친구들 모두가 아이디어를 내놓았어요."

"뭐라고 했죠? 그 계획을 알고 있는 사람들이 그렇게 많았나요?"

"그럼요. 모두가 알고 있었어요. 그리고 우리가 설악산으로 여행한다는 것은 아마 지금쯤은 제주도에 있는 우리 형부의 사촌누나까지도 알고 있을 거예요. 그게 뭐 어때서요. 지금 당장 누가 그를 잡으러 오거나 하는 사람은 없어요. 그는 단지 군대에 갈 생각이 없는 것뿐이죠. 화염병으로 사람을 죽이거나 경찰서에 방화를 한 것이 아니라고요."

"그런데 왜 가지 않았나요?"

"왜 가지 않았냐고요? 그건 나도 몰라요. 그냥 그렇게 돼 버렸어요."

"그냥 그렇게 되었다고요?"

"그래요. 그냥 그렇게 되었어요. 어느 날 누구도 알지 못하는 새에 창백한 벚꽃이 피고 봄이 와버리는 것처럼요."

선화는 그날을 생각하였다. 엄마와 언니 선영은 거실에서 차를 마시고 있었다. 이미 밤이 늦은 시간이었다. 그는 전화를 걸어서는 그의 도망이 망설여진다고 하였다. 그가 말하지 않아도 그의 불안한 분위기에서 선화도 알 수 있었던 느낌이었다.

"그만두고 싶어?" 선화가 물었다. 난 트렁크를 다 싸놓았어. 너도 알겠지만."

"누가 그만두고 싶다고 했니?" 그가 화를 내면서 말하였다.

"단지 이 일에 네가 말려드는 것이 싫어. 너를 생각하기 때문이야."

"그러지 마. 그런 거라면 우리 충분히 얘기한 걸로 아는데." 선화는 거실에 들리지 않게 목소리를 죽였다. "난 네 그 생각이 좋아. 내가 남자라도 그렇게 했을 거야. 너를 도와주고 싶어서 그래."

"하지만 너도 잘 생각해봐. 이건 네게 피해를 입힐 거야.

잘 생각해보면 이건 범죄라고. 너 범죄와의 전쟁, 그런 거 모르니? 그들이 우리에게 전쟁을 하자고 할 수도 있어."

"너 웃기는구나. 왜 갑자기 그 따위로 겁을 내는 거니."

그들은 밤 깊을 때까지 전화로 얘기하였다. 그는 중간에 음악을 들려주기도 하고 추잉검을 씹기도 하였다. 선화는 화내기도 하고 실망하기도 하다가 나중엔 침대에 반듯하게 앉아서 요가 자세를 하였다. 갑자기 모든 것이 가라앉고 바다 깊은 곳으로 몸이 내려앉는다는 느낌이 들었다. 그를 사랑하지도 않고 미워하지도 않았다.

"그림이 어디 있는지 모르지. 전철역 근처에 있어. 아멜리. 커피를 파는 상점이야. 유리벽 밖으로도 보이지. 아주 밝고 환해. 내 그림은 블루야."

"그것은 아멜리에 있으면 아주 어울릴 거야. 지나가는 사람들에게도 보일 거야."

이미 새벽 한시가 지났다. 선화는 그에게 잠시 기다리라고 하고서는 주방에 가서 커피를 타 왔다. "커피를 마시면서 전화하자."

"아멜리에서 커피를 마실 수 있는 때가 올 거야." 그가 말했다. "아니면 그 앞에 서서 그냥 바라만 보던가. 그 편이 더 좋을지도 몰라."

지금은 비가 오고 있다. 마지막 순간에 두려움에 싸여 서울에 계속 남아 있었던 그는 결국엔 입대를 피할 수 없었다. 모두들 다 잊어버린 듯이 입영전야 노래를 불러주고 사인북을 만들어주었다. 아무도 설악산에 가지 않았고 알프스에 예약해놓은 방은 그냥 취소되어버렸다. 아무도 〈스탑 더 워〉를 틀지 않았다. 선화는 그래도 트렁크를 풀지 않았다. 많은 가슴 설렘과 비극에의 예감이 있었지만 결국은 그녀의 생에 아무런 결정적인 일도 일어나지 않았다. 하지만 알프스는 신혼여행으로도 가는 곳이니까, 하고 선화는 생각하였다. 이 사람과 함께 가리라. 낭만적인 신혼여행에의 생각 때문에 그녀는 매혹되었다.

눈부신 한낮이었다. 서울에서는 보기 드물 정도로 푸르게 빛나는 하늘에 햇빛도 아주 좋았다. 선영도 미주를 유치원에서 데리고 오면서 간단한 쇼핑을 하러 전철을 타고 백화점으로 갔다. 그녀의 차는 정비 공장에 들어가 있었기 때문이다. 쇼핑백을 들고 한 손으로는 여섯 살 난 어린아이를 챙기면서 걷기란 아주 피곤했기 때문에 선영은 금방 쇼핑 나온 것을 후회하였다. 미주는 그래도 즐거워하면서 뛰어다녔다.

"엄마, 그때 그 아저씨, 우리집엘 올 거라고 했잖아. 그 다리 저는 아저씨 말야."

"제발 미주야. 그렇게 정신없게 뛰어다니지 마. 빨리 가지 않으면 영주가 기다리게 되잖아. 그리고 너 지금 뭐라고 했니? 다리 저는 아저씨라는 말은 쓰면 안 되는 거야."

선영은 발레 학원에서 돌아와 친구집에 있을 영주 때문에 마음이 급하였다. 그녀는 택시를 타려고 전철역 입구 쪽에 서 있었다. 바람이 불어와 선영의 긴 머리칼을 목덜미에서 가만히 흔들리게 하였다. 선영은 자신의 모습을 길가의 유리벽에 비추어보았다. 괜찮아. 넌 아직은 옛날의 메이퀸 그대로야. 안타까워할 필요도 없어. 넌 두려워할 그 무엇이 아직 남아 있다고 생각하니? 그녀는 연극 대사를 말하듯이 천천히 발음해보았다.

선영의 하얀 목면 원피스와 은색 버클이 달린 벨트가 카페의 유리벽 안에 환하게 드러났다. 미주도 같이 유리벽 안을 바라보려고 서 있었다. 고요하고 평화로운 한낮이었다. 유리벽 안에는 사람들이 커피를 마시고 있었다. 청바지를 입은 젊은 남녀가 한 개비의 담배를 서로 나누어 피우고 있었다. 밝고 평화로운 느낌이었다. 저곳은 뜨거운 아스팔트도 없고 전쟁에 나가는 어린 군인의 불안이나 머리칼 사이로 흐르는 땀, 그리고 무거운 쇼핑백도 없을 것이라 생각되었다. 선영은 한 걸음을 움직여 저 안으로 들어가고 싶었다. 한 개비의 담배를 나누어 피우면서 그렇게. 얼음이 든 아이스티를 여자아이가 고개 숙인 채 마시고 있었다. 스트로가 가늘게 떨리고 여자아이의 머리가 유리 탁자 위로 폭포처럼 쏟아졌다. 아니 안 돼. 선영은 영주를 떠올리며 생각을 바꿨다. 선영은 그때 유리벽의 저 안쪽에 있는 그림을 보았다. 그 앞에 앉아 있던 사람들이 자리에서 일어서자 아주 커다란 푸른 그림이 유리벽에 비친 선영의 모습과 겹쳐졌다. 벽에 쓰인 카페의 이름은 '아멜리'였다.

'아멜리의 파스텔 그림이구나.' 선영은 생각하였다.

'사람들이 언젠가 저 그림에 대해서 많이들 얘기한 것 같아. 그게 언제인지는 기억나지 않지만. 비가 오는 밤이었던 것 같은데. 아주 오래전 일인 것도 같고 바로 얼마 안 된 일인 것 같기도 해.'

선영은 그 그림이 아주 아름답다고 느꼈다. 바다 같기도 하고 푸른 머리칼을 가진 여자 같기도 하였다. 아멜리는 하얗고 넓은 벽과 푸른 파스텔화와 커피 냄새로 혁명이 일어나기 전 쿠바의 어느 해안 별장지처럼 고요하기만 하였다. 그러나 그것뿐이었다. 선영은 그냥 그 앞에 서 있었다. 아주 오래전 어느 봄날이 생각났다. 벚꽃이 미친듯이 떨어지는 날이었다. 그날 선영은 무엇인가 자기 안에서 일어나고 있다는 것을 알았다. 하얀 꽃잎이 지던 친구의 머리칼과 빗물에 젖은 나뭇가지들이 생각났다. 선영은 바로 그때처럼 마음에 아주 아픈 어떤 것을 느꼈다. 그녀는 이제 알았다. 선영의 생에서는 결국은 아무 일도 일어나지 않았던 것이다. 햇빛이 창백한 불꽃처럼 페이브먼트와 선영의 검은 머리칼에서 타올랐다.

택시가 왔고 선영은 미주를 데리고 집으로 돌아왔다. 아무런 일도 일어나지 않은 듯이 그렇게 그들의 생이 흘러갔다.

인디언 레드의

지붕

그 블루진을 입은 남자는 사기로 만든 커피잔을 들고 열린 문 앞에 서 있었다. 커피잔에는 월트 디즈니의 만화 캐릭터가 그려져 있고 오래된 듯한 얼룩이 묻어 있었다. 다른 사람은 아무도 없었다. 하지만 가구가 별로 없이 텅 비어 있는 실내에는 여러 사람들이 머물렀다는 흔적이 아직도 많이 있었다. 색색의 등산 양말과 하얀 장갑들, 검은 가죽 부츠와 헝겊으로 만든 숄더백이 낮은 소파와 유리 탁자 위에 부주의하게 흩어져 있었다. 탁자 곁에 있는 TV에서는 중국영화의 비디오테이프가 한창 돌아가고 있었다. 기묘한 억양의 중국어가 홍콩의 빈민가를 무대로 쉴새없이 흘러나온다. 베란다에는 푸른빛 타월이 수영복과 함께 걸려 있고 그 너머로 코발트블루의 잉크처럼 선명하고 진한 바다가 보였다. 사람들은 모두 호수를 보러 갔고, 이제 곧 돌아올 거라고 블루진을 입은 남자가 말하였다.

"호수는 아주 아름다우니까요. 특히 오늘처럼 비 온 다음은요." 그 남자는 이렇게 말하고 컵에 든 커피를 다시 마시기 시작하였다. 파도가 높았기 때문에 피서객들은 바다에 들어가지 못하고 비치파라솔을 빌려서 그 그늘에서 바다를 바라보고 있었다. 피서철도 거의 다 끝나가고 있었다. 모래 장난을 하고 노는 아이들이 조금 흥겨워하고 있었고 희미한 표정의 사람들이 파라솔 아래에서 망연한 표정으로 소니 워크맨을 듣고 있을 뿐이었다. 모래 위에 펼쳐놓은 비치 타월이 바람에 마구 날리고 있었다. 남자는 커피를 끓이겠다고 하였고 우리는 고운 모래가 남아 있는 바닥을 지나 베란다 쪽으로 가서 오늘 잠에서 깨어나서 다섯 잔째인 커피를 마셨다. "인스턴트커피예요. 그것밖엔 없거든요" 하고 남자는 말하였다.

연이와 내가 그날 처음으로 마셨던 것은 물론 잠에서 바로 깨어나자마자 끓였던 커피였다. 연이는 잠에서 막 깨어난 순간에 눈꺼풀 위에 와 감기는 커피 냄새를 좋아하였다. 나는 연이에게 커피를 끓여주곤 아주 찬 물로 샤워를 하고 어제저녁에 세탁해놓은 새 셔츠를 다려서 입는다. 기분좋게 건조되어 스프레이식 스타치로 금방 다려놓아 아직도 따뜻한 코튼 셔츠는 얼마나 기분좋은가. 스타치는 가볍고 바삭거리는 느낌과 함께 살짝 구워낸 황금빛 토스트의 냄새를 풍긴다. 연이는 하루의 첫번째 커피를 마시고 있다. 햇빛이 유리창 가득히 물결처럼 밀려들어왔다. 골목길에는 벌써 아이들이 자전거를 타고 농구를 하러 근처 학교 운동장으로 가는 소리가 들리고 사람들로 가득한 전철이 규칙적으로 아주 큰 소음을 내면서 지나가고 있다. 연이는 눈을 가늘게 떴다. "오늘쯤은 그 아이에게 가봐야 하지 않을까. 엄마에게 가보겠다고 약속했거든. 그애가 전화를 해왔어, 학교로. 넌 어떻게 생각하니, 내가 지나치게 누나 노릇을 하고 있다고 생각하니? 난 정말 그러기를 원하지 않거든. 난 그 아이 인생에 내가 어떤 방식으로든 끼어드는 것 같아서 처음엔 아주 싫었어."

연이는 짧은 머리를 한 손으로 쓸어올렸다. 연이의 손가락 사이로 아침의 햇빛이 부서지듯 쏟아져내리고 있었다.

"왜 생각이 바뀐 거니?" 나는 우유를 유리컵에 따르고 연이 것으로 토마토주스를 냉장고에서 꺼냈다. 연이는 아침에 침대에서 먹을 것을 선물받는 것을 미치게 좋아하였다.

"그애에게 찾아가서 보여주고 싶었어." 연이는 여름이 시작될 무렵에 집을 나가버린 그녀의 남동생에 대해서 계속하여 말하고 있었다. 라디오에서 기타 음악이 시작되었다.

"난 별로 화내고 있지도 않고 널 특별히 더 미워하거나 덜 사랑하거나 하지도 않는다는 것을 보여주는 것이 좋은 방법이라고 생각했어."

"하지만 너희 엄마는 그렇지 않을 것 아냐."

"그야 그렇지. 그렇지만 엄마는 이제 그 아이 인생에서 별로 의미가 없어. 적어도 그애에겐 그래. 그 아인 앞으로 나와 같이 더 오래 살아갈 거야. 난 그 아이와 화해하고 싶어."

연이는 연한 카키의 커다란 여름 셔츠를 머리에서부터 뒤집어썼다. 아주 오래되고 낡아서, 자세히 들여다보면 보풀이 일어나고 색도 많이 바래 잠자리에서 잠옷 대용으로나 입기에 적당한 셔츠였다. 그러나 연이는 그 셔츠를 매우 좋아했다. 짧은 머리를 검은 리본으로 묶고, 바랜 블루진에 여름에는 그 셔츠를 소매 걷은 채로 입었고 가을이 되면 하얀 폴로 티셔츠를 받쳐서 입기도 하였다. 강의실로 그녀가 처음으로 들어왔을 때도 연이는 그 셔츠를 입고 있었다. 가을이 시작될 때여서 단풍잎 빛의 스카프를 두르고 있었다. 나는 연이를 바라보았고 내 주위에 있던 남자아이들도 그녀를 바라보았다. "지방시의 이미테이션이야." 처음에 그 셔츠를 벗으면서 그녀는 이렇게 말하였었다.

연이는 커피를 마시고 내가 따라놓은 토마토주스를 롤빵과 함께 먹었다. 우리는 버스를 타러 갈 예정이었다. 버스를 타고 어디론가 가버리기에는 아주 좋은 때였다. 금요일이었던 것이다. 금요일부터는 연이가 비번이고 나는 한 달 전부터 직장엘 나가지 않았기 때문이다. 저축해놓은 약간의 저금이 떨어져가고 새로운 직장은 아직 결정되지 않았지만 난 별로 걱정하고 있지는 않았다. 야간에는 미술 전문학교에 진학하려고 생각하면서 화실에 다니고 낮에는 파트타임으로 일해볼 생각도 갖고 있었다. 결국에는, 지금도 마찬가지지만 그 당시 나는 인생에 큰 욕심이 없었다. 수입품인 스포츠카를 갖고 싶다거나 겨울 휴가를 발리섬에서 지내고 싶다거나 하는 것에 크게 연연하지 않았던 것이다. 지난달까지 일했던 직장은 의류회사였다. 주로 여자옷을 만들고 판매하는 곳이었는데 일은 재미있고 직장 분위기도 무척 좋았지만 디자인 공부를 직접 하고 싶은 생각이 있었기 때문에 좀더 시간 여유가 있는 직장으로 옮기고 싶었다. 연이는 블루진을 입고 모자와 헝겊 백을 손에 들었다. 나는 아직도 기타 음악이 계속되고 있는 라디오를 끈다. 그리고 우리는 연이의 동생이 있다는 간성으로 향하였다. 버스에서 두 잔의 커피를 더 마시고 이름도 알 수 없는 작은 국도변의 휴게소에서 튀김국수

를 먹고 나서 더러운 플라스틱 벤치에 앉아 다시 커피를 마
셨다. 바다를 찾아가거나 혹은 바다에서 돌아오는 사람들이
있는 국도변 휴게소에는 막대사탕을 빠는 안경 쓴 어린아이
들을 태운 차들이 서 있었다. 연이는 남동생이 있는 곳이 간
성 근처 해변에 있는 어떤 친구의 집이라고 하였다. "어떤 친
구의 어떤 집인데?" 하고 내가 묻자 연이는 어두운 얼굴로
"자세한 것은 나도 몰라. 그애는 그냥 그렇게만 말하였어. 내
가 찾아가도 되겠느냐고 물으니까 망설이면서 바로 다른 곳
으로 떠날지도 모른다고 했거든. 친구들과 같이 있고 잠도
잘 자고 코펠로 밥을 해 먹는다고 했어. 하지만 도착해서 다
시 전화해볼 거야."

　연이의 남동생은 다섯 살이 되던 해에 연이의 집으로 오
게 되었다. 처음에 그는 말이 없고 지독히 우울한 표정을 하
고 있는 소년이었다고 한다. 고등학생이었던 연이는 그녀의
아버지와 결혼한 여자의 아들을 보살펴주어야겠다는 친절한
마음이 충만하여서 어린 사내아이에게 무척 신경을 써주려
고 하였지만 곧 그가 그런 종류의 친절을 전혀 원하지 않는
다는 것을 알게 되었다. 그는 새로운 아버지에게도 예의바르
게 대하고 그의 어머니에게도 그것과 똑같이 예의바르게 대
하였다고 한다.

"정말 이상했어, 그때는. 어린아이 같지가 않았어."

연이는 아주 강한 바람이 불고 있는 베란다에 서서 말했다. 연이는 지난가을부터 나와 함께 지내고 있었지만 남동생에 대해서는 이번 일이 있기까지 말한 일이 없었다.

"말하려고 하면 모든 것이 무척이나 복잡해지니까 그래."

연이는 머리카락을 한 손으로 쓸어올리면서 베란다에 서 있었다. 우리에게 커피를 끓여다 주었던 블루진을 입은 남자는 거실 한쪽 소파 위에서 계속해서 비디오테이프를 보고 있었다. 주인공인 듯한 남자가 여자를 구하기 위해서 필사의 격투를 벌이고 있는 장면이었다. 블루진을 입은 남자는 영화에 푹 빠져 있었다. 영화 속 주인공들은 과연 살아날 수 있을까, 나까지도 궁금해지고 있는 중이었다. 날이 서서히 어두워지려고 하면서 파라솔 밑의 피서객들도 하나둘 근처의 콘도미니엄이나 민박집으로 돌아가고 있었다.

"어버지의 첫번째 이혼과 새로운 결혼, 새로운 어머니와의 두번째 이혼과 그녀의 세번째 결혼으로 갈 곳 없어진 그 아이와 같이 살고 있다고. 그 아이는 성은 나와 다르고 어린 시절은 재일 한국인 2세인 아버지와 함께 나가사키에서 자라고 그 아이 엄마의 두번째 결혼으로 인해서 한국에 남겨지고, 그렇게 남매가 되어서 자란 그 아이가 사춘기 때의 약간의 몽유병 증상 이외에는 다 건강하고 정신적으로도 아무 문제가 없는 것 같다고, 너에게 미리 설명했어야 하는 거니? 난 우리가 뭐 특별한 문제가 있는 가족이라고 생각하지는 않아. 나는 아무런 문제가 없었다고 생각해. 우리의 부모들은 좀더 불행했을 뿐이고. 하지만 사람들의 필요 이상의 관심을 받기는 싫어. 학교 다닐 때 나와 그 아이는 아무런 문제가 없는데도 불구하고 언제나 카운셀링의 대상이 되어야만 했었어. 그런 게 얼마나 지겨운 건데. 그래서 친남매라고 말해버리는 거야."

연이의 남동생에 대해서는 나도 약간이지만 책임이 있었다. 나는 연이의 아버지가 이혼을 몇 번이나 했는지, 연이의 어머니라는 사람이 왜 연이의 동거생활에 별 관심이 없는지에 대해서 전혀 묻지 않았기 때문이다. 연이는 학원에서 프랑스어를 가르치고 있었고 나는 그 기초반을 한 달 수강하였을 뿐이다. 미술 공부에 도움이 될지도 모른다고 생각해서였다. 그땐 가을이었다. 연이의 남동생 따위엔, 처음부터 관심도 없었다. 여자친구의 남동생이란 언제나 군대에 가 있거나 시시한 대학의 신입생이거나 해서 누나에겐 관심도 없고 더구나 누나의 남자친구에 대해서는 학교 앞 커피숍에서 만나도 인사도 건네지 않을 정도로 관심이 없는 그런 존재로 알고 있었다.

"엄마는 정말 너무나 신경쓰고 있어."

연이는 그녀의 아버지가 칠 년 전에 세번째로 결혼해서 현재까지 부부로 있는 고등학교 교사인 여자를 언제나 친근한 말투로 엄마, 라고 부르곤 하였다.

"엄마는 우리에게 잘해주려고 노력하고 있어. 그 아이가 말도 없이 여행을 가버리자, 아빠보다도 더 히스테릭해져서 우리 모두가 엄마를 위로해야만 했거든. 우리에게 희생적이었으면서도 진짜 엄마들이 그러는 것처럼 강요하지도 않았어. 착한 여자야."

"하지만 정말 엄마로 느끼는 것은 아니잖아, 그렇지."

"왜 그렇게 생각해?"

"정말 엄마라면 착하다, 라는 표현은 절대로 쓰지 않아."

"그럴지도 몰라. 정말 엄마다, 아니다 하는 것이 별로 중요하지 않아. 하지만 그 여자가 정말 엄마라면 난 그 여자를 싫어하게 되었을 거야."

연이를 처음 보았을 때 나는 연이가 몽롱하고 졸린 듯한 표정을 하고 있다고 생각했었다. 그녀는 바라볼수록 그 인상이 희미해져서 끊임없이 쳐다보고 있으면 그 표정이 그대로 드라이아이스처럼 녹아서 없어져버리지 않을까 생각될 정도였다. 그녀의 학교 다닐 때 별명은 '착한 데이지'였다고 한다. 왜 데이지란 이름이 되었는지에 대해서는 난 그때 물어보지 못했기 때문에 지금은 영원히 알 수 없게 되어버렸다. 연이의 동생이 머물고 있다는 집은 원래는 창고로 쓰던 것을 관광객이 몰려들기 시작하고 고기잡이도 시들해지자 이층으로 만들어 지붕도 새로 올려 민박집으로 개조한 곳이다. 나는 처음 도착했을 때 지붕이 저녁 햇빛에 반사되어 모래가 들어 있는 포도주 빛으로 밝게 빛나는 것을 보았다. "김준이라고 해. 내 동생이야." 연이가 현관으로 들어서는 작고 안경을 쓴 남자아이를 가리키면서 말하였다. 중국영화는 아직도 끝나지 않아서 TV에서는 마지막 결투가 벌어지고 있고 블루진을 입은 남자는 변함없는 자세로 소파에 앉아 있었다. 어두워지려고 하는 저녁 무렵이다. "한낮이면 더워서 이층에 있을 수가 없다니까" 하고 연이의 동생 뒤로 들어온 다른 남자아이가 말하고 있었다. 나는 이층 베란다에 서서 해변을 바라보았다. 마지막 여름 바다의 끈적하고 차가운 바람이 불어왔다.

주유소에서 일하는 남자와 같이 사는 것을 어떻게 생각해, 하고 한 여자아이가 나에게 물은 적이 있었다. 아마 내가 학교를 졸업하고 의류회사에 갓 입사했을 때쯤 되었을 것이다. 여자아이는 학교 때 클래스메이트였고 군대를 마치고 복학한 후 별로 친구가 많지 않던 나로서는 비교적 친한 편이었던 여자아이였다. 그녀는 경제적 형편이 좋지 않아서 3학년 초에 휴학한 상태였기 때문에 아직 졸업 전이었다. 우리는 오랜만에 만나서 맥주를 마시기로 약속하였고 내가 약속 장소에 나갔을 때는 혼자서 이미 상당히 마셔버린 상태였다.

주유소에서 일한다는 것이 어떤 것인지 나는 몰랐다. 나는 주유소에서 일해본 적도 없고 차도 없었기 때문이다. 아마 앞으로도 주유소에서 일하게 될 가능성은 내 인생에서 거의 없을 터였다. 그러니까 주유소에서 일하는 남자와 같이 산다는 것에 대해서는 더욱 모를 수밖에 없다. 그 여자아이에게 무슨 말인가 해주어야겠는데, 아무 말도 할 수가 없었다. 우리는 그저 평범한 일상 얘기들을 오랜 시간 동안 하였다. 무슨 말인가가 나왔을 때 그 여자아이는 나에게 프랑스어를 배워보라고 말하였다. 어떻게 해서 그 말이 나왔는지는 모르겠다. 아마 조직 사회의 어떤 것, 회계 업무의 드라이함이나 끊임없이 마시게 되는 맥주, 그런 것들에 대해서 내가 말하지 않았나 생각되지만 정확하지는 않다. 어쩌면 아닐지도 모른다. 디자인을 전공하고 싶은 마음을 얘기했을지도 모르겠다. 평생 동안 의류회사에서 일한 사람도 그가 매일 저녁이면 아무것도 하지 않고 맥주만 마셔대고 있다고 해도, 팬터마임

배우가 되고 싶었다든지, 밤에만 일하는 동물원의 수위가 되고 싶었다든지 하는 종류의 꿈은 누구나 갖고 있는 것이다. 그것을 위해서 평생 동안 아무것도 안 할지라도 말이다. 그런 정도의 가벼운 대화중에 그 여자아이가 말하였다.

"프랑스어를 공부해보는 것은 어떠니."

"난 그것에 대해서 아무것도 몰라."

"뭐 특별히 알고 있어야 할 필요는 없어. 프랑스어 기초 레벨 책을 놓고 석 달 동안 내내 졸고만 있었던 사람도 결국은 프랑스어를 공부한 거니까. 혹시 폴 고갱에 대해서 들어본 적 있어?"

"아니, 『달과 6펜스』 정도. 고갱이 그 소설의 모델이었다면서."

"『달과 6펜스』는 읽어봤어?"

"아니."

"폴 고갱은 프랑스 사람이야. 그런데 타히티에서 그림을 그렸대."

"그는 멋있는 그림을 그렸니?"

"그래, 가장 멋있는 화가였어."

"대체 너는 어떻게 그에 대해서 잘 아는 거야?"

"나도 몰라. 그냥 그에 대해서 아주 오래전에 읽은 것이 이

순간에 생각났기 때문이지. 그뿐이야."

"폴 고갱과 디자인이 어떤 상관관계가 있니?"

여자아이는 이 순간에 잠깐 멍한 표정을 지었다. 아마 맥주 때문인지도 몰랐다.

"몰라, 그건. 난 디자인이나 미술에 대해선 몰라. 프랑스어 텍스트북에서 고갱에 대한 얘기가 잠깐 나왔을 뿐이야."

여자아이는 마침내 이렇게 고백하였다. 여자아이는 집으로 돌아가는 택시를 기다리면서 한번 더 물었다.

"주유소에서 일하는 남자와 사는 것을 어떻게 생각해."

"모르겠어. 난 주유소에 관해서 아무것도 몰라. 같이 사는 것에 대해서도 전혀 아는 것이 없어."

나는 마침내 이렇게 대답할 수밖에 없었다. 쌀쌀한 날씨였기 때문에 여자아이는 스웨터를 꼭 여미고 있었다. 상점들은 모두 닫혀 있고 집으로 돌아가는 사람들이 택시를 기다리고 서 있는 한밤의 거리였다.

"난 복학하지 못했어."

여자아이가 말하였다.

"고졸 여직원을 채용하는 기업에 일자리를 얻을 수 있었는데 그 일자리를 포기하고 복학할 만한 상황이 아니었어. 내가 대학을 졸업한다고 해서 상황이 별로 달라질 것도 아니잖

아. 졸업 후에 직장을 찾지 못할 수도 있어. 성적이 뛰어나거나 취업 준비를 열심히 한 것도 아냐. 키도 작고 외모도 별 볼일 없잖아. 결정적으로 대학도 별로인 삼류 대학이야. 난 내일생 동안 별로 즐긴 적이 없었어. 남자아이와 있을 때도 마찬가지야."

그 여자아이의 사적인 환경에 대해서 나는 자세히 아는 것이 없었다. 그래서 나는 그냥 어두운 거리를 내려다보면서 듣기만 하고 있었다.

"회사에서 경리 같은 걸 보고 있어. 프로그램에 숫자를 입력하고 월급이나 보너스 같은 걸 계산하는 일이야. 가끔은 복사 심부름이나 커피 심부름도 하지. 다른 신입 여자아이들은 고등학교를 졸업하고 바로 들어왔기 때문에 나보다 네 살이나 다섯 살은 어려. 그 아이들은 쉬는 날이면 데이트를 하거나 신문에 광고중인 수필집을 읽거나 운전면허증을 따기 위해서 연습하거나 하지."

"넌 뭘 하니. 쉬는 날 말이야."

"나? 난 뭘 하냐고? 난 아무것도 하지 않아."

빈 택시가 와서 나는 여자아이를 태워 보냈다. 그다음날로 나는 프랑스어 학원 기초반에 등록을 했다. 월요일부터 목요일까지 회사가 끝난 저녁 일곱시부터 여덟시 반까지의 코스였는데 사람들에게는 매일 저녁 맥주 마시게 되는 것을 피하고 싶어서라고 설명하였다. 준이라는 연이의 남동생은 밤의 호수가 아주 근사할 것이라고 말하고 있었다. 그의 친구들도 모두 그 말에 동의하였다. 그의 친구들은 여자아이가 둘에 남자아이가 세 명이었다. 처음에 우리에게 커피를 타준 블루진을 입은 남자는 이 집의 주인으로 민박을 운영하고 있다고 하였다. "새로 지었어요. 민박용으로 방도 많이 만들고 욕실이나 주방도 새로 만들었지요. 지붕도 새로 올리고 돈이 아주 많이 들었어요"라고 그가 우리에게 말하였다. 우리는 저녁을 해 먹은 다음에 호수로 올라가기로 하였다. 나와 연이에게 호수를 보여주려고 준은 생각하고 있는 듯하였다. 연이는 사실은 호수에 관심도 없었지만 준을 생각해서 그러겠다고 하였다. 이미 어두워져서 해변에는 사람도 없고 속초 시내로 나가는 차의 불빛이 도로를 가로질러갔다. "여기서는 밤에 별로 할 게 없어요. 컴퓨터게임을 할 수도 없고 나이트클럽에 가려면 시내까지 나가야 되거든요. 사람들이 밤에는 주로 시내로 나가버리곤 하죠." 블루진을 입은 남자가 말했다. 준은 코펠에 쌀을 씻어서 주방에 설치되어 있는 가스불에 얹고 머리를 포니테일로 묶은 한 여자아이가 아래층에 가서 야채를 얻어 왔다. 준은 야채를 씻어서 코펠 뚜껑에 담았다.

"오늘은 내가 밥 당번이야."

준은 말하였다. 연이는 소파에 앉아 밤의 베란다를 바라보고 있었다. 준의 나머지 친구들은 방 한구석에서 카드를 돌리기도 하고 포니테일의 여자아이는 하모니카를 불면서 아래층으로 내려가고 있었다. 음정이 몇 군데 틀린 〈아마폴라〉였다.

"우리는 아무렇게나 먹기로 했어. 사실 돈도 없지만 맛있게 잘 먹는다든지, 편하게 잠잔다든지 하는 것은 아무도 생각하고 있지 않아. 누나가 정 불편하다면 아래층에 가서 햄이라든지 그런 걸 좀 얻어올 수도 있어."

"아니, 난 괜찮아. 우리 때문에 다르게 할 필요는 없어. 정말이야." 연이는 대답하였다. 집의 현관 쪽에서 〈아마폴라〉가 끊어질 듯이 가늘게 들려왔다.

"친구들은 왜 집에 가지 않는 거니?" 내가 준에게 물었다.

"몰라요. 다들 이유가 있기도 하고 없기도 하겠죠. 그런 것 진지하게 물어보지 않았어요. 언제까지나 같이 있을 것도 아녜요. 이미 두 명이 집으로 돌아갔고 저기 있는 저애는 집으로 갔다가 다시 돌아오기를 두 번이나 했어요." 준은 주방에 선 채로 대답하였다.

"돈은 어떻게 하니." 연이가 물었다. 우리는 카드를 돌리는 그의 친구들에게 너무 크게도 또 너무 작게도 들리지 않을 정도로 말하고 있었다.

"사실은 나 마냥 놀고 있었던 것은 아냐. 밤에 일하고 있었어."

"밤에 일하다니 어떤 곳? 시내에 있는 나이트클럽?"

"아니." 밥이 익는 냄새가 방 가득히 나고 있었다.

"국도변에 있는 주유소에서 일하고 있어. 저녁부터 다음날 아침까지야." 준은 마요네즈와 씻은 야채뿐인 식탁을 차렸다.

"보수는 괜찮은 편이야. 내 통장까지 마련할 수 있었어."

"하지만 밤에 일하다니, 피곤해서 어떻게 하니. 너 별로 건강한 편이 아니었잖아." 연이는 충격을 받은 듯하였다.

"할 만했기 때문에 한 거야. 밤에는 잠도 잘 오지 않고 또 낮에 충분히 쉴 수 있으니까. 여름 내내 한낮에 바닷가에 타월을 펴놓고 반은 졸면서 또 반은 바다를 바라보면서 그렇게 있었어. 저녁이 되면 타월을 걷고 돌아와 밥을 지어 먹고 자전거를 빌려 타고 주유소로 갔어. 자전거로 이십 분 정도면 갈 수 있거든. 주유소에서는 나 말고도 두 명이 더 일하지. 기름 냄새가 좀 나서 그렇지, 노동은 별로 괴롭지 않아. 적어도 누나가 상상하는 것 정도는 아니야."

우리는 잠시 동안 말없이 있었다. 준의 친구들은 카드를 하는 동안에도 별로 말이 없었다. 트리플, 하고 한 남자아이가 조용하게 말하고 여자아이가 에이스 투 페어를 내려놓고 있었다. 모두들 조용하고 카드 낱장이 서로 스치는 소리와 가스 위에서 밥물이 끓는 소리만이 들려왔다. 촉수를 낮추어 놓은 전등과 커튼도 없는 베란다의 유리창으로 들어오는 희미한 밤의 달빛이 전부였다.

"밥을 먹은 다음에 호수로 올라가봐. 자전거를 빌려 탈 수 있을 거야. 여긴 호수까지 자전거 길이 있어. 약간의 오르막길만 올라가면 되거든. 여기 민박집들은 자전거를 빌려주기도 해." 준이 말하였다.

"하지만 밤인데." 연이는 TV 리모콘를 만지면서 대답하였다. 그리고 연이는 TV를 켰다. 저녁 뉴스가 나오고 있었다.

"밤에 위험하지 않을까. 차들도 다니고 있을 텐데. 그리고 오늘은 주유소에 가보지 않아도 되는 거니?"

"오늘은 좀 늦게 가도 돼. 그렇게 말했거든. 늦어도 자정까지는 들어간다고 했으니까."

포니테일의 여자아이가 종이봉투를 들고 올라왔다. 봉투 속에는 달걀이 다섯 개 들어 있었다. 여자아이는 그것들을 깨 코펠의 그릇 속에 넣고 저었다. 그리고 거기에 소금과 후추를 넣고 물을 조금 부었다.

"스크램블드에그를 해주려고. 하지만 우유가 없어. 식용유와 후추는 아래층에서 빌려 왔어." 여자아이가 준에게 얼굴을 돌리고 웃었다. 여자아이는 희미하고 몽롱한 인상을 주는 미소를 갖고 있었다. 서울의 거리에서 보았다면 도저히 다시는 기억해낼 수 없는 인상의 얼굴이었다. 여자아이가 뜨거워진 팬에 식용유를 붓고 달걀물을 넣자 금방 스크램블드에그가 완성되었다. "스크램블드에그를 먹어본 것이 한 일 년도 더 된 것 같아" 하고 준이 말하였다. 연이는 뉴스 화면만을 바라보고 있었다. 주말의 고속도로 상황에 대해서 뉴스는 말해주고 있었다. 고속도로에서 대형 사고가 있었다. 소형 승용차가 트럭과 충돌한 사고였다. 화면에는 거의 형체가 없어진 소형 승용차의 모습이 나타나고 있었다. 승용차에는 남자 둘과 여자 둘이 타고 있었는데 그들은 모두 죽었다.

"사고가 일어난 것은 저녁 일곱시 반경이래. 막 어두워질 무렵이야. 그들은 백오십 킬로미터로 달리고 있었고." 연이가 설명해주었다. "길에는 가늘게 비가 내리고 있었고 부드러운 빗물이 엷게 덮여 있었겠지."

카드를 돌리던 아이들은 저녁 먹을 준비를 하려고 바닥에 신문지를 깔고 있었다.

"저 차, 도난 차량이 아닐까." 카드를 돌리던 남자아이들 중의 하나가 말하였다.

"왜 그렇게 생각하니?" 포니테일의 여자아이가 물었다.
"그냥. 그렇지 않을까 생각했을 뿐이야. 특별한 이유는 없
어." 남자아이는 그렇게만 대답하였다. 모두들 먹을 만큼씩
만 밥을 덜어서 마요네즈와 고추장, 고추, 깻잎, 상추를 반찬
으로 해서 먹었다. 스크램블드에그는 아주 조금씩 나누어 먹
었다.

"설거지는 내가 할 테니까." 포니테일의 여자아이가 준에
게 말하고 있었다.

"같이 호수로 올라가봐." 다른 아이들은 말없이 밥을 먹
기만 하였다. 저런 아이들이 어떻게 이런 반찬만으로 아무런
불만 없이 먹고 있을까 하는 생각이 들 정도로 그들은 잘 먹
었다. 연이는 아주 조금만 먹었다.

호수로 가려고 밖으로 나왔을 땐 이미 밤이 되었다. 바람
이 많이 불고 공기는 견딜 수 없을 만큼 축축하였다. 아래층
은 정말로 자전거를 빌려주는 창고를 갖고 있었다. 낮의 그
블루진을 입은 남자가 자전거를 빌려주었다.

"내가 길을 잘 아니까 그냥 따라오기만 하면 돼." 준이 페
달을 밟으면서 그렇게 말하였다. 우리는 출발하였다. 준이
맨 앞이고 내가 맨 마지막이었다. 바람이 불어서 힘들지 않

을까 걱정했는데 생각했던 것만큼은 힘들지 않았고 국도를 달리는 차들도 그렇게 많지는 않았다.

"속초 시내로 나가는 차들이야." 준이 앞에서 설명하였다.

연이는 어느 날 짐을 싸고 나를 떠났다. 짐이라는 것은 정말 아무것도 아닌 것들뿐이었다. 티셔츠 몇 장과 청바지와 속옷뿐이었다. 내가 파트타임 일자리를 간신히 구해서 낮에는 직장에 다니고 밤에는 미술 전문대학을 다니고 있을 때였다. 그때는 우리들에게 어려운 시기였다. 연이는 학원을 쉬고 싶어하였고 아무런 일도 하지 않고 한 달 정도 여행을 떠나 있고 싶다고 언제나 말하던 때였다. 바람이 스산하게 유리창을 흔들면서 불고 버스 정류장에서 언제까지고 버스가 오는 것을 기다려 출근해야 하였다. 우산을 가지고 가지 않은 어느 비 오는 날 연이는 흠뻑 젖은 채로 버스 정류장에서 집까지 달려왔었다. 가스불 위에서는 주전자의 물이 끓고 있고 나는 곧 학교로 가봐야 할 시간이었다. 연이는 타월로 머리를 말리고 나는 연이에게 진한 코코아 한 잔을 만들어주고 노트를 들고 학교로 갔다. 돌아왔을 때 연이는 몹시 아팠다. 열이 많이 났고 목이 부어서 말을 잘하지 못하였다. 준을 만나러 이상한 붉은색으로 칠해진 지붕이 있는 바닷가의 집으로 갔었던 해의 가을이었다. 나는 연이에게 약국에서 사온

감기약을 먹이고 다음날 아침에 출근했었다. 병든 연이는 메
모도 남기지 않았다. 하지만 우리에게는 예감이라는 것이 있
었다. 그래서 나는 그녀가 있을 만한 곳이라든지 친구들에게
라든지 아니면 그녀의 근무 시간에 학원으로 전화를 한다든
지 하는 일을 하지 않았다. 연이가 그런 것을 원하지 않을 거
라는 것을 확신할 수 있었기 때문이다. 그냥 새로운 집을 구
하러 다녀야겠다고 생각하였다.

"왜 그러는 거야? 새로운 집을 구해야 한다고?" 나와 연이
를 모두 다 잘 알고 있는 친구가 물었었다.

"그녀는 그냥 슬럼프일 뿐이야. 워크맨조차 가지고 가지
않았다면서. 집으로 가서 한 달 정도 쉬고 돌아올 거야. 그녀
의 성격을 알잖아. 그녀는 흥분하는 성격이 아냐. 요란 떠는
타입이 아니라고."

그러나 나는 정말로 집을 옮기고 연이에게 전화하지 않았
다. 새로운 집은 더 작고 버스 정류장에서 더 멀고 햇빛이 조
금밖에 들어오지 않았지만, 그래도 강물이 보이는 곳에 있었
다. 비가 많이 오면 강물이 엄청나게 불어나 미칠 듯이 흘러
가는 것도 보일 것이다. 나는 그것으로 만족하였다. 휴일에
는 앞집의 고양이를 불러내어 우유를 그릇에 담아주고 신문
을 사러 일부러 버스 정류장까지 나갔다가 오곤 하였다. 연

이는 나중에, 아주 시간이 많이 지난 다음에 안부 전화를 해왔고 나는 잘 있노라고 해주었다.

"좀더 빨리 전화하지 못해서 미안해." 연이가 전화기에 대고 말하였다.

"하지만 난 아주 힘들었어. 너도 알지."

"그래 알아." 나는 대답해주었다.

"너도 힘들었다는 걸 알아." 연이는 한숨처럼 말하였다. 전화기를 통해서 기차가 지나가는 소리가 희미하게 들려왔다.

"우리 커피 마시러 갈까."

"지금?"

"그래."

"지금은 곤란해."

"다른 여자애가 있니?"

"그래. 하지만 지금 여기 있다는 것은 아니고 내일까지 마쳐야 할 작업이 있어서 그래. 바빠서 정신이 없다."

"아아 그렇구나. 잊었어."

"하지만 전화하는 것은 상관없어."

"너에게 전화하려고 얼마나 많이 생각했는지 몰라. 너는 정말로 모를 거야. 난 그때 어려웠어. 우리는 둘 다 거의 실업자나 마찬가지였잖아."

"널 탓하지는 않아."

"집으로 돌아가면 쉴 수가 있었어. 난 정말로 쉬고 싶었어."

그때 자전거를 타고 호수로 가던 그 길은 한없이 어둡고 바람소리 사이로 풀벌레 소리만이 들려오는 쓸쓸한 포장도로였다. 준은 호수로 가는 길이 나올 때까지 말없이 달리기만 하였다. 길 건너편으로 주유소가 있었다.

"저곳이야. 내가 일하는 곳이." 준은 이렇게 말하면서 불을 밝혀놓은 주유소를 가리켰다. 주유소에는 색색의 바람개비가 많이 달려 있었고 환하고 기름 냄새가 났다. 자전거는 계속해서 앞으로 갔다. 달콤한 꽃냄새가 가득한 과수원과 불빛이 희미한 낮은 길가의 집들을 지나서 갔다. 호수로 올라가는 산길이 나타나는 곳에서 우리는 자전거를 세워놓고 걸어서 가기로 하였다. 한 십 분 정도 올라갔을 때 어둠 속에서 물결이 가볍게 찰랑거리는 소리가 들려왔다. 호수는 한없이 어둡고도 넓어 보였다. 물은 흐리고 검게 반짝였다. 나뭇가지들이 호수 위에 그림자를 드리우고 있고 관광객들에게 빌려주는 나무배들이 물위에 흔들거리면서 떠 있었다. 사람들이 나무 사이에 앉아 있었다.

"커피라도 마시려면 저 위쪽에 작은 호텔이 있어." 준이 말하였다.

"별로, 그냥 여기가 더 좋아." 우리는 연이의 말대로 호숫가의 포장도로를 걷기로 하였다. 호수는 바다 같은 냄새도 나지 않고 아주 많은 것들이 가라앉아 있는 듯이 무겁고 조금씩만 움직이고 있었다. 밤의 숲속을 산책하다가 갑자기 앞에서 이런 호수를 만나게 된다면 아주 무섭게 느껴질 수도 있는 그런 분위기였다.

"엄마에 대해서 말해야겠어." 준이 호주머니에 손을 넣으면서 연이에게 말하였다. 우리들은 나란히 서서 걷고 있었다.

"일본에 있는 엄마 말이야. 일본으로 가서 결혼한 다음에는 한 번도 본 일이 없지만."

"엄마와 연락은 되고 있는 거니. 너도 알겠지만 아빠는 네가 학교를 졸업할 때까지 잘 부양해야 할 의무가 있는 거야. 나도 마찬가지고."

"아, 그래, 그런 것을 잘 알고 있어. 그리고 지금 가족이 나에게 잘해주고 있다는 것도 너무 잘 알고 있어. 누나에게 전화했던 것도 그런 이유지만, 나의 어떤 불만 때문은 아니야."

"그 지붕은 색이 너무 아름다웠어. 집주인이 직접 칠한 거니? 바닷가에서 바라볼 때 그 지붕이 너무 눈부셨어."

"색을 우리가 혼합했어. 아주 아름다운 붉은색으로. 일본에 있는 엄마는 별로 나를 사랑해준다거나 아니면 내가 아들이라는 것에 큰 의미를 두고 있지는 않았던 것 같아. 지금 생각이지만. 고등학교를 졸업하기 전에 헤어져서 지금까지 직접 만난 적은 한 번도 없어."

"너의 엄마와 우리 아빠 정말 이상한 결혼을 했었어. 우리 아빠에게는 지금 엄마 같은, 그런 여자가 어울리고 또 본인들도 만족해하지. 여학교 선생 같은 타입. 나를 낳아준 엄마도 결혼하기 전에는 시골 여학교 선생님이었대. 무릎 바로 위 길이의 잔잔한 무늬 스커트와 요란하지 않은 귀걸이, 여자들끼리의 생활에 익숙하고 남편의 손톱에 매니큐어를 칠해주거나 하지는 않는 여자. 우리 아빠는 가끔 말하곤 해. 지금 엄마와 나를 낳아준 엄마는 직업부터 시작해서 비슷한 점이 많다고. 친척들이 많이 모이는 명절 같은 때가 되면 엄마는 부엌에서 일을 하다가 아빠에게 할말이 있으면 낮은 목소리로. 저 좀 보세요, 하거든."

"우리 엄마는 안 그랬어, 내 기억에도. 어떤 점이 달랐는지는 정확히 알 수 없지만. 난 언제나 내 방에서만 있었거든. 난 엄마의 결혼생활이 어땠는지 몰라. 하지만 누나의 아빠와는, 참 어울리지 않았겠구나 하는 것을 지금 생각하니 알 수 있겠어. 내 기억 속에 엄마는 의자에 앉아서, 먼 곳을 바라보거나 잠을 자거나 하는 모습이야."

"아빠가 병원에서 돌아오거나 아니면 아침에 병원으로 출근할 때도 침대 속에 있을 때가 있었어. 대학생이던 내가 어쩌다 예쁜 스웨터 같은 것을 쇼핑해 오면 그렇게 관심을 보이고. 내게도 특별히 애정을 보이려고 한다거나 하지는 않았어. 파출부 아줌마가 저녁은 뭘 할까요, 물어도 그냥 알아서 하세요. 그렇게만 대꾸해버리고. 너에게도 마찬가지야. 네 성적표에도 관심을 보이지 않아서 난 이상하다고 생각했었어."

"엄마는 첫번째 결혼 실패 후에 누나의 아빠와 두번째 결혼을 하기까지 경제적인 것에 대해서 두려움이 많았어. 외할머니집에서 같이 살고 있었는데 앞으로는 가난하게 살 수밖에 없으리라는 생각이 엄마를 항상 슬프게 했었던 거야. 두번째 결혼을 해서 그 두려움이 사라졌다고 결혼하기 직전에 어린 나에게 말했었던 게 지금도 기억나. 준아, 엄마는 돈에 대해서 너무 많이 걱정하고 살았는데 이제는 안 그래도 되게 됐어, 하고. 엄마에게 돈이라는 것은 의식주, 그 정도의 차원이면 되었던 거야. 보석이나 부동산에 욕심도 없었고 직업을 가져야겠다는 욕구도 없었어. 심지어는 자원봉사나 종교에도 관심이 없었던 거야. 그래서 세 번의 이혼 후에 엄마에게 남은 것은 정말로 아무것도 없었어."

"그건 너의 엄마에게 문제가 있었던 거야. 왜 무슨 일에든지 강렬하게 집착하지 않니. 좀 속물스러우면 어때, 여자가 거칠어지면 어떻고. 결혼이 무슨 생계 수단은 아니잖아. 그리고 결정적으로 너의 엄마는 너를 돌보지 않았어. 너를 돌보지 않고 일본으로 가서 다시 결혼해버린 거야."

"그런 것은 아무도 몰라. 엄마는 지주의 딸로 화초처럼 자랐고 스스로 그걸 벗어날 용기가 없었던 거야. 하지만……"

"금방 너 뭐라고 했어, 세 번의 이혼이라니."

준은 어두운 호수를 내려다보면서 걷고 있었다. 나무들이 호수에 가라앉을 듯이 그렇게 아래를 향해서 가지를 드리우고 있었다.

"세 번이라면 그러면 이번에도?"

"그렇게 됐나봐."

"얼마나 됐니."

"한 육 개월 정도."

"어떻게 알았니."

"동경에 살고 있는 이모가 편지해주었어. 지금 같이 있다고."

"괜찮으시다니."

"아니 별로야." 준은 고개를 떨어뜨렸다.

"자궁암이야. 수술했는데 결과가 좋지 않대. 사실 그래서 나, 일본으로 가려고. 이번달까지만 주유소에서 일하고. 엄마를 보러 가야 하니까."

"그래서 돈을 모았던 거니."

"응."

"왜 아빠나 나에게 말 안 했니."

"이제 모두 엄마에게는 남이니까."

준의 엄마는 핑크빛을 좋아하는 마르고 가냘픈 여자였다고 한다. 많은 땅을 가지고 있는 지주의 딸로 태어나 일본에서 대학을 졸업하고 나가사키에 살고 있는 남자와 곧 결혼했지만 아버지가 갑자기 돌아가시자 그녀의 운명은 뒤바뀌었다. 아들이 없는 그녀의 아버지가 양자로 들인 그녀의 사촌 오빠가 재산을 가로채버렸다. 그녀와 그녀의 언니는 무일푼이 되고 특히나 정략적이었던 그녀의 결혼은 곧 파국을 맞았다. 삼 년 뒤에 어린 준을 데리고 의사인 연이의 아버지와 결혼하고 구 년 동안의 결혼생활 후에 헤어지고 언니가 살고 있는 일본으로 다시 가서 그곳에서 세번째로 결혼하였다. 중학생이던 준을 양자로 해주는 조건으로 그녀는 아무것도 없이 빈손으로 해협을 건너갔다. 그녀는 일생 동안 어떠한 종류의 직업도 가져본 일이 없고 핑크빛 울 슬리퍼와 해가 지

는 것을 유리창을 통해 바라보는 것을 좋아하였다. 가난이라
든지 혹은 남자에게 다른 여자가 있다든지, 마지막으로는 몸
에 병이 들어서 남자에게 버림받게 되었지만 그중 어떤 남자
도 진실로 사랑하거나 진실로 미워해본 일은 없다.

"인디언 레드." 나는 전화기에 대고 이렇게 중얼거렸다.
내 앞에는 물감과 팔레트가 있었다. 나는 새로운 영화 포스
터의 도안을 생각하고 있었다. 나는 물감을 팔레트 위에서
무의미하게 그냥 문지르고 있었다. 귀찮기도 하고 또 피곤했
던 것이다.

"뭐라고 했니." 연이가 전화기 저편에서 물어왔다. 커피라
도 한잔 마셨으면 하는 기분이 들었다. 파트타임 직장에서의
일과 밤에는 또 학교에 나가야 하는 것 때문에 아주 바빠서
정신이 없다고 내가 연이에게 말한 것은 어느 정도는 사실이
었다.

"인디언 레드. 지금 색을 만드는 중이거든. 그때 호수를 보
러 갔었던 날 기억나니. 네가 지붕이 아름답다고 했었잖아."

"아아, 그래. 아마 간성이거나 그쯤 되었을 거야. 준이를
만나러 갔었잖아. 푸른 바닷가에 바람이 불고 밝고 뜨거운
햇빛 아래 지붕을 새로 칠한 이층집이었어."

"팔레트 위에서 보이는 인디언 레드가 바로 그 지붕의 색

깔이야. 어때, 집은."

"모두 좋아." 연이가 낮은 목소리로 말하였다.

"집으로 돌아온 후에 학원에 나가는 것 따위는 곧 그만둬버렸어. 결국은 난 독립할 수 있는 타입까지는 되지 않나봐. 그걸 인정하고 나니까 그렇게 편하고 일상이 아늑할 수가 없었어. 대상도 없는 투쟁 같은 걸 내가 왜 그렇게 오랫동안 했었나 싶은 기분이야. 아침에 늦게 일어나 뜨거운 물을 가득 담은 욕조에서 오랫동안 목욕하고 나와서 오렌지주스를 마시며 조간신문을 보고 나머지 시간은 커피만 마시면서 전혀 아무것도 하지 않는 거야. 어때, 멋있다고 생각하지 않니. 겨울 내내 너무 따뜻하고 행복했어. 엄마도 아빠도 날 유리그릇처럼 생각하고 전혀 터치하지 않고 말야. 환상적이었어."

나는 팔레트 위에 만들어진 인디언 레드의 색을 샘플용 데생지 위에다가 칠하고 있었다. 지붕이 아름다운 집이 바다 옆에 서 있다. 관광객들이 오지 않는 계절에는 그냥 가난한 어촌 마을이고 자전거를 빌려주기도 하는 집이다. 바다를 보는 데 지친 사람들은 밤에 자전거를 빌려 호수로 올라가보기도 한다.

"환상적이었어." 연이가 계속해서 말하고 있었다.

"정말로, 모든 생활이 전부. 네 생각만 아니라면."

네 생각만 아니라면, 나는 샘플용 데생지 위에 연필로 그려진 집의 지붕을 인디언 레드로 모두 칠하고 있었다. 수화기를 통해서 다시 기차 지나가는 소리가 들려왔다. 연이는 어디서 전화를 하는가. 기차가 지나다니는 곳.

"커피 마시러 나오지 않을래." 연이가 말했다.

"나도 강물 근처 어디엔가 있거든."

"차 안에 있니."

"아니, 친구 집이야."

"정말로 나는 바빠. 내일까지 이 일을 끝내야 한다고."

"그럼 나중에 어때. 오늘 정 안 된다면." 연이가 한숨처럼 말하였다. 파르르 하고 수화기 저편에서 입술이 떨리는 것이 느껴졌다.

"번호를 가르쳐줘, 나중에 내가 전화할게."

"나중에 네가 전화한다고?"

"그래, 그러니까 번호를……"

여자아이가 방문을 열고 들어서고 있었다. 나보다 어리고 머리칼은 한참 길었다. 한참 긴 머리를 포니테일로 묶고 여자아이는 냉장고로 다가가서 달걀을 꺼내고 있다. 주방의 작은 창으로는 푸른 강물이 흘러가고 있는 것이 보이는 저녁이었다. 여자아이는 저녁을 만들려고 하고 있었다.

"준은 아직도 그곳에 있는 거야?" 나는 달걀을 깨뜨리는 포니테일의 여자아이를 보면서 수화기에 대고 말하였다.

"응, 아직도. 돌아오고 싶어하지 않아. 엄마는 어제도 일본으로 전화하였어. 그 아이가 불편해할까봐, 엄마는 숨조차 죽이고 말하고 있었어. 아빠는 이제 은퇴하고 싶어해. 병원 일이 힘들다고 하시곤 해. 새로운 의사를 고용했어. 그 아이는 그 마을의 슈퍼마켓에서 일하고 있어. 작은 마을이야. 그 아이의 엄마가 마지막을 보낸 곳이지. 노령 인구가 많고 주유소가 두 개 있는 곳이야. 기찻길 옆으로 노란 들국화들이 피어 있고 사람들이 일요일이면 찾아가는 절과 가까이에 온천이 하나 있을 뿐이야. 외지인들이 거의 찾아오지 않는 곳이래. 하지만 암 요양소가 있지. 그곳이 그 마을의 가장 알려지고 또 변화한 곳이기도 하다지. 한번은 기차에서 하얀 저고리와 검은 치마를 입은 조선인 여학생을 만난 일이 있다고 해. 그 아이는 그 일이 가장 인상적이었는지 나에게 전화로 그렇게 말했어."

"전화는 자주 오니."

"응, 가끔씩만."

기차가 다시 지나가는 소리가 수화기를 통해서 들렸다. 기차. 연이는 기차가 바로 근처를 지나가는 어떤 곳에서 나

에게 전화를 하고 있었다. 연이의 짧게 자른 머리칼이 기차
가 지나가는 바람에 유리로 만든 모빌처럼 부서지며 흔들리
는 것이 보이는 듯하다. 포니테일의 여자아이는 달걀을 유리
그릇에 깨어 넣는다. 여자아이의 발에는 두꺼운 양말이 신겨
있다. 붉은색으로 아마 스키장이나 그런 데서 신는 듯한 양
말이다. 여자아이는 뜨거워진 팬에 버터를 녹이면서 낮게 흥
얼거린다. 가스불 위에서 버터 녹는 냄새가 좁은 집안에 가
득하였다.

　"엄마가 죽은 것에 대해서 그 아이가 충격을 받을까봐, 아
빠도 그 아이를 조심스럽게 대했어."

　"왜 돌아오지 않는 걸까. 엄마도 죽었고 아는 사람도 하나
도 없는데. 하얀 저고리를 입은 조선인 여자아이만이 기차를
타고 학교로 향하고 있는 작은 도시에서."

　포니테일의 여자아이는 달걀을 깨뜨려 넣었다. 달걀이 버터
위에서 익고 여자아이가 스크램블드에그를 접시에 담았다.

　"엄마가 고통스러워했대. 아주 많이. 준이는 지옥을 보았
다고 했어. 돌아오고 싶지 않다고."

　기차가 멀리로 사라져 가는 것이 소리로만 들려왔다.

　"엄마의 앨범을 보았고 거기에 자기가 있더래. 어딘지는
알 수 없는 바닷가에서 모래 장난을 하고 있는, 아주 어릴 적

의 모습이었다고 했어. 준이는 아주 많은 얘길 했었어. 평소의 그 아이가 아닌 것 같았지. 지붕이 아주 아름다운 색깔이었던 그 집에서 그 아이를 만났을 때부터 그 아이는 내가 언제나 알고 있던, 보호해줘야 하는 동생에서 한 남자아이로 변해가는 길목에 있었던 것 같아. 그때가 너와 함께 갔었던 때구나. 맞아, 난 방 한 개 있는 좁은 집에서 살고 있는 것에 대해서 숨이 막혀가는 중이었어. 아주 자유롭고 아늑한 생각이 머릿속에 들지를 않았어. 네가 끓여주는 커피를 처음으로 마시던 때가 생각이 나. 그때는 인생에서 무언가 영원이란 것이 있을 거라고 막연히 생각했었는데."

　연이는 여기서 말하는 것을 멈추었다. 이제 기차 소리 따위는 들려오지 않고 무엇인가 긁히는 소리, 욕실의 수도꼭지에서 규칙적으로 떨어지는 물방울 소리라든지 의자가 삐걱거리며 움직이는 소리와 종이가 가볍게 탁자에서 떨어지는 아주 섬세한 공기의 떨림 등이 느껴진다. 이런 모든 것들은 전화 저편에 있는 연이에게서가 아니라 내가 있는 이 방에서 바로 일어나고 있는 소리들인 것도 같다. 포니테일의 여자아이가 스크램블드에그를 담은 접시를 내가 작업하고 있는 식탁 겸용의 탁자에 가져다놓고 또하나의 의자에 앉고 있다. 밖은 이제 어두워지려 하고 있었다. 흘러가는 강물은 검고 조용하였다. 언젠가 보았던 호수의 어둠도 그러하였다. 자전거를 타고 국도를 지나가고 있었다. 그리고 거기에 주유소가 있었다.

주유소에서 일하는 남자와 사는 것에 대해서 물어왔던 한 여자아이가 생각난다. 그 여자아이는 대학 때 같은 클래스메이트였지만 거의 잘 모르고 지냈었다. 나는 군대에 있으면서 치른 미술대학의 입학시험에 실패하였기 때문에 의기소침해 있었고 그 여자아이는 여러 가지 아르바이트로 바빴고 언제나 같은 티셔츠와 청바지만을 입고 다니는 것 때문에, 그리고 다른 여자아이들처럼 미용실에 가거나 남자친구 얘기에 끼어들지 않기 때문에 친구가 없었고 쓸쓸하였다. 그러다가 어느 날 수업 시간에 옆에 앉게 되었고 그 여자아이는 연필을 깎고 있었다. 여자아이는 필통 가득히 믿을 수 없이 많은 연필을 갖고 있었고 그 수업이 시작하기 전까지 그 많은 연필들을 하나하나 깎고 있었다. 하나의 흠이나 희미한 얼룩도 없고 모든 연필심들의 길이가 거의 분명히 같아지도록 하고 있었다. 나는 종이컵에 담긴 커피를 마시면서 그 여자아이가 연필을 깎는 것을 처음부터 끝까지 지켜보았다. 길고 오랜 시간이었다. 여자아이는 연필을 다 깎은 다음에 티슈로 책상을 닦고 노트를 펼쳤다. 그때 내가 말을 걸었다.

"토요일에 뭐할 거니."

"절에 가야 해."

여자아이는 날 바라보면서 말하였다. 가까이서 그 여자아이를 바라본 것은 입학하고 나서 처음 있는 일이었다. 여자아이의 턱은 뾰족하고 화장하지 않은 입술은 희미한 색으로 귀엽다기보다는 여려 보이는 인상이었다.

"절에 갔다가 아르바이트 해야 해. 너는 뭘 하니."

"난 아무것도 안 해."

여자아이는 결국 학교를 마저 졸업하지 못하였다. 여자아이가 학교를 그만두었을 때도 친하게 지내는 친구가 없었고 남자아이들의 관심을 끄는 스타일이 아니었기 때문에 별로 화제가 되거나 하지는 않았을 것이다. 난 주유소에서 일하는 것에 대해서는 아무것도 모른다. 아마 그 여자아이도 아무것도 아는 것이 없었을 것이다. 나는 단지 그해 여름에 강원도의 국도 어디엔가 있는 밤의 주유소를 자전거를 빌려 타고 지나가본 일이 있을 뿐이다. 반짝이는 형광색 종이로 만들어진 수많은 바람개비들이 형형색색으로 팔랑거리는 밤의 주유소 말이다.

준이의 오래된 사진은 엄마의 앨범에 꽂혀 있었다. 마을은 도쿄에서 기차로 약 한 시간 정도 걸리는 곳에 있는 작은 마을의 암 요양소이다. 하얀 저고리에 검은 치마를 입은 조선인 여자아이가 기차를 타고 지나쳐가는 작은 역이 있는 마을이다. 사진 속의 준이는 아무도 없는 바닷가에서 모래를 가지고 놀고 있고 조개와 게를 잡은 노란색 플라스틱 물통이 준이의 옆에 있다. 휴가철이 되려면 아직 멀었기 때문에 바닷가의 작은 호텔들은 비수기로 조용하였다. 준이의 작은 손과 어린 입술이 사진에 그대로 있었을 것이다. 어린 준이는 손바닥에 와닿는 모래의 느낌과 머리칼을 만지는 부드러운 바람이 좋았다. 엄마가 어디에선가 바라보고 있을 것이다. 저녁이 되면 싫어하는 준이를 데리고 호텔로 돌아가려고 할 것이다. 준이는 엄마에게 싫어, 하고 말하지 못한다. 왜냐하면 엄마는 울고 있기 때문이다. 저녁이 되면 바람이 아주 쌀쌀해져서 엄마는 하얀 스웨터를 걸치고 있다. 준이의 손가락 사이로 모래와 바람이 함께 날아가고 엄마가 저쪽 베란다에서 준이를 부르고 있다. 엄마는 아버지 없이 살아야 하는 것에 대해서 어린 준이에게 말하고 또 말하였다. "나는 너를 지켜주지 못한다." 엄마는 바나나를 으깬 것을 준이에게 스푼으로 떠먹여주고 있었다.

"난 너에게 힘이 되지를 못해. 이 세상은 힘들고 또 힘들다. 다른 여자들은 힘이 있고 용감하지만 난 그렇지 못해. 널 사랑하지 않는 것이 아냐. 나는 바람에 거칠어지면서 선인장처럼 널 안고 우뚝 서고 싶지가 않아." 엄마는 턱받이를 하고 있는 준이를 똑바로 쳐다보았다.

"새로운 아버지가 생겨도 너는 이해해야 돼. 너도 그렇고 나도 그래. 뜨거운 햇빛 아래서는 견디기 어렵다. 그늘이 필요하잖아."

준이는 이미 흐려져가고 있는 저녁 빛의 해변에 두고 온 노란 물통이 생각난다. 준이는 엄마의 손에 끌려 해변을 떠나오면서 아름다운 빛의 그 물통을 두고 떠나왔다. 그 안에서 커다란 조개와 많은 다리를 갖고 있는 게들이 어두운 밤이 다 새도록 움직이고 있을 것이다. 엄마는 마지막에 찾아간 준을 알아보지 못하였다. 그늘을 찾아 떠돌아 다녔지만 엄마는 한 점의 그늘을 찾지 못하고 일본의 한 암 요양소에서 눈을 감았다. 그래도 엄마는 죽을 때까지 햇빛을 두려워하였다.

"집으로 돌아오니 아주 넓고 환한 유리창이 있는 거실과 따뜻하고 고요한 세계가 있었어. 내 방의 침대는 그대로 있고 인형들이랑 사진들도. 한동안 무척 행복했었어. 네 생각을 안 한 것은 아니지만 쉴 수 있으니까 너무 좋았어. 하지만 지금은 너랑 옛날처럼 커피를 마시고 싶어."

연이는 이런 말들을 하였다. 연이가 강물 저편 어디에선가 있을 것이다. 나는 전화를 끊었다. 스크램블드에그는 이미 식어가고 있었다. 포니테일의 여자아이가 포크로 스크램블드에그를 뒤적이고 있었다. 포니테일의 여자아이는 탁자 위에서 내가 칠해놓은 샘플용 데생지를 보았다.

"아름다운 그림이구나. 바닷가에 사람이 없고 붉은 지붕을 가진 집이 있어."

"인디언 레드의 지붕이야. 근처에는 호수가 있고 밤까지 영업을 계속하는 주유소가 있어. 자전거를 타고 호수로 올라가볼 수도 있는 곳이야. 주유소에는 반짝이는 종이로 만들어진 무수한 바람개비들이 쉴새없이 돌아가고 있고."

포니테일의 여자아이는 중국영화의 비디오테이프를 가지고 있었다. 여자아이는 저녁이면 그것들을 보고 싶어하였다. 오토바이 위의 유덕화나 관지림을 너무나 좋아하였다. 여자아이는 비디오를 플레이해놓고 작은 소파 위에 앉았다. 상처를 입은 남자가 항구를 향해서 달려가고 있었다. 여자 주인공이 항구에서 기다리고 있고 남자는 달려가서 그녀를 구해내야만 하는 상황이었다. 포니테일의 여자아이는 숨소리조차 내지 않고 영화에 빠져 있었다. 새벽의 항구에는 멀리서 오는 뱃고동 소리와 바닷새들의 울음소리, 그리고 새벽의 관광객들을 위해서 커피를 파는 작은 카페들이 있었다. 여자 주인공은 카페테라스에 앉아 있고 남자 주인공은 오지 않는다. 여자 주인공은 결국은 배를 타고 떠나기로 결심한다.

"영원한 그 무엇이 있다고 생각해."

포니테일의 여자아이는 화면에서 눈을 돌리지 않고 말하였다.

"그런 게 영화에만 존재하는 걸까. 왜 영화는 사람들이 그랬으면 하고 바라는 것을 내용으로 하는 거잖아. 모두들 그랬으면 하고 바라는 거야. 사랑이 영원하기를, 청춘이 계속 아름답기를 그리고 사람들이 서로 잊지 말기를. 그렇지 않아?"

나는 탁자 위의 인디언 레드의 지붕을 보고 있었다. 그리고 말하였다.

"영원이라는 말은 너무 낯설어. 난 그게 뭔지 몰라. 나에게는 없는 것으로 느껴진다."

포니테일의 여자아이가 얼굴을 돌리고 나를 보았다. 그리고 중국영화의 마지막.

검은 늑대의
무리

검은 늑대에 대해서 처음 생각이 난 것은 동물원 입구에 있는 국수를 파는 상점에서였다. 상점 안은 뭐라고 말할 수 없이 더웠고 에어컨디셔너는 전혀 도움이 되지 않았다. 알루미늄 풍선을 든 어린아이들과 선글라스를 쓴 한 떼의 남자들이 상점 안을 가득히 메우고 있고 냉장고 위에 놓인 라디오에서는 빌보드 차트에 십이 주간이나 올랐던 곡을 들려주는 주말 프로그램이 들려오고 있었다. 구운 김을 올린 국수가 카운터형 식탁 위에 놓이고 있다.

"처음 들어보는 노래야."

국수를 먹으면서 내가 라디오의 음악에 대해서 말하였다.

"내가 처음 들어보는 노래를 저 남자는 마치 고등학교 때의 교가에 대해서 말하는 것처럼 자신 있어 하고 있어."

"넌 라디오를 듣지 않잖아. 언플러그드뮤직이라든가에 대해서도 별로 관심이 없잖아. 요새는 그런 것이 인기 있으니까."

남자아이가 그렇게 말하였지만 사실은 라디오에서 흘러나오는 음악은 강렬한 전자 기타의 사운드다. 별로, 나는 아무런 상관이 없다. 나의 등 너머로는 한여름의 유원지 동물원의 입구가 손님들을 기다리고 있었다. 버터처럼 녹아버릴 것만 같은 자전거 전용 도로가 이어지는 곳이다. 사람들은 주차장에 차를 세워놓고 이곳까지 걸어와서 자전거를 빌려 타고 동물원의 안쪽으로 들어가게 된다. 롤러코스터나 회전목마 같은 것도 안에는 있을 것이다, 분명히.

"난 롤러코스터를 탈 거야."

나는 나무젓가락으로 국수를 말아올리면서 말하였다. 이렇게 더운 날에 자전거를 타고 한참이나 가야 할 텐데. 차라리 시내의 영화관이나 부둣가 부근의 시설 좋은 호프에서 시원한 맥주를 마시는 것이 좋지 않았을까라고, 아마 남자아이는 그런 생각도 할 것이다. 먼저 이곳으로 오자고 한 것은 나였다. 이런 바닷가의 도시에는 동물원이 있게 되어 있어. 오래된 중학교 건물과 전쟁 때의 흔적이 아직도 남아 있는 박

물관이라든지, 아니면 새로 만들어놓은 아파트 단지의 그네들. 그런 것은 아주 좋다.

"먼저 동물원으로 가고 그다음에 생각해보자." 나는 국수에 들어 있는 생선튀김들을 먹고 그리고 젓가락을 놓았다. 화가가 그늘을 그려넣는 것을 잊은 듯한 그림처럼 유원지 입구는 비정상적으로 밝고 사람들이 들고 있는 코카콜라의 유리병이 선명하게 반짝이고 있었다. 국경일 하루 전의 일요일이다. 그러니까 말하자면 내일까지는 나는 학교로 돌아갈 필요가 없고 남자아이는 사무실로 출근할 필요가 없는 것이다. 그날 아침에 나는 아직 자고 있을 남자아이에게 전화를 하였었다. 아직 조간신문이 배달되기 전인 이른 시간이었다. 우리는 얼마 전에 한 번, 말다툼을 크게 하고 한동안 만나지 않았다가 다시 아무렇지도 않은 듯이 전화하게 되었다. 여러 번이나 그래왔기 때문에 어느 쪽도 그다지 정말로는 신경쓰고 있지 않은 그런 말다툼이다. 나는 기차를 타고 한 번도 가본 일이 없는 항구로 찾아가야 하는데 남자아이와 같이 가고 싶다고 하였다. 남자아이는 항구에 여러 번 가보았지만 그곳에서 특별히 더 아름답다거나 더 인상적인 것은 아무것도 발견하지 못했다. 바다는 기름에 오염되어 더럽고 해수욕장은 얼마 전에 폐쇄되어서 수영할 수도 없다. 새로운 도로 공사를 하고 있기 때문에 항구로 가는 길도 좋지 않다. 단지 연휴를 보내기 위해서라면 더 가깝고 좋은 휴양지가 있다. 그렇게 처음에 말하였다. 그러나 나는 그곳에 가야만 한다고 우겨서 우린 이른아침에 만나 패스트푸드점에서 샌드위치와 커피를 마시고 기차를 타러 갔다. 항구로 가는 사람들은 모두 얼굴빛이 좋지 않다. 남자아이가 기차 안에서 말하였다.

"왜 그렇게 생각하니."

"왜냐면, 얼마 전 그곳에 산성비가 내렸다고 신문에 보도되었어. 그곳은 바람의 방향이 좋지 않아."

"난 그곳에서 태어났어."

나는 정말로 항구에서 태어났다. 하지만 태어난 것뿐이고 곧 항구를 떠났기 때문에 그곳에 대해서 아는 것은 아무것도 없다. 아버지는 서울로 와서 친구와 함께 세탁소를 동업하게 되었고 그다음해에는 작은 염색 공장의 공장장을 하다가 곧 시의 블록공으로 임시 취업하게 되었다. 나는 아버지가 블록공으로 있을 때 학교를 다녀서 어렸을 때는 아버지가 영원히 블록공으로 살아온 줄로 알고 있었다. 블록공으로 있는 아버지의 갈색 작업복이 벽에 걸려 있는 것을 본 것이 기억난다. 친구들이 모두 콜라를 마시러 간다고 하였던 일요일이었고 나는 작업복이 걸려 있는 벽을 바라보면서 오빠가 나에게

318

뭔가를 가져다주기를 기대하며 앉아 있었다. 바닥은 끈적끈적하고 커튼이 없는 유리창으로는 일요일의 한가로운 소음들이 살짝 구워지는 과자 냄새와 함께 밀려들어오고 있었다. 오빠는 석간신문을 돌리고 이제 돌아올 시간이 되었고 좋아하는 줄무늬 막대사탕 같은 것을 가지고 돌아올 것이다. 그리고 곧 언제나 벽을 향해서 누워 있던 아버지는 교통사고로 죽었다.

늑대에 대해서 생각한 것은 아주 잠깐이었다. 늑대는 동물원의 우리 안에 있을 것이고 한가한 걸음으로 유모차를 끌고 있는 사람들이 그 앞을 지나갈 것이다. 자전거를 빌려주는 곳은 너무나 더운 날씨 때문인지 한산하였다. 민트향이 나는 풍선껌과 바닐라 아이스크림도 같이 팔고 있었는데 아이들이 많았다. 남자아이는 바닐라 아이스크림과 풍선껌을 한 개 사고 나는 자전거에 올라탔다. 가끔씩 먼지바람을 일으키면서 임시 번호판의 차들이 지나갔다.

처음에 아르바이트를 하던 시내의 사무실에서 남자아이와 친하게 되었다. 남자아이는 낮에는 회사에 출근하고 밤에는 공부해야 하기 때문에 시간이 없다고 하였다. 그때는 겨울방학중이었고 오빠는 대학의 도서관에 자리를 잡으러 새벽에 뛰어다녔고 나는 남자아이의 사무실에서 아르바이트로 전화를 받고 있었다. 서류가 한가득 책상 위에 쌓여 있고 수십 가지 종류의 볼펜들이 전화 테이블 위를 굴러다니고 있었다. 많은 종류의 복사도 해야 했고 도서실에서 자료도 갖다주어야 했고 때로는 커피도 끓이고 바닥 청소를 해야 할 때도 있었지만 일은 즐거웠다. 이 주째가 되었을 때 남자아이와 같이 저녁을 먹었고 춤추러 간 다음에 커피도 마셨다.

"구두 디자인에 대해서 어떻게 생각하니." 남자아이가 물었다.

"난 구두회사에서 이렇게 숫자로 만들어진 영업 실적이나 분석하고 있지만 말야, 사실은 구두 디자인 일이 더 좋아."

"난 그런 거 잘 몰라. 하지만 그렇게 좋아한다면 뭔가 방법을 찾아보는 것이 좋잖아."

"대학 졸업하고 뭐할 거니."

"글쎄, 난 생각해보지 않았어. 그런데 직업이란 걸 꼭 가져야 하는 건지에 대해서도 모르겠어."

"그렇게 생각할 수 있어. 넌 아마 졸업 후에 곧 결혼하고 주말을 코파카바나에서 보내게 될 거야."

남자아이의 말을 듣고 나는 소리나지 않게 쿡쿡 웃었다. 아아, 정말로 어울리지 않는 대사였지만.

"너 같은 여자애들이 있어."

"어떤?"

"일을 액세서리로 생각하는 그런. 남자에 대해서도 마찬가지야. 화려할수록 좋고 많을수록 좋아."

"전혀 그렇지 않아."

남자아이는 맥주를 한 모금 마시고 바나나를 한 조각 먹었다.

"도대체 자기 자신에 대해서는 아는 것이 없는 그런 애들이 있어. 나에겐 누나가 둘이 있는데 그들도 마찬가지야. 결혼하기 전까지는 히스테리 덩어리들이었어. 결혼한 다음에 갑자기들 얌전해져서 순교자 같은, 성인 같은 표정을 하곤 쇼핑하러 다니지."

한 낡아빠진 빌딩의 지하실에서 어머니와 오빠와 함께 내가 살고 있다는 것을 알고 난 다음에도 남자아이의 나에 대한 생각은 별로 달라지지 않았다. 난 아무래도 일자리를 구해서 야간으로 수업을 옮겨 들어야만 할 상황까지 이르렀다. 오빠는 곧 일자리를 알아본다고 하였고 정말로 학교를 쉬고 일자리를 구하였다고 하였다.

"블록공은 아니겠지, 오빠."

나는 어느 날 저녁 된장국을 밥상에 올리면서 말하였다.

"설마. 하지만 집을 떠나 있어야만 해."

"왜 그렇게 된 건데."

"항구로 가서 일자리를 얻었거든. 필요한 서류도 모두 갖
다 내고 사진을 찍고 주민등록도 옮겨놓았어. 월급은 어머니
에게 갈 수 있도록 해놓았어. 넌 학교를 그대로 계속해서 다
녀도 돼. 일 년만 더 다니면 졸업하잖아."

"하지만 졸업한다고 해서 뭐가 달라지겠어. 그냥 이대로
낮에도 계속해서 아르바이트를 하는 것이 좋아. 그리고 오빠
나보다 공부도 더 잘하고 학교도 얼마 남지 않았잖아. 일자
리를 구했다니, 대체 어느 곳에서 일하는 거니."

"동물원."

오빠는 낮은 한숨을 쉬듯이 말하였다.

"항구에 있는 동물원을 알고 있지? 네가 태어나서 그곳에
서 떠나기 전까지는 동물원에 자주 갔었어. 왜냐하면 항구엔
별로 오락거리가 없거든. 그곳의 동물원은 아주 넓고 숲이
많아. 이곳처럼 호화로운 놀이시설은 많지 않지만 바다를 끼
고 있고 지금은 새로운 골프 코스도 개발중이야."

"내가 그곳엘 갔다고? 난 기억이 나지를 않아."

"너무 어렸었거든. 내가 다섯 살인가 그랬는데. 일은 아주
편하고 좋아. 밤에 산책도 할 수 있고 하모니카를 불 수도

있어."

"하지만 아무래도 내가 학교를 그만두는 편이 좋을 것 같아."

그래도 결국 오빠는 항구로 떠나버렸다. 어머니에게는 오빠가 항구의 시청에 임시 일자리를 구했다고 말해두었다. 엄마, 벽돌은 쓰지 않아요. 설마 오빠는 대학을 다녔는데 더 좋은 일을 하게 될 거예요. 그렇게 내가 말하고, 난 남자아이와 아주 사소하여 지금은 기억도 나지 않는 일로 많이 다투게 되었다.

"절대로 전화하지 않을 거야."

남자아이는 가로등이 희미하게 켜져 있는 자동차 정비소가 있는 길을 뛰어가면서 이렇게 소리치고 있었다. 구두 광고가 자동차 정비소의 텔레비전에서 방송되고 있다. 구두를 신으려 하고 있는 맨발인 여자. 맨발의 여자가 밤의 골목길을 달려간다. 이제는 신데렐라가 아니어도 좋다. 새로운 디자인의 구두.

자전거를 타고 동물원 안으로 들어왔을 때 그곳에는 넓고 깊은 바닷속처럼 조용하고 지독하게 울어대는 매미 소리와 깊은 숲속에서 들리는 듯한 새들의 울음소리만이 있었다. 숲에서는 나무 아래서 사람들이 김밥을 먹고 있거나 사이다 같은 걸 마시면서 앉아 있었다. 가끔은 자전거를 탄 아이들이 보이기도 하였다. 아이들은 숲 사이로 난 길에서 갑자기 나타났다가 어느새 또다른 길로 사라져버렸다.

"먼저 원숭이를 볼까."

남자아이가 게시판을 바라보면서 중얼거렸다.

"먼저 일본원숭이 그리고 다음에 물새들의 집, 사슴, 오랑우탄도 있어. 흰 토끼와 분홍빛 돼지도. 그리고 마지막으로 물개와 맹수들. 시베리아 호랑이와 사자와 북극곰."

"그리고 검은 늑대도 있어, 분명히."

내가 말하였다.

"그런 것은 쓰여 있지 않아. 어디에도."

남자아이는 일본원숭이 우리 쪽으로 방향을 잡고 달리기 시작하였다. 제복을 입은 남자들 몇 명이 고개를 숙이듯이 하고 모자를 눌러쓴 채로 카트가 달린 오토바이를 타고 지나가고 어린아이들이 일본원숭이 우리 앞에서 날카로운 소리를 내면서 좋아하고 있었다. 우리는 일본원숭이 우리를 멀리서 그냥 지나쳤다. 남자아이는, 난 저런 것 너무 많이 보았어, 하는 듯한 표정이었고 너무나 더웠다.

"아이스크림이라도 사먹는 것 어떠니."

물새들의 우리 앞에서 우리는 자전거에서 내려 아이스크림을 샀다. 스낵 코너에는 에어컨디셔너가 기분좋게 돌아가고 있었고 텔레비전에서 오래된 영화 〈죠스〉가 나오고 있었다. 뜨거운 밖에서 자전거를 타는 것보다 이곳에서 〈죠스〉 영화를 보는 것이 더 나을지 몰라, 사람들의 표정이 그러하였고, 아이스크림과 남자아이 것으로 커피를 날라다준 그 여자아이의 표정도 그러하였다. 점원인 여자아이는 말없이 손님들이 더럽힌 테이블을 닦고 시원한 얼음물도 갖다주고 흐트러진 냅킨들을 정리하였다. 난 여자아이의 짧은 단발머리와 질리게 창백한 하얀 뺨을 바라보았다.

"저녁에는 부둣가로 가보자."

남자아이가 커피를 마시면서 나에게 몸을 기울였다.

"그곳에는 맛있는 커피를 파는 곳도 있고 회전목마도 있어. 밤새도록 영업을 하는 곳도 있어. 이런 동물원보다는 훨씬 더 근사해. 차가 있으면 위쪽의 해변으로 올라가보면 좋은데. 그곳은 바다가 깨끗하고 별장들이 있어. 겨울에는 온천으로도 유명하지. 지금은 수영을 할 수 있거든."

여자아이는 한가해지자 전화를 걸고 있다. 전화선을 손가락에 감고서 긴 얘기를 하고 있는 듯하였다. 그사이에 프루트케이크나 쿠키 등을 사러 또다른 손님이 왔고 여자아이는 전화를 끊었다. 텔레비전에서는 〈죠스〉가 계속되고 있고 유리문 밖의 동물원은 햇빛 가득한 숲속에 가라앉은 오래된 도시처럼 곳곳에 짐승의 소리를 간직한 채로 그렇게 있었다. 아이스크림을 다 먹을 때쯤에야 나는 여자아이를 기억해내었다.

"난 잠깐 전화를 걸고 오겠어. 오늘은 친구들이 풀장에 가자고 한 날이야. 전화하기 전에 미리 알려주고 싶어."

나는 자리에서 일어나 카운터의 여자아이에게로 갔다.

"커피 한 잔 더 줘요."

여자아이는 말없이 커피메이커에서 한 잔의 커피를 따라서 쿠키 한 조각과 함께 나에게로 내밀었다. 손톱은 여전히 하얗고 투명하였고 입술은 붉게 칠해져 있었다.

"난 오빠가 어디에 있는지 알고 싶어요."

여자아이는 고개를 돌리고 나를 보았다.

"오빠는 반년이나 우리들에게 소식을 전하지 않았어요. 이곳에서 일하고 있을 거라는 것만 생각하고 있어요."

나는 한번 더 숨을 깊이 몰아쉰 다음 계속하였다.

"오빠가 이곳에서 블록공으로 일하고 있다고 해도, 절대로 아무렇게도 생각하지 않으니까, 알고 있으면 말해주었으면 좋겠어요."

여자아이는 그냥 가만히 나를 바라보기만 하고 있었다. 여전히 영화 〈죠스〉의 비명소리만이 스낵 코너 안에 가득했다. 여자아이는 카운터에 서서 발을 까닥거리는 동작만을 되풀이하고 있을 뿐이었다. 갑자기 너무나 더워지는 기분이었다. 한참 가만히 서 있다가 뒤돌아서려는 나에게 여자아이가 말하였다.

"커피 한 잔에 천원, 선불인데요."

나는 지불하고 자리로 돌아왔다. 남자아이는 〈죠스〉의 주제곡을 휘파람으로 따라 부르고 있었다.

검은 늑대에 대해서 생각해본다.

늑대를 본 것이 언제였는지 정확히 기억나지는 않지만 아마도 잡지의 컬러 화보라든가 그런 곳에서 본 것만은 분명하다. 비행기를 타면 좌석의 앞쪽에 무의미한 듯이 놓여 있는 그런 잡지들 말이다. 기분좋게 온도와 습도가 조절되고 환풍장치가 상쾌하게 가동되고 있는 그런 곳에서였을 것이다. 늑대는 거칠게 짠 트위드코트 같은 털가죽을 가지고 있었고 심술궂고 무엇보다도 사나워 보이는 눈을 하고 있었다. 배가 고픈 것도 같았다.

커피와 아이스크림을 먹은 다음에 우리는 계속해서 길을 따라가보기로 하였다. 사람들은 시원한 숲 근처의 길로만 걸어다녔고 사자와 호랑이 우리도 인기가 있었다. 짐승들은 그늘에 들어가서 잠을 자고 있을 뿐이었지만 사람들은 그래도 지치지 않고 들여다보았다. 그리고 더이상의 짐승은 없었다. 나는 분명히 늑대가 있을 거라고 말하였고 남자아이는 이제 더이상의 짐승 우리는 없다고 하였다.

"봐. 이제는 롤러코스터를 타러 가는 길밖에는 아무것도 없어. 입구의 게시판에서도 분명히 봤잖아. 북극곰 우리를 끝으로 해서 짐승들의 우리는 없는 거야."

남자아이는 자전거에서 내리고 담배를 피우려고 하였다. 빈 벤치들의 아무 곳에나 앉아서 좀 쉬다가 롤러코스터를 타러 간다면 아무런 문제도 없겠는데, 하는 식이었다.

"하지만 난 늑대를 보았어, 이곳에서."

"늑대를 보았다고?"

남자아이는 새것인 말보로 포장지를 벗기다가 멈추고 나를 바라보았다.

"하지만 넌 이곳에는 처음이라고 했잖아. 태어난 후에 곧 이곳을 떠나고 난 후에 처음이라고. 그런데 어떻게 알 수가 있니."

"나도 모르겠어."

나는 정말로 모르겠다. 하지만 어쩐지 늑대를 보았다는 생

328

각이 든다. 늑대는 이곳에서 가장 위쪽에 있는 우리에 있을 것이라는 생각이 든다고 남자아이에게 말해주었다. 더이상은 나도 설명하지 못하겠다고 덧붙였다.

"이런 날씨에 더 위쪽으로 올라가보자고 지금 말하는 거니."

남자아이가 물었다. 축축해진 셔츠가 몸에 달라붙어 있는 것이 정말 견디기 어렵기는 나도 마찬가지였다.

"이곳에서 그리 멀지는 않아."

나는 움츠러들어서 말하였다. 그리고 다시 자전거에 올라탔다. 남자아이는 어쩔 수 없는 여자애라는 듯이 나를 보고는 자전거를 타고 계속해서 가기 시작하였다. 정말로 더이상은 짐승의 우리가 없었다. 그렇지만 정말로 없는 것이 아니고 우리로 올라가는 길이 폐쇄되어 있었다. 큰 비가 와서 길이 허물어진 것처럼 흙이 무너져 있어 길이 있었던 흔적만이 남아 있을 뿐이었다. 그 반대편으로는 롤러코스터를 타러 가는 길이 나 있었고 커피를 파는 자판기들이 있을 뿐이었다. 바다 쪽에서부터 씁쓸한 향기를 풍기는 바람이 불어왔다.

"어쩐지 이상해."

남자아이가 말하였다.

"원래는 길이었던 것 같은데. 흙이 무너진 채로 있어."

"하지만 늑대가 있었던 곳이라고는 무엇으로도 알 수 없잖아."

우리는 잠깐 동안 그곳에 그냥 서 있었다. 아주 멀리서 물새들이 우리 안에서 시끄럽게 우는 소리가 나고 자동차의 엔진 소리도 낮게 들려왔다. 바람이 진한 녹색의 이파리들을 보이지 않게 흔들면서 숲길을 지나가고 있었고 식수 우물에서 물이 흐르는 소리도 들려왔지만, 어디에도 늑대 소리는 없었다. 저편 길 아래쪽으로 롤러코스터를 타러 어린아이들 한 떼가 지나가고 있었다. 아마 유치원이나 뭐 그런 곳에서 단체로 소풍 온 것처럼 아이들은 같은 모양의 티셔츠에 반바지를 입고 있었다. 손에 들고 있는 풍선과 색을 넣은 솜사탕이 아스팔트 도로 위에 진한 그림자를 남기면서 아이들이 멀어져 갔다. 나는 천천히 자전거 페달을 밟았다. 깊은 잠과 같은 나른함이 숲길 어디에서나 넘실대고 있었다.

"롤러코스터를 타러 갈 거야."

나는 남자아이에게 말하였다.

"이미 저녁이 다 되어가는데."

남자아이가 대답하였다.

"밤에도 탈 수 있어."

"어쩐지 굉장히 멋질 것만 같은데."

정말로 광장히 멋진 저녁이었다. 롤러코스터와 회전목마를 타려는 사람들이 밤 가득히 몰려나와서 동물원과는 달리 붐비고 있었다. 아이들은 핫도그 판매대 앞에서 긴 줄을 이루었고, 롤러코스터가 가장 높은 곳까지 올라갔을 때는 멀리 항구의 불빛이 반짝이는 것을 볼 수 있었다. 어쩌면 더이상 검은 늑대 따위는 생각하지 않아도 될 것 같다는 기분도 들었다. 남자아이는 유치원 아이들의 무리 속에 서 있다가 코카콜라를 마시면서 소리쳤다.

"정말 예쁜 아이들이야, 그렇지. 건강하고 예쁜 아이들. 그런데 저 여자아이 좀 봐. 엄마를 잃어버린 것 같아."

아이스크림을 들고 있는 여자아이 하나가 울고 있기는 하였다. 녹색 휴지통 곁에서. 다른 것은 모두 다 잘 돌아가고 있고 모두들 행복해 보였다.

"이제는 항구로 가보자."

나는 커피가 마시고 싶어져서 남자아이에게 그렇게 말하였다.

"그래. 하지만 저 여자아이에게 엄마를 찾아주고 싶어."

남자아이는 울고 있는 어린 여자아이가 걱정되는 듯하였다.

"잘못하다가는 유괴범으로 몰릴걸. 아니면 어린이를 대상으로 삼는 치한이나."

"설마."

"네가 저 아이를 데리고 다니다가 만일 저 아이가 층계에서 발을 헛디뎌 넘어졌다고 해봐. 넌 저 아이를 제대로 보지 못했고, 그러면 어떻게 될 거라고 생각하니. 층계에는 사람이 많았고 아무도 저 아이에게 주의하지 못해서 만일 저 아이가 죽으면."

녹색 타이어로 만들어진 그네가 짙은 나뭇잎 향기 가득한 숲길 가에 있었고 저녁으로 도시락을 먹는 사람들이 그곳에 앉아 있었다. 제복을 입은 동물원의 고용원 한 명이 길을 걸어가고 있었다. 모자를 눌러쓰고 있었고 가로등의 불빛이 희미하여서 그 얼굴은 더욱 어둡게만 보였다.

"이것 봐요, 물어볼 말이 있는데요."

나는 그네에 앉아 있다가 그에게 말을 걸었다. 그는 말없이 나를 바라보기만 하였다.

"늑대 우리를 찾고 있는데요."

"늑대라고요……"

그는 우리들에게 되물었다.

"그래요, 늑대. 늑대에 대해서 알고 있는 것이 없나요."

"없어요."

그는 짧고 빠르게 대답하였다.

"늑대는 이 동물원에 없어요. 입구에서 안내문을 보시지 않았어요. 우리 동물원에 있는 동물을 모두 다 그곳에 써놓았을 텐데요."

어쩔 수 없다는 표정을 하고 그네에 앉아 있던 남자아이가 돌아오는 나에게 말하였다.

"넌 구제불능이야. 왜 그렇게 쓸데없이 묻고 다니는 거니."

"어쩐지 있어야 한다는 생각이 들었을 뿐인데."

"늑대에 대해서라면……"

남자아이는 손가락으로 그네의 녹색 타이어를 톡톡 치면서 말하였다.

"넌 디즈니의 영화를 너무나 많이 보았어. 그래서 어쩐지 늑대가 나타나야만 될 것 같은 생각이 드는 거지."

그 여자아이를 다시 만난 것은 항구에 있는 한 카페테라스에서였다. 이미 꽤 늦은 시간이었고 항구의 유원지는 동물원만큼은 붐비지 않았다. 모래밭은 모든 종류의 맥주병과 알루미늄 캔, 그리고 먹다 남은 소시지가 든 은박 포장지 등으로 더러워져 있었고 커피를 파는 상점들은 위스키나 럼을 넣은 커피들을 터무니없는 가격으로 팔고 있었다. 어두운 밤의 바다를 바라보면서 나는 천천히 우유를 넣은 커피잔을 젓고 있었다. 사람들이 마룻바닥을 쿵쿵 울리면서 통로를 오고 갔

다. 여자아이는 또래의 다른 남자아이들과 함께 있었다. 여
자아이의 창백한 뺨은 붉은 화장이 되어 있었고 짧은 단발머
리는 은빛 나는 요란한 디자인의 핀으로 뒤에서 하나로 묶여
있었다. 머리칼이 여자아이의 창백한 이마 위로 흘러내리고
올이 풀린 블루진 위에 하얀 필라 셔츠를 입고 있었다. 같이
있는 남자아이들은 모두 블루진을 입었고 그중 한 명은 검은
선글라스를 쓰고 있었다. 그들은 어디론가 가는 중이었거나
아니면 어디에선가 돌아오는 중이었거나 한 것 같았다. 그들
은 망설이지도 않고 내가 있는 카페테라스로 들어왔다. 금빛
나는 모래들이 마룻바닥에서 반짝였다.

오빠가 그 여자아이와 함께 있는 것을 본 것은 정말로 몇
번 되지는 않는다. 어느 날인가 내가 다시 물었을 때 오빠는
"그냥, 헤어지게 되었어"라고 간단히 대답하였다. 처음에 여
자아이는 창백하고 섬세해 보였다. 도대체 웃는다든가 말을
한다든가 하는 것은 상상할 수도 없는 이미지였다. 아주 얇
게 만들어진 봄 스카프라든지 아침햇빛이 명주실처럼 비쳐
드는 방의 피아노 앞이 어울려 보이는 아이였다.

"정말로 피아노를 전공하고 있어."

오빠는 내 생각에 대해서 그렇게 말하였다.

"이제 곧 졸업할 거야. 그 아이는 병이 나서 이 년이나 휴

학했어. 그래서 남보다 많이 늦은 거지. 졸업 연주회 때는 그리그를 연주할 생각이래."

아주 가끔 캠퍼스나 여학생 휴게실 같은 곳에서 그 여자아이와 마주칠 때면 거의 전부라고 해도 좋을 정도로 그 여자아이는 혼자였다. 어쩌면 남자아이가 있었는지도 모르겠다. 그러나 문득 돌아보았을 때 그 여자아이가 다른 여자아이들처럼 웨하스 봉지를 손에 들고 허리를 굽혀가면서 웃고 있었다든지, 아니면 비가 오는 날 선명한 하늘색 비닐우산 속에서 친구들과 같이 구두가 젖어오는 것을 걱정하고 있었다든지 하는, 그런 모습들은 아니었다. 그리고 음악대학의 졸업 발표회가 있었고 여자아이는 학교를 떠났다. 그다음 이야기는 아무것도 모른다. 오빠는 항구에 있는 직장을 구해서 떠나갔고 나는 학교를 그대로 계속해서 다닐 수 있었다. 어머니는 공장에 다녔고 아버지는 블록공으로 일하다가 죽었다. 나는 연휴에 항구로 놀러갈 남자아이를 친구로 갖고 있는데다가 한적하고 넓은 항구의 동물원에서 자전거로 숲길을 달려갔다. 새들이 울어대었고 바다에서 바람도 불어왔다. 나는 주변의 테이블에서 저마다 열중해 있는 얘기들을 들으며 아무 생각 없이 그렇게 앉아 있었다.

"맥주를 마시면 기분이 좀 좋아질 거야. 머리를 좀더 기울이고, 우울하게 있을 필요가 없잖아."

"한가한 기분이 들어. 기분이 좋아지기 위해서 별로 노력하고 싶지도 않아."

담배를 피우고 맥주를 한 캔 마시고 그리고 내가 말하였다.

"저 벽 쪽 테이블에 앉아 있는 애들 보이지. 블루진을 입은 여자아이와 남자아이들."

"그래, 보여. 굉장히 멋을 내고 있는데. 오토바이라도 타고 온 것이 아닐까."

"아는 친구들이야. 가서 잠깐만 얘기하고 올게."

"좋을 대로 해."

"네가 심심할까봐 걱정이 돼."

"난 괜찮아. 그동안 나는 산책을 하고 싶어. 바닷가의 끝까지 갔다가 다시 돌아오면 되겠지."

"오빠가 어디에 있는지 알고 싶다고 했지요?"

여자아이는 별로 놀라지도 않고 말하였다.

"그걸 내가 어떻게 안다고 생각하지요. 난 그냥 여기서 일할 뿐이지요. 낮에 봤잖아요. 음료수나 빵이나 과자와 커피같은 것을 팔아요. 직장은 좋아요. 불만은 없어요. 전혀 없다고 하면 거짓말처럼 되어버리니까, 하지만 거의 완벽해요.

나는 불만이 없어요."

"그게 아니에요. 난 늑대에 대해서도 알고 싶은데요."

"늑대. 왜 그런 것이 알고 싶지요."

"늑대에 대해서 생각나는 것이 있나요."

여자아이는 생각해보듯이 불이 붙은 담배를 가만히 바라만 보고 있었다. 정말로 깊은 생각에 빠진 것만 같았다.

"늑대는……"

여자아이는 나를 바라보면서 어떤 비밀에 대해서 말하듯이 하였다.

"야행성이죠. 그리고 사납기도 해요."

그리고 다시 담배에 눈을 가져갔다.

"그것뿐이죠. 생각나는 것은."

다른 남자아이들은 말없이 럼이 든 커피를 마시고 있기만 하였다. 우리들의 이야기를 듣고 있는 것도 같았고 또는 전혀 관심이 없는 것도 같았다.

"내 친구들이죠. 모두 좋은 아이들이에요. 이곳으로 와서 사귀었어요."

그들은 나와 악수했다. 선글라스를 쓰고 있는 아이는 낮에 동물원에서 아르바이트로 일하고 있으며 또다른 한 아이는 그곳의 직원이라고 하였다. 선글라스 쓴 아이는 장래에는 수

의사가 되어 계속해서 동물원에서 일하고 싶다고 하였다.

"동물원은 매력적이죠."

수의사가 되고 싶은 남자아이가 말하였다.

"죽을 때까지 있고 싶은 곳이죠."

"넌 절대로 수의사는 될 수 없을 거야."

또다른 남자아이가 말하고 있었다.

"넌 고등학교도 중퇴했을 뿐이잖아. 그래서는 도저히 불가능하니까."

"그건 너도 별로 다르지 않잖아."

"난 수의사가 되려는 생각은 하지도 않으니까."

"이 아이들 말에 신경쓰지 말아요."

여자아이가 나에게 말하였다.

"우리는 다른 이야기를 해요. 이 아이들은 자기들끼리 떠들게 내버려둬요. 낮에 본 동물원은 어땠지요."

"넓고, 아주 조용했어요. 물새들과 매미들만이 요란하였어요. 그런데 내가 마치 오래전에 이곳에 왔었던 것처럼 이상한 생각이 들었어요."

"아아."

"있어야 할 것이 없는 것처럼 느껴졌어요."

여자아이는 새로운 담배에 불을 붙이고 또다시 물끄러미

그 불붙은 담배를 바라보았다.

"그것이 뭔데요."

"검은 늑대요."

"검은 늑대라고요."

"맞아요. 검은 늑대. 한 마리가 아니고 여러 마리가 무리를 지어서 있었던 것 같아요. 굉장히 사나워 보이는, 아주 커다랗고 그리고 굶주려 있었어요."

여자아이는 입술을 갖다대지 않은 담배를 재떨이에 문질러서 불을 껐다.

"동물원에는 굶고 있는 짐승은 한 마리도 없어요."

수의사가 되고 싶은, 고등학교를 중퇴한 남자아이가 낮게 항의하였다.

"그리고 이곳 동물원에는 늑대는 한 마리도 없어요, 한 마리도."

여자아이는 붉은 화장을 한 창백한 뺨을 손바닥으로 문질렀다.

"어째서 그런 생각을 했을까요."

"나도 몰라요. 난 아주 어렸을 때에, 아마 태어나서 얼마 되지도 않았을 때에 포대기에 싸여서 이곳에 온 일이 있다고 오빠에게서 들었죠. 그때 오빠가 무엇인가에 대해서 말을 했었던 것 같아요. 내가 기억하고 있지는 않지만, 오빠에게서 들은 얘기일 거예요. 분명히."

"이곳은 몹시 답답하게 느껴지죠. 에어컨 바람은 계속 맞고 있으면 기분이 나빠지고요."

여자아이가 낮은 웃음소리를 내면서 말하였다.

"바닷가에 왔으니 산책하고 싶지 않나요. 난 이곳에서 살고 있으니까, 가까이에 있는 집의 작은 방 하나를 빌렸죠. 하지만 바다가 보여서 좋아요. 동물원까지도 걸어갈 수 있고요."

그래서 여자아이와 나는 밖으로 나왔다. 나오기 전에 나는 남자아이에게 메모를 남겨놓았다. 기다려줬으면 좋겠다, 친구와 바닷가에 나간다, 이런 내용이었다. 늦은 시간이었지만 해변에는 아직도 사람들이 있었다. 나는 모래 속에 반쯤 묻혀 있는 맥주 캔을 발로 차면서 걸었다.

"저곳이 내가 사는 곳이에요."

여자아이가 가리킨 곳은 바다가 내려다보이는 고급 주택지의 끝부분이었다. 도무지 세를 줄 것 같지 않은, 커다란 유리로 만든 방이 있는 부유한 사람들의 별장 같은 집들이 점점이 불이 켜진 채로 있었다.

"운이 좋았어요. 아는 사람의 집이었는데 그 사람은 일 년의 거의 전부를 서울에서 지내지요. 겨울의 비수기 동안만은 이곳에서 지내요. 이곳의 바다는 몹시 더러워요. 고급 호텔과 많은 사람들, 그리고 큰 배들이 드나드는 항구가 바로 곁에 있으니까요. 그래서 이곳에서 지내기를 싫어해요. 내가 세 들어 있는 방은 작지만 바다가 그대로 내려다보이죠. 집주인이 사랑하는 어린 딸을 위해서 처음에는 음악실로 꾸민 곳이에요. 서울에서 텔레비전으로 보았을 거예요. 폭풍이라든지 해일 같은 거요. 내 방에서는 그대로 볼 수 있죠. 폭우가 내릴 때면 좋아요."

"어쩐지 무서울 것 같아."

"공포에 대해서 어떻게 생각해요."

여자아이는 물었다.

"커다랗고 빈집에 혼자 있으면 무섭다고 느끼죠. 밤에는 특히 그래요. 흰색 커버를 씌워놓은 피아노와 가죽소파와 그리고 요란한 소리를 내는 괘종시계. 걸을 때마다 삐걱거리는 오래된 마룻바닥과 한밤중에 발작적으로 울렸다가 갑자기 끊어져버리는 전화. 비가 올 때면 하루종일 어두운 하늘과 번개가 번쩍이는 것이 보이는 커다란 유리벽들. 언젠가 한번은 깊은 잠이 들었다가 잠에서 깨어났어요. 왜 그랬을까 생각하고 있는데 아래층에서 누군가가 피아노를 치는 소리가 들렸어요. 난 정말로 놀라고 무서웠어요. 피아노 소리는 새

벽이 될 때까지 계속되었어요. 내려가볼 수가 없었어요. 112
에 전화를 할까 생각하고 있는데 그냥 소리가 그쳤죠. 왜 그
랬는지는 몰라요. 누군가가 침입한 흔적도 없었거든요. 내가
아마 꿈을 꾸지 않았나 생각되어요. 가끔 집 없는 고양이들
이 뜰에 와서는 밤새도록 울고 가기도 하죠."

나는 대꾸하지 않았다. 이번 주말이 끝나면 남자아이와는
헤어질 것이고 그것에 대해서 생각하고 있었다. 아주 사소한
일에 대해서 아무도 참지 못하고 싸우게 되고 싫어하는 마음
이 생기기 전에 장미를 사가지고 오거나 상냥하게 아무렇지도
않은 듯이 전화를 걸어 다시 만나게 된다. 미칠 듯한 갈증이나
그리워하는 것도 없다. 구두 디자이너가 되고 싶어하는 평범
한 구두회사 영업부 사원의 눈빛이 멋있어 보인다고 해서.

"사실은, 이 동물원에는 늑대 우리가 있었어요."

여자아이가 갑자기 화제를 바꾸었다.

"정말로 검고, 굶주린 눈을 하고 있었죠. 가까이서 들여다
보면 금방이라도 덤벼들 것만 같았어요. 그래서 사육사들이
나 수의사까지도 늑대를 무서워하였어요. 정말로 친해지기
가 힘들었어요. 사람에게 길이 들지를 않았던 거지요. 네 마
리가 있었어요."

여자아이는 계속해서 말하고 나는 들었다.

"그런데 지금은 없어요. 너무나 갑자기 일어난 일들이 되어서 사람들은 곧 익숙해졌지요. 늑대는 너무 많은 비가 오던 지난봄에 없어졌어요. 누군가가 문을 열어주었다는 말도 있었고 빗물에 미끄러진 사육사가 실수를 하였다는 말도 있긴 했지만, 그런 것은 이제 와선 별로 중요하지도 않아요. 늑대들은 없어졌고, 이제는 모두 잊어버렸어요."

"늑대가 달아났다는 말이죠? 찾을 수 없었고요."

"맞아요. 그런 뜻이죠."

"이상하네요. 왜 다른 사람들은 아무도 모르고 있을까요. 절대로 그냥 두지는 않아요. 늑대가 없어졌다면 어떻게 해서든지 찾으려고 했을 거예요."

"찾으려고 했어요."

여자아이는 부드럽게 말하였다.

"부대까지 동원되어서 도시 외곽의 산들과 동물원의 숲을 뒤졌어요. 동물원의 숲은 굉장히 넓잖아요."

"그래서 찾았나요."

"아뇨."

"왜 신문이나 텔레비전 뉴스에서 그런 말들을 못 들었을까. 이상해요."

"때로는, 신문에 나지 않는 일들도 있는 거라고 생각해요."

여자아이는 말하였다.

"오빠가 그곳에서 일하고 있다고 생각했어요."

"왜 그렇게 생각했어요?"

"왜냐하면 오빠가 집을 떠나면서 그렇게 말하고 갔어요. 그리고 처음에는 전화도 가끔은 해주었지요. 어머니는 오빠에게서 연락이 없어서 불안해하고 있어요."

"오빠가 학교를 그만두고 직업을 구했다는 말은 들었어요."

"그랬어요. 사실은 어머니가 입원을 하는 일이 생겼어요. 오빠와 나 둘 중 하나가 학교를 그만두어야만 하는 상황이었거든요. 난 정말로 내가 그만두려고 했어요. 아니면 야간으로 옮기고 낮에는 직업을 가진다면 상황이 좀더 좋아질 것이고 아무 문제가 없을 것이라고 생각했어요. 그런데 오빠가 보수가 좋은 직장을 구했다고 나에게 말하였어요. 난 놀랐어요. 그만한 수입이면 내가 졸업을 해서 유명 법률사무소에 취직을 해도 받기 힘든 수입이었거든요. 오빠의 월급을 지금도 받고 있어요. 오빠는 이곳 동물원에 일자리를 구했다고 했어요."

"처음에는 비가 몹시 오고 있었기 때문에 단지 무슨 착오가 있었을 거라고 모두들 생각했지요. 비가 정말로 심하게 오고 있었어요. 그래서 찾아오는 사람도 거의 없었기 때문에 나는 한가롭게 비가 오는 물새들의 우리를 바라보고 있었어요. 비 때문에 자세히는 보이지 않았어요. 아주 진한 비안개 속에서 누군가가 달려오고 있었죠. 비에 잔뜩 젖은 채로 달려오는 그 사람은 직원이 아니었고 비가 오는 동물원을 보고 싶어서 나왔다는 사람이었죠. 그가 가까이 오자 나는 그가 다리를 절면서 달려오고 있다는 것을 알았어요. 한 손에서는 피가 흐르고 있었죠. 난 커피를 마시고 있었는데 그때 마음속으로 이렇게 생각했어요. 우리에 손을 넣었든지 아니면 숲길에서 넘어졌든지. 하지만 그것이 아니었어요. 그는 일본원숭이 우리에 문제가 생겼다고 말했어요. 흥분한 일본원숭이들이 먹이를 주려는 그의 손에 상처를 냈다고 하더군요. 그가 말하기를 원숭이 우리가 열려 있었다고까지 했어요. 하지만 상처를 입고 흥분되고 놀라서 상상해낸 말이었을 거예요. 어쨌든 나는 관리사무실로 연락을 하였고 그것으로 모든 소동이 가라앉았다고 생각했어요. 비가 그처럼 쏟아지는 데서 사람들이 달려나와 오토바이를 타고 일본원숭이 우리까지 갔을 때는 모든 소란이 이미 가라앉아 있었어요. 원숭이들은 얌전히 우리 안에서 바나나를 먹고 있었고 아무 문제가 없었어요. 비가 너무 오다보면, 때로는 이상한 일들도 생길 수 있다고 하면서, 그렇게 일들이 끝났어요."

일본원숭이 때문이 아니라, 늑대 우리에서 문제가 생겼다는 것을 알았을 때는 비가 그치고도 한참이나 지난 다음날 오전이었다고 한다.

"왜 그렇게 되었는지는 아무도 몰라요."

여자아이는 느리게 계속하였다.

"그냥 늑대들이 사라져버렸어요. 늑대 우리로 올라가는 층계는 빗물과 흙으로 무너져내려버렸고요. 우리는 늑대 우리 근처에서 늑대들의 발자국들을 보았어요. 그리고 끔찍한 일이지만 사람이 우리 앞에서 죽어 있었어요."

"아."

나는 무어라고 할말을 찾지 못하였다.

"비가 오는 그날, 원숭이 우리에서 문제가 생겼던 날 죽은 것 같았어요."

"어떤 사람인데요."

"일하는 사람이었어요."

여자아이는 어깨를 으쓱거리듯이 가볍게 말하였다.

"동물원에 고용되어 있는 블록공의 한 사람이었죠."

"아무도 그 사람이 없어진 것을 몰랐나요."

"사고가 있었던 날은 그 사람을 포함해 블록공들이 늑대 우리로 올라가는 층계를 수리하기로 되어 있었죠. 길고 가파른 층계였어요. 깔아놓은 블록이 많이 망가져 있었거든요. 하지만 늑대 우리란, 동물원을 찾아온 사람들에게 그다지 인기 있는 곳이 아니잖아요. 예산이라든가 하는 것을 볼 때, 이곳은 큰 동물원이 아니니까요. 도시에 있는 큰 동물원에서는 하이에나라든가 아메리카 퓨마 같은 것이 인기가 있다면서요. 늑대는, 개와 비슷하죠. 굳이 늑대를 보기 위해서 애쓰는 사람은 많지 않아요. 어쨌든, 층계를 수리하기로 한 날은 비가 너무나 많이 왔어요. 마치 한여름 같았죠. 그래서 수리하기로 한 계획은 취소되었고 블록공들은 직원 휴게실에서 뜨거운 커피를 마시면서 텔레비전의 농구 경기를 구경했다는군요. 죽은 사람은, 아마 비 때문에 수리 계획이 취소되었다는 연락은 받지 못해서 혼자서라도 층계를 수리하려고 했을지도 몰라요. 다른 사람들은 그가 집으로 돌아갔거나 하는 것으로 생각되어서 아무도 특별히 신경쓰지 않았나봐요."

"그다음은 어떻게 되었는데요. 늑대들이 없어지고 그 사람이 죽은 다음은요."

"말해주었잖아요. 아무 일도 일어나지 않았다고. 그것으로 끝이죠. 사람들은 이미 오래전에 잊었을 거예요."

"하지만 늑대는 나타나지 않았지요, 그렇죠?"

"그래요. 하지만 우리들도 모두 늑대를 찾으려고 애를 썼어요. 아까 말하지 않았어요? 모든 사람이 찾았지요. 항구의 사람들에게도 혹시 늑대를 보았거든 신고해달라고 했어요. 검은 늑대를 찾습니다. 굶주리고 사나운 눈을 하고 있고 달밤이면 커엉컹 울부짖습니다, 이런 식으로요. 하지만 찾지 못했죠. 늑대를 보았다는 사람이 하나도 없었어요."

"늑대는 개와 닮았죠."

"그래요."

여자아이는 고개를 끄덕였다.

"아주 닮았죠."

"이제는 돌아가야 할 때가 됐어요. 친구들이 기다리고 있겠어요."

"그런데……"

여자아이는 졸업 연주회에서 그리그의 피아노곡을 치던 길고 하얀 손가락으로 내 팔을 잡았다.

"이곳에는 오빠 때문에 왔지요. 오빠에 대해서 뭔가를 알았어요?"

"아니, 아무것도 새로운 것이 없어요."

나는 고개를 저었다.

"오빠는 동물원에서 일하지 않았나봐요. 알 수 있는 것은 아무것도 없었죠."

카페테라스로 돌아왔을 때는 이미 자정이 가까워져 있었다. 사람들이 모두 빠져나간 어두운 상점에서 남자아이가 아직도 하이네켄을 마시고 있었다. 점원들이 입구의 전등을 끄고 유리창의 블라인드를 내렸다. 음악이 꺼졌다.

"넌 정말 제멋대로야. 알고 있니."

남자아이는 어두운 상점 안에서 말하였다.

"사실은 이런 네가 너무나 참을 수 없어. 이렇게 사람만 많고 더러운 항구도시도, 일본원숭이나 바닷새 정도밖에 없는 숲속의 동물원이나, 있지도 않은 늑대에 대해서 말하는 네가 참을 수 없다고."

"다시는 전화하거나 하지 않을 거야."

나도 남자아이에게 말하였다. 상점의 문이 열려 있고 이제 우리들이 나가기만 하면 모든 것은 끝이다.

"옛날부터 참을 수 없었어."

남자아이는 계속하였다.

"너도 남을 편하게 해주는 타입이 아니야. 얼마나 날 질리게 했는지 알아? 무슨 남자애가 그 정도도 못 참니."

그래도 우리는 같이 기차를 타러 역까지 걸어갔다. 해변에서 멀어지자 사람들과 자동차의 소음도, 파도의 계속되는 피아노 연주와도 같은 열정적이면서 단조로운 소리도, 그리고 카페테라스의 들뜬 듯한 음악소리도 모두 다 멀어져갔다. 길은 비어 있고, 구둣소리만이 닫혀 있는 철제 셔터가 길게 늘어진 거리에 울려나갔다. 차들이 아주 빠른 속도로 달려 지나갔고 어디에선가 늑대가 우는 소리를 들은 듯도 하다. 기차에 올라타고는 남자아이는 코카콜라를 마시고 밤바람이 들어오게 창문을 열었다. 기차가 달리는 길가로는 낮은 집들이 숨죽인 짐승처럼 몸을 낮추고 있고 벌레들의 울음소리가 요란하였다.

그리고 또다시 항구로 찾아갈 일은 나에게 없었다.

여전히 어머니는 공장에 다녔고 오빠는 계속해서 송금해주었다. 꽤 많은 돈이었고 나에게는 정말로 도움이 되었다. 졸업이 가까워올 무렵에 나는 시내에 있는 한 법률회사에 일자리를 얻었다. 그곳의 고객은 주로 무역 상사들이었고 보스들 중에는 휴가를 보내러 말리부나 와이키키로 가는 사람들도 있었다. 항구의 일본원숭이가 있는 동물원에 대해서는, 알지도 못하였다. 나는 휴일에는 새로 나온 패션 잡지를 읽거나 비디오테이프를 보거나 아무것도 하지 않고 누워서 음악을 듣거나 하였다. 아주 가끔씩 이런 모든 것들이 지겨워지면 시내로 나와서 커피를 마시기도 하였다. 남자아이를 불러낼 때도 있었다.

"부자 동네 일은 어때."

남자아이는 언제나 이런 식으로 시작하였다.

"견딜 만해. 월급은 얼마 안 돼."

"난 부서를 옮겼어. 일하기가 조금 더 편할 거야."

"어디로."

"구로에 있는 공장이야. 그곳에 있으면 수당이 더 나오거든."

"하지만 학교를 다니기는 힘들어진다고 했잖아."

남자아이는 럼주가 든 커피를 스푼으로 젓고 있었다.

"학교는, 지난 학기까지만 다니고 이번에 그만두어버렸어."

"왜."

"여러 가지 이유가 있었지만, 가장 중요한 것은 내가 원하는 구두 디자인 일이 아니어서야."

남자아이가 일하는 구두회사에서는 여러 가지 디자인의 구두를 가지고 텔레비전에서 광고를 하였다. 맨발로 밤의 골목길을 달려가는 여자. 그 여자가 신으려고 몸을 기울이고 있는 보도블록 위의 구두, 검은 늑대의 우리로 가는 블록이 깔린 층계.

"겨울에 휴가를 갈 생각이니."

남자아이가 물었다.

"처음에는 가지 않으려고 했어."

나는 커피잔을 입술로 가져가면서 대답하였다.

"하지만 어쩐지 생각해보아야만 할 일이 생겼어."

"그게 뭔데."

"같이 휴가를 가자고 하는 사람이 생겼어."

"남자?"

"응, 남자."

"어디로 가는데."

"오스트레일리아."

자료를 복사해서 매니저의 사무실로 가는데 그가 말을 걸어왔다. 오스트레일리아. 좋은 곳이야. 그가 말했다. 같이 저녁을 먹거나 할 때도 특별한 트러블 없이 끝까지 기분좋게 있을 수 있는 보스였다. 난 구두를 만드는 남자, 구두를 얼마나 팔았나 사무실에서 열심히 계산하고 있는 남자, 속으로 구두를 디자인하고 싶어하지만 다니던 학교도 결국은 마치지 못하는 남자에 대해서만 생각하고 살았다. 구두란 정말로 아무것도 아니었다. 아무것도 아닌 것 때문에 괴로워한다는 것은 있을 수 없는 일이었다. 테이블 위에는 커피숍의 메모지가 놓여 있었다. 나는 펜으로 메모지 위에 쓰기 시작하였다.

"오빠, 나는 일자리를 구했어요. 오빠가 내가 들어갔으면 하고 바랐던 시내의 큰 법률회사예요. 사무실 이름은 KIM& CHANG OFFICE예요. 어머니도 건강이 좋아져서 이제는 병원에 다니지 않아도 돼요. 이제는 오빠가 돌아와도 돼요. 다시 대학을 다녀도 되게 됐어요. 일이 잘 풀려주었어요. 우리 모두가 너무 운이 좋았거든요."

더이상은 쓸 말이 없어서 나는 메모지를 내려다보기만 하였다. 남자아이가 오빠에 대해서 물어왔다.

"오빠는 아직도 복학하지 않은 거니."

"응, 직장에 계속 있고 싶다고 해."

"오빠가 어디에 있다고 했지?"

남자아이는 조금 생각하는 듯하였다.

"그래 맞아. 항구의 동물원에서 일자리를 구했다고 했었지."

"응."

"그곳은 우리가 지난여름에 갔던 곳이잖아. 자전거를 타고."

"맞아, 그곳이야."

"그곳에서 오빠를 만났니."

"아니, 보지 못했어. 그래서 오빠에게 편지를 쓰려고. 이제는 오빠가 힘든 일을 할 필요는 없어. 하지만 난 주소도 몰라."

"동물원으로 보내면 되잖아."

"아아."

"그곳에서 일하고 있다고 했으니까."

나는 메모지를 반듯하게 접어서 주머니에 넣었다. 그리고 남은 커피를 마셨다. 커피는 차갑게 식어 있었기 때문에 조금밖에 마시지 않았다.

"갈 거니."

남자아이가 물었다. 우리는 길을 걷고 있었다. 버스를 타려고 하는 것이다. 그냥 걷기에는 좀 추운 날씨였고 백화점의 쇼윈도에는 마네킹들이 스웨터를 입고 있었다.

"어딜."

"오스트레일리아."

"글쎄, 가려고 생각중이야."

백화점 앞의 버스 정류장에서 남자아이는 말하였다.

"오스트레일리아에 정말로 가게 된다면, 나중에 나에게 이야기해줘."

"어떤."

"그곳에 대해서. 가보지 못하였거든, 한 번도."

남자아이는 뒷모습이 백화점의 쇼윈도에 겹쳐졌다.

"어쩌면 영영 가보지 못할지도 모르니까."

검은 늑대에 대한 것은 아마도 한 잔의 블랙커피와 같은 것일지도 모른다. 향기로운 우유가 섞이길 기다리고 있는 커피 말이다. 그것은 매일 아침 커피와 함께 침대 곁에 놓이는 아직 따뜻한 신문에서는 절대로 읽을 수 없는 이야기 중 하나이다. 이후에도 나는 몇 번이나 남자아이에게 전화하였다. 그렇지만 다시는 만날 수가 없었다. 남자아이는 구로에 있는 구두회사의 공장으로 사무실을 옮겨갔고 그곳에서 가까운 곳으로 집을 옮겼다는 것을 나중에야 알게 되었다. 계절이 바뀌어서 세탁소에 옷을 맡기러 가는데 나는 웃옷의 주머니에서 언젠가 썼었던 메모를 발견하였다. 남자아이를 만나던 늦은 가을날에 커피숍에서 오빠에게 썼던 편지였다.

"오빠, 나는 일자리를 구했어요. 오빠가 내가 들어갔으면 하고 바랐던 시내의 큰 법률회사예요. 사무실 이름은 KIM& CHANG OFFICE예요. 어머니도 건강이 좋아져서 이제는 병원에 다니지 않아도 돼요. 이제는 오빠가 돌아와도 돼요. 다시 대학을 다녀도 되게 됐어요. 일이 잘 풀려주었어요. 우리 모두가 너무 운이 좋았거든요."

운이 좋다는 것은 너무나 기분좋은 이야기이다. 한여름에 동물원에 내리는 자욱한 비처럼 말이다. 아니면 한밤중에 아래층에서 울리는 피아노 소리나 한밤의 검은 늑대 따위. 이것은 좀 다르다. 이 세상에는 몇 개인가의 블랙홀이 있어서, 어린 시절부터 나에게 익숙하였던 일들로 가득차 있는 세상이 그곳으로 빠져들게 되면서부터는 절대로 알 수 없는 것들이 되어버린다. 사람들의 표정이나 쇼윈도의 마네킹이나 뜨거운 햇빛이나 하나도 변하는 것이 없지만 그곳에서 일어나거나 알 수 있는 것들은 뭔가가 아주 다르게 변한다. 모자의 안과 겉처럼 그것은 다르다. 사라진 검은 늑대의 무리라든가, 신문에 나지 않는 죽음 같은 것은 알 수 없도록 나에게는 되어 있었다. 죽은 사람이 마피아의 두목이라든가 아름다운 여배우라든가 한다면 이야기는 다르다. 하지만 블록공에 대해서는, 아무도 신경쓰지 않는다. 구두 광고도 마찬가지이다. 구두를 만드는 것과 텔레비전의 새로운 디자인의 구두 광고는 모자의 안과 겉이다. 갑자기 아주 낯설고 익숙하지 않은, 그러고도 같은 표정을 하고 있는 세계가 언제나 내 곁에 있었음을 때때로 느끼게 된다.

　나에게 일어난 많은 일들이 어쩌면 꿈이었을지도 모른다는 생각을 때때로 하였다.

　빗물에 젖어 있는 슬럼가의 뒷골목이다. 좁고 더러운 주차장과 깨진 가로등. 번쩍이는 가죽옷을 걸치고 집으로 돌아가지 않는 남자아이들. 가까이서 들리는 기차 지나가는 소리. 어디에선가 유리병이 블록 위로 떨어지며 깨어지는 소리들. 맨발의 여자아이가 달려가고 있다. 여자아이의 얼굴은 보이지 않는다. 빗물 웅덩이 곁에 구두가 떨어져 있다. 금방 백화점의 쇼윈도에서 꺼내온 듯한 새것인 하이힐이고 발목 부분에 금빛 버클이 달려 있다. 여자아이는 몸을 기울이고 그것을 신는다. 갑자기, 모든 것들이 너무나 밝은 빛 속에 사라져버리고 여자아이의 몸도 사라진다. 새로운 디자인의 구두만이 화면에 남아 있다. 텔레비전에서 보았던 구두 광고의 시나리오이다. 남자아이는 저 구두를 만드는 곳에 있었을까. 길가에 있는 자동차 정비소의 사람들이 텔레비전을 틀어놓고 일하고 있었다. 그들은 맨발로 달려가는 여자아이의 하얀 다리를 바라보았다. 어느 신문에도 사라진 검은 늑대의 무리에 대해서는 나지 않았고 블록공에 대해서도 마찬가지이다. 오빠에게 결국은 편지를 부치지 못하였다. 그냥 그 메모지를 찢어서 휴지통에 버렸을 뿐이다. 어쩐지 오빠는 돌아오고 싶어하지 않을 것만 같았다. 한번은 정말로 남자아이가 일하는 구두 공장으로 찾아가서 오스트레일리아의 이야기를 해주는 것이 어떨까 생각한 적도 있다. 불쌍한 짐승의 가죽을 벗겨내어 부드럽게 만들고 염색을 하여 구두를 만들고 있는 곳 말이다. 어두운색 제복을 입은 사람들이 고무 밑창을 단 신발을 신고 밥을 먹고 있는 불빛이 희미한 구두 공장의 구내식당에 남자아이와 함께 앉아 오스트레일리아의 그레이트빅토리아사막에 대해서 말한다.

문학동네 소설집
푸른 사과가 있는 국도
ⓒ배수아 2021

1판 1쇄 2021년 6월 30일
1판 2쇄 2024년 7월 30일

지은이 배수아
책임편집 강윤정 | 편집 이재현 김영수 이희연
디자인 김이정 유현아 | 저작권 박지영 형소진 최은진 오서영
마케팅 정민호 서지화 한민아 이민경 안남영 왕지경 정경주 김수인 김혜원 김하연
        김예진
브랜딩 함유지 함근아 박민재 김희숙 이송이 박다솔 조다현 정승민 배진성
제작 강신은 김동욱 이순호 | 제작처 한영문화사(인쇄) 경일제책(제본)

펴낸곳 (주)문학동네 | 펴낸이 김소영
출판등록 1993년 10월 22일 제2003-000045호
주소 10881 경기도 파주시 회동길 210
전자우편 editor@munhak.com
대표전화 031) 955-8888 | 팩스 031) 955-8855
문의전화 031) 955-2696(마케팅) 031) 955-2678(편집)
문학동네카페 http://cafe.naver.com/mhdn
인스타그램 @munhakdongne | 트위터 @munhakdongne
북클럽문학동네 http://bookclubmunhak.com

ISBN 978-89-546-8043-1 03810

www.munhak.com